ジョン・グリシャム

*John Grisham*

星野真理＝訳

中央公論新社

狙われた楽園　目次

主な登場人物

**ブルース・ケーブル**……………………独立系書店「ベイ・ブックス」経営者
**マーサー・マン**……………………………大学で創作クラスを受け持つ女性作家
**トマス**……………………………………………………マーサーの教え子で個人秘書
**ニック・サットン**……………………「ベイ・ブックス」の夏期アルバイト学生
**ノエル・ボネット**………………………アンティーク家具のショップを経営
**テッサ・マグルーダー**……………………………………マーサーの母方の祖母
**マイラ・ベックウィズ**………………多数のペンネームでロマンス小説を執筆
**リー・トレイン**……………………………マイラのパートナーで共同執筆者
**ジェイ・アークルルード**………………売れている作家に反感を抱く詩人
**アンディー・アダム**……………………………………………犯罪小説の人気作家
**エイミー・スレイター**……………………吸血鬼ものがヒット中の主婦作家
**ボブ・コブ**…………………………服役経験を生かし企業スパイ小説を執筆
**ネルソン・カー**…………………………………元弁護士のサスペンス小説作家
**ポリー・マッキャン**……………………………………………………ネルソンの姉
**ホッピー・ダーデン**………………サンタ・ローザ警察署の刑事で殺人を担当
**カール・ローガン**…………………………………………サンタ・ローザ警察署長
**ウェズリー・バトラー**…………………………………………フロリダ州警察の警部
**リンジー・ウィート**……………………調査会社で殺人事件の捜査を担当
**レイモンド・ジャンパー**……………………………………………リンジーの同僚
**リック・パターソン**…………………………………陸軍退役軍人のスナイパー
**カレン・シャルボネ**……………………元アーミー・レンジャーの殺し屋
**ヴァン・クリーヴ**………………………………………………………FBI捜査官

# 狙われた楽園

# 第一章――「上陸」

## 1

レオは、七月下旬に大西洋の最東端、カーボベルデ西方およそ二百マイル〔一マイルは約一・六キロメートル〕のざわついた海域で生まれ、ただちに旋回を始めた。ほどなく宇宙から確認され、正式に命名されて、熱帯低気圧に分類されたが、数時間後には熱帯暴風雨に格上げされていた。

ひと月にわたってサハラ砂漠を激しく吹き荒れていた乾いた風が、赤道近くで湿った前線と衝突し、大きな渦巻きをいくつも描いた。そして、上陸できる場所を探し求めるかのように、西方へと移動を始めた。レオの旅が始まったとき、その前方には名前のついた嵐がすでに三つあり、一列に並んでカリブ海に睨みをきかせていた。三つはやがて予測されたとおりの進路をたどって島々に大雨を降らせたが、それ以上の被害をもたらすことはなかった。

レオについては、その進路は誰にも予測できないことは、初めから明らかだった。並の暴風雨よりはるかに気まぐれで危険をはらんでいたのだ。最終的にアメリカ中西部の上空で力つきて消滅するまでに、レオは五十億ドルの物的損害を引き起こし、三十五人の死者を出すことになる。

だがそれまでに、レオはまさしく疾風怒濤の勢いで熱帯低気圧から熱帯暴風雨、そして本格的なハリケーンへと昇格していった。カテゴリー3に分類され、風速が時速百二十マイルに達したときにタークス・カイコス諸島を直撃、数百軒の家を吹き飛ばし、十人の犠牲者を出した。そしてクルッキド島の下をくぐり、ちょっと左に曲がってから、まっすぐキューバに向かうと見せかけて、アンドロス島の南で失速した。そこで焦点がぼやけ、勢いを失ったレオは、よろよろとキューバを横切った。再びただの低気圧となり、雨はたっぷり降らせたものの、風は大騒ぎするほどのものではなかった。その後、狙いをつけたかのように南下してジャマイカとケイマン諸島を水浸しにしたレオは、わずか十二時間のあいだに驚くような変身を遂げた。すっかり態勢を立て直し、北方に進路を定めて、暖かく心地よいメキシコ湾の海に向かったのだ。レオの進路を追跡していた者たちは、標的になることが多いミシシッピ州ビロクシまでまっすぐ線を引いた。しかし、予測にはたいして意味がないことは、すでにわかっていた。レオは気象予報士の気象予報モデルなど用はないとばかりに自分なりの考えを持って進んでいるようだった。

またしてもレオは急速に拡大し、加速した。そして二日もたたないうちにケーブルテレビで報道特番が放映され、ラスベガスでは上陸地の予想オッズが発表された。何十もの向こう見ずな撮影隊が危険地域に出動した。テキサス州ガルベストンからフロリダ州ペンサコラまでの広い範囲で警報が発令された。石油会社は大急ぎでメキシコ湾の石油掘削プラットフォームから一万人の労働者を引き上げ、それを口実に原油価格を引き上げた。五つの州で避難計画が実行に移され、州知事は記者会見を開いた。船舶や飛行機はこぞって内陸に移動した。カテゴリー4になり、東に西に蛇行しながら北上を続けるレオがついに上陸するときには、歴史的な大災害が起こることは不可避に思えた。

だがそこでレオはまたしても減速した。アラバマ州モービルの南方三百マイルのところで左にフェイントをかけてから、ゆっくり東に向きを変え、がっくりと勢力を落としたのだ。そしてフロリダ州タンパを照準に捉えたまま二日間にわたってじりじりと前進し、突然、カテゴリー1のハリケーンとして息を吹き返した。ここからは珍しく直線コースを維持したレオの目が通ったセントピーターズバーグでは、時速百マイルの風が吹き荒れた。都市部は大洪水に見舞われ、停電し、脆弱（ぜいじゃく）な建物は倒壊したが、死者は出なかった。そのあとレオは州間高速道路4号線に沿って進み、オーランドに十インチ〔一インチは約二・五センチ〕、デイトナビーチに八インチの雨を浴びせてから、もう一度、熱帯低気圧となって陸を離れた。

疲労困憊（こんぱい）の気象予報士らは、よたよたと大西洋に出ていくレオを見送り、別れを告げた。彼らの気象予報モデルによれば、このあとのレオは何隻かの貨物船をおどかすくらいで、そのまま海上で消滅するはずだった。

だがレオのもくろみは違っていた。セントオーガスティンの真東、海岸線から二百マイルのところで北へ方向転換し、きゅっと焦点を絞って急旋回を始めた。レオが勢いを盛り返すのは、これで三度目だった。天気図が再編成され、新たな警報が発せられた。それからの四十八時間、レオは着々と進み、力を蓄えながら、まるで次の標的をじっくりと選んでいるかのように海岸線に目を向けていた。

# 2

カミーノ・アイランドのサンタ・ローザの町にあるベイ・ブックス書店では、店員も客も嵐の話題で持ちきりだった。実際、この島だけでなく、南はフロリダ州ジャクソンビルから北はジョージア州サバンナまで、誰もがレオに注目し、ノンストップで話題にしていた。すでにほとんどの人がいっぱしの専門家になり、フロリダ州のデイトナより北の海岸が直撃されたことはもう何十年もないからね、と訳知り顔で語っていた。ハリケーンが南北カロライナ州に急行する途中でかすっていったことは何度もある。一説によれば、六十マイル沖を流れているメキシコ湾流が防壁となってフロリダの海岸線を守ってくれているため、やっかい者のレオも近づけないはずだった。

いや、そろそろ運が尽きて「どでかいヤツ」が来てもおかしくない、と主張する者もいた。さまざまな進路予想図が打ち出されている。マイアミのハリケーン・センターは、地図に進路を描き、レオはこのあと上陸せずにさらに沖合に出ていくだろうと予測した。その一方でヨーロッパの専門家は、レオがカテゴリー4の非常に強いハリケーンとなってジョージア州サバンナの南に上陸し、低地は大規模な洪水に見舞われるだろうと警告していた。しかし、確かなことがひとつある——レオは、予想図などまったくおかまいなしに動いているということだ。

ベイ・ブックスのオーナーのブルース・ケーブルは、片目でウェザー・チャンネルを見ながら、客を急かし、さっさと仕事をしろと従業員をたしなめた。空には雲ひとつないし、カミーノ・アイランドが危険なハリケーンにさらされることはないという伝説をブルースも半ば信じていた。島で暮らし始めてから二十四年の歳月を経ても、破壊的な嵐は一度も見たことがないからだ。彼の店では、週に少なくとも四回は朗読会が催されているが、明日の夜には特別な作家が訪れることになっている。お気に入りの作家を温かく迎える会を準備しているときに、レオが邪魔に入ることはあるまいとブルースはたかをくくっていた。

マーサー・マンは、二か月前に始まって大成功を収めた夏のブック・ツアーを締めくくろうとしているところだ。今、彼女の二冊目の長編小説『テッサ』が業界の注目を集め、あらゆるベストセラー・リストのトップ10に入っている。批評家の評価も高く、すべての関係者の予想を超えて、飛ぶように売れているのだ。「文芸小説」のカテゴリーに分類されているから、もっとポピュラーなジャンルとは違って、リスト入りしても順位は低いだろうと見込まれていた。そのため、出版社も著者自身もハードカバーと電子書籍を合わせて三万部も売れれば上出来だと思っていたが、すでにその予想を上回っている。

マーサーにとって、カミーノ・アイランドは縁の深い場所だった。幼いころは、夏が来るたびに彼女の小説のインスピレーションとなった祖母テッサがいるこの島にやってきて、一緒に夏休みを過ごしていた。三年前には、その祖母が家族に遺した海辺のコテージに一か月滞在し、地元のちょっとした事件に巻き込まれることになった。さらには、ブルースとのひとときのロマンスに身をゆだね、無数にいると噂される彼のお相手のひとりになったのだ。

だがブルースは、彼女と再び関係を持とうとは思っていなかった。少なくとも、そのつもりはない、と自分に言い聞かせていた。目下のところ、彼は店の切り盛りとマーサーのビッグ・イベントのために客を集めることに集中している。ベイ・ブックスは、全国の書店を回る作家にとっても、とくに重要な会場だ。ブルースはいつも大勢の客を集め、たくさんの本を売ってくれるからだ。だからニューヨークの出版社は、積極的に作家を島に送り込んでくる。その多くは、旅先で楽しいひと時を過ごしたいと思っている若い女性作家だ。作家を心から敬愛するブルースは、彼女たちをおいしい酒と料理でもてなし、本を宣伝し、大いに盛り上げる。

マーサーもブルースの歓待を受けたひとりだが、前回のようなお楽しみが繰り返されることはないだろう。何よりも、今回のツアーには彼女の新しいボーイフレンドが同行しているのだから。ブルースはそのことを残念だとも思わなかった。マーサーがすばらしい新作を携えて島にやってきたことがただ嬉しかった。ブルースは半年前にその小説のゲラ刷りを読み、以来ずっと熱心に宣伝してきた。気に入った本があるといつもするように、彼は手書きの手紙を友人や顧客に送って『テッサ』を売り込んだ。そして全国の書店に電話をかけ、この本はたくさん仕入れたほうがいいとすすめた。マーサーとは何時間も電話でしゃべり、ツアーでどこへ行くべきか、どの書店は避けるべきか、どの書評家は無視してもいいか、どのジャーナリストの取材を受けるべきかについてアドバイスした。さらには、文章の内容について求められてもいない意見を述べたが、マーサーは彼のコメントの一部には感謝し、一部は受け流した。

『テッサ』によってマーサーはブレイクし、おおむね見過ごされてきた彼女の処女作を読んだときからブルースが信じていた実力を世間に広く認めさせた。そしてマーサーは、作家としてのキャリアを前進させる絶好の機会をつかんでいた。ブルースとはかつて束の間のロマンスがあり、それと前後して起こったかなり重大とも言える出来事によって、彼の信頼を裏切る結果になった。それでもなお、マーサーはブルースを敬愛しており、ブルースもマーサーをすでに許していた。確かな事実は、ブルースは悪党めいたところがあるが愛すべき人物であること、そして過酷な書籍販売の世界で優れた手腕を発揮する実力者であることだ。

## 3

マーサーのイベントの前日、二人は書店から六ブロックのところの、サンタ・ローザのメイン・ストリートの突き当たりにあるレストランで昼食をとった。ブルースはいつもダウンタウンのレストランで昼食をとり、ワインを一本か二本空ける。同席するのは営業担当者か訪問中の作家、あるいは彼が支持する地元作家が多い。それならビジネス・ランチとして領収書を会計士に渡すことができる。ブルースは約束の時間より数分早く到着し、にぎやかな港の風景がデッキから眺められるお気に入りの席にまっすぐ向かっていった。そしてウェイトレスと楽しくおしゃべりして、サンセールを一本注文した。マーサーがさっそうと入ってくると、ブルースは彼女を抱きしめ、最近はいつも彼女に同伴しているトマスに手を差し出して、しっかりと握手をした。

三人は席に着き、ブルースがワインを注いだ。今も海上を移動中のレオが自ずと話題になったが、ただの人騒がせだとブルースは一蹴し、「今ごろはナグスヘッドに向かっているはずだ」と自信ありげに言った。

マーサーは、いつにも増してきれいだった。長かった黒髪は短めにカットされ、薄茶色の目は、ベストセラーがもたらした成功の喜びできらきらと輝いている。彼女は長いツアーに疲れ、ようやく終わると喜んでいたが、その一瞬一瞬を存分に楽しんでいるようだった。「五十一日で三十四か所も回るのよ」と彼女は微笑(ほほえ)んだ。

「君はラッキーだ」とブルースは言った。「ご承知のとおり、このごろの出版社は金を使いたがらないからな。マーサー、君は本当にうまくやったよ。書評を十八本見たけど、褒めていないのは一つだけだった」

「『シアトル』は見た?」

「あいつは何でもかんでもけなすんだ。書いた男は知り合いでね、あの評を読んだときは電話して罵倒してやったよ」

「ブルース、それ本当なの?」

「それが僕の仕事だからね、僕の作家たちを守ることが。いつかあの男に会うことがあったら、殴ってやる」

トマスは笑った。「僕の分も一発殴っておいてください」

ブルースはグラスを持ち上げた。「さあ、『テッサ』に乾杯しよう。『ニューヨーク・タイムズ』のベストセラー・リストで第五位、これからもっと上がるぞ」

三人は乾杯してワインを飲んだ。マーサーは言った。「まだあまり実感がなくて」

「新しい契約もあるしね」と言って、トマスはマーサーに目くばせした。「朗報があるって話してもいいかな?」

「もう話してる」と、ブルースは言った。「聞かせてくれ。詳しい話をぜんぶ」

マーサーはまた微笑んだ。「今朝、私のエージェントから電話があったの。ヴァイキング社が、このあとの二作品の契約金として、かなりの額をオファーしてくれた」

ブルースはまたグラスを上げて言った。「すばらしい。その人たちはバカじゃないな。おめでとう、マーサー。最高のニュースだ」。もちろんブルースとしては詳細をもっと知りたかった。とくに「かなりの額」とはどれくらいかということを。と言っても、だいたいの見当はついている。マーサーのエージェントは凄腕のベテランで、業界でのビジネスのやり方を心得ている。彼女なら今のマーサーの新作二本を七桁の契約金で売ることもできるだろう。これまで何年も苦労してきたミズ・マンは、新しい世界に足を踏み入れようとしている。

「海外版権は？」とブルースは尋ねた。

「来週から売り込みを始めるの」と彼女は言った。マーサーの以前の二冊の本は、国内でもあまり売れず、海外から入った印税はゼロだった。

ブルースは言った。「イギリス人とドイツ人がきっと飛びつくよ。フランス人とイタリア人も、『テッサ』が翻訳されたらすごく気に入るだろうな。彼らにぴったりの物語だし、とても好意的に受け止めてくれると思う。あっという間に二十か国語に翻訳されるよ、マーサー。本当に嬉しいことだ」

マーサーはトマスを見て言った。「言ったでしょう？　この人は業界のことを知りつくしているって」。三人がまたグラスを合わせると、ウェイトレスが近づいてきた。

「これはシャンパンで乾杯しないと」。ブルースはそう宣言し、ほかの二人に断るすきを与えずにボトルを注文した。そしてツアーについて質問し、マーサーが訪れた書店の様子を聞きたがった。彼は全国の主な書店主のほとんどを知っていて、できるだけ多くの店に足を運ぶようにしていた。ブルースにとっての休暇とは、ナパかサンタフェに一週間ほど旅行して、料理やワインを楽しみながら、優れた独立系の書店を探し当てて店主たちと人脈を作ることだった。

ブルースは、お気に入りの書店のひとつであるミシシッピ州オックスフォードのスクエア・ブックスについて尋ねた。彼はベイ・ブックスを始めるとき、この書店を手本にしたのだ。近頃のマーサーはオックスフォードで暮らし、「オール・ミス」の愛称で知られるミシシッピ大学で創作のクラスを教えている。二年契約があと一年残っていて、その後は長期雇用の職が得られることを期待していた。『テッサ』の成功のおかげで、終身雇用を約束される可能性も高くなった。少なくともブルースはそう考えていて、自分にできることは何でもして応援しようと作戦を練っていた。

ウェイトレスがみんなのグラスにシャンパンを注ぎ、注文をとった。三人は新契約を祝ってまた乾杯し、祝賀会は果てしなく続くように思えた。

ここまでは二人の話に耳を傾けるだけでほとんどしゃべっていなかったトマスが口を開いた。

「あなたにとって、ランチは重要な催しだとマーサーから聞きましたよ」

ブルースは笑みを浮かべて言った。「そのとおり。僕は朝早くから夜遅くまで仕事をしているから、昼には店の外に出て気分転換しないとね。そう自分に言い訳している。ランチのあとは眠くなるから、午後は昼寝をすることも多い」

マーサーは新しいボーイフレンドについてブルースには秘密めかした態度をとってきたが、付き合っている人がいること、ほかの男性には興味がないことは、はっきりと伝えてあった。ブルースはマーサーの気持ちを尊重し、彼女が恋人を見つけたことを心から喜んでいる。しかも、なかなかハンサムな男じゃないか。トマスはマーサーよりいくつか年下の二十代後半に見えた。

ブルースは彼に探りを入れ始めた。「君も作家だって彼女に聞いたけど」

トマスは微笑した。「はい。でもまだ何も出版されていないんですよ。美術学修士課程(MFA)で勉強しているところで、彼女の教え子なんです」

ブルースはおかしそうに笑った。「ああ、なるほど。教授と関係を持ったわけだ。それならいい成績をもらえる」

「やめてよ、ブルース」と言いながら、マーサーもにこにこしていた。

「これまでの経歴は?」とブルースは尋ねた。

トマスは言った。「グリネル大学で米文学の学位を取りました。『ジ・アトランティック』のスタッフ・ライターとして三年勤めてから、フリーランス・ライターとしていくつかのオンライン・マガジンの仕事をしました。短編小説が三ダースほどと、恐ろしく出来の悪い長編が二つ。どれも出版されませんでしたが、それも当然だと思います。今はオール・ミスでぶらぶらして、ＭＦＡの取得を目指しながら、将来のことを考え中です。この二か月は彼女の鞄持ちをして、楽しい時間を過ごしていますよ」

マーサーが補足した。「私のボディーガード、運転手、広報係、個人秘書。そして、本人もすばらしい書き手なのよ」

「君が書いたものを読んでみたいな」とブルースは言った。

マーサーはトマスの顔を見て言った。「ほらね？　ブルースはいつでも援助を惜しまないの」

トマスは言った。「わかりました。読んでもらうだけの価値があるものができたらお知らせします」

マーサーにはわかっていた。きっとブルースは、夕食までにはオンラインで情報をいろいろ掘り出し、『ジ・アトランティック』などに掲載されたトマスの記事をすべて読んで、彼の才能についての意見を固めているだろう。

カニのサラダが運ばれてきて、ブルースはまたシャンパンを注いだ。二人のゲストはこれまでのところ控えめな飲み方をしていることにブルースは気づいた。これは彼の癖のようなもので、ランチやディナーのテーブルでも、バーのカウンターでも、みんなの酒量をチェックしてしまう。彼がもてなす女性作家のほとんどは深酒をしなかった。男性作家のほとんどは大酒飲みだ。何人かは依存症からの回復期にあり、その人たちの前ではアイスティーしか飲まないとブルースは決めていた。

彼はマーサーを見て言った。「それで、次の小説は？」

「やめてよ、ブルース。私は今のこの時間をめいっぱい楽しんでいるの。最近は何も書いていないわ。授業が始まるまであと二週間だし、それまでは一語も書かないと決めているの」

「それは賢明だけど、あまり時間を空けたらだめだよ。二冊の契約は、時間がたつとどんどん重荷になってくるし、次の小説を出すまで三年も待ってもらえないからね」

「はい、はい」と彼女は言った。「でもせめて何日かは休ませてもらってもいいでしょう？」

「一週間、それだけだ。ところで、今夜のディナーは盛り上がりそうだよ。君たちは来てくれるね?」

「もちろん。いつもの仲間が集まるの?」

「みんな楽しみにしているよ。ノエルは今ヨーロッパにいて、よろしく伝えてくれと言っていた。でもほかの連中は君に会うのが待ちきれないみたいだ。みんな君の新作を読んで、傑作だと言っているよ」

「アンディーはどうしてる?」とマーサーは尋ねた。

「まだ断酒している。だから今夜は来ない。彼の最新作はなかなかの出来で、よく売れた。きっと彼もどこかで顔を出すよ」

「彼のことをよく思い出すの。とてもいい人だから」

「彼はうまくやっているから心配ないよ、マーサー。いつもの仲間は、今もしょっちゅう集まっているし、今夜は長いディナーになるとみんな期待している」

## 4

トマスがトイレに行くために席を外すと、すぐにブルースは身を乗り出して尋ねた。「彼は僕たちのこと知ってるの?」

「僕たちのことって?」

「もう忘れたのか? 二人で過ごした週末のことだよ。すてきな時間だったと僕は記憶しているけど」

「何の話かわからないわ、ブルース。あなたの記憶違いじゃない？」

「なるほど。じゃあそういうことにしておこう。例の直筆原稿のことは？　何も話してないの？」

「直筆原稿って？　それは私が忘れ去ろうとしている過去の一ページよ」

「だいじょうぶ。知っているのは僕と君とノエル、それからもちろん、身代金を払った皆さんだけだ」

「私は誰にも何も話してない」。ワインをちょっとすすってから、マーサーも身を乗り出して言った。「でもブルース、あの大金はどこにやったの？」

「誰も知らない海外の銀行口座で利息を集めているよ。当面、あの金には手をつけないつもりだ」

「でも莫大な額でしょう？　どうしてまだこんなに一所懸命仕事をしているの？」

ブルースは満面の笑みを浮かべ、ごくりとワインを飲んだ。「これは仕事じゃないんだよ、マーサー。僕という人間そのものなんだ。僕はこの商売が大好きだし、やめたら何をしたらいいのかわからなくなる」

「その商売の一環として、今も闇のマーケットに手を出しているの？」

「もちろんそんなことはしない。今は各方面から目をつけられているし、もうそんなことをする必要もないわけだしね」

「堅気（かたぎ）になったということね？」

「叩いてもほこりは出ないよ。僕は稀覯本（きこうぼん）の世界が大好きだし、最近もたくさん買っているけど、ぜんぶ正規のルートで手に入れたものだ。ときどきは、出どころがあやしいものを買わないかと持ちかけられる。相変わらず盗品はたくさん出回っているし、正直に言って、心惹かれることもあるよ。でも手を出すのは危険すぎる」

「今のところは」

「今のところは」

マーサーは首を振って笑った。「どうしようもないわね、ブルース。浮気者だし、女たらしだし、おまけに本泥棒だなんて」

「それが僕という男だからね。それに、君の本を誰よりもたくさん売ってみせるよ。こんな男、愛さずにはいられないだろう、マーサー？」

「愛とは呼べないかな」

「じゃあ、敬愛している、というのは？」

「そういうことにしておきましょうか。話は変わるけど、今晩のことで、何か知っておくべきことはある？」

「いや、とくにないと思う。みんな久しぶりの再会を心待ちにしている。三年前に君が急に姿を消してしまったときは、みんな訳を知りたがったけど、僕が適当なことを話しておいた。実家のほうで何か騒動があったらしい、実家がどこかは知らない、とかね。そのあとは大学講師の仕事がいくつか入って、島に戻ってくる暇がないみたいだと言ってある」

「今夜は以前と同じ面々が来るの？」

「そうだね、ノエルはいないけど。アンディーもちょっと顔を出して、水を一杯飲んで帰るかもしれない。彼は君の様子をよく尋ねてくる。それから、君が興味を持つかもしれない新しい作家がひとりいる。ネルソン・カーという男だ。元弁護士で、サンフランシスコの大きな弁護士事務所にいたらしい。彼は自分の依頼人のことを密告したんだ。防衛関係の企業でね、違法にハイテクの軍事機器をイランとか北朝鮮とか、そういうところの悪者たちに売っていた。十年ほど前に大騒ぎになったけど、もう覚えていないだろうね」

「私がそんなニュースを追っていたと思う？」

「そうだな。とにかく、彼の弁護士としてのキャリアはそこで終わったわけだけど、密告者として莫大な報奨金をもらった。今はこの島で身を潜めている感じかな。四十代初め、離婚歴あり、子どもはなし、人付き合いを避けている」

「この島は、はみ出し者を引き寄せるみたいね」

「昔からそうさ。ネルソンはいいやつだけど、無口でね。ヒルトンのそばの高級コンドミニアムを買って住んでいて、よく旅行に出る」

「その人はどんな本を書いているの？」

「自分が知っている世界のことを書いているよ。国際的な武器密輸とかマネーローンダリングとか。けっこう面白いサスペンスを書く」

「まったく興味をそそられないけど。売れてるの？」

「まずまず、というところだけど、将来性はあるよ。君は彼の書くものは好きになれないと思うけど、彼本人のことは気に入ると思う」

トマスが席に戻ってきたので、話題は切り替わり、出版界の最新のスキャンダルの話になった。

## 5

ブルースは、ベイ・ブックスから徒歩十分のところにあるヴィクトリア朝風の家に住んでいる。いつものとおり書店のオフィスで午睡をとったあと、午後半ばに店を出て、夕食の準備をするために歩いて帰宅した。ブルースは夏のさなかでも豪華な食事会をベランダで催すことを好んだ。頭上では二つの古い扇風機が軋(きし)みながら回転し、そばにある噴水は涼しげな音を奏(かな)でている。ブルースが一番好きな料理はルイジアナ州南部のフランス系移民が生んだケイジャン料理で、この日の晩餐のために彼が雇ったクロードは、その本場で生まれ、三十年前に島にやってきた料理人だ。彼はすでに厨房にいた。口笛を吹きながらコンロの上の大きな真鍮(しんちゅう)鍋をのぞいている。ブルースは彼とひとしきり冗談を言い合ったが、厨房に長居はしないほうがいいとわかっていた。この料理人は大の話し好きで、話に夢中になると料理のことを忘れてしまうからだ。

気温は華氏九〇度〔摂氏三二度〕を超えていた。ブルースは着替えのために二階に上がった。毎日とっかえひっかえ着ているシアサッカーのスーツとボウタイを脱ぎ、着古したショートパンツとTシャツを着る。靴は履かない。厨房に戻ると、冷えた瓶ビールを二本開けて一本を料理人に渡し、一本を持ってベランダに出た。そして、テーブル・セッティングにとりかかった。

こんなときは、ノエルの留守がことさら残念に感じられる。彼女は南仏からアンティークを輸入している室内装飾の達人なのだ。ディナー・パーティーのためにテーブルの準備をすることは、彼女が何よりも好きな仕事だった。ノエルのヴィンテージの食器やグラス、ナイフやフォークのコレクションは、それは見事なもので、点数は今も増え続けている。一部は自分の店で売るために仕入れているが、とりわけ珍しく美しいものは自分たちが使うためにとっておく。ノエルの考えるところでは、華やかに飾られたテーブルは客人への贈り物であり、彼女は極上の贈り物でみんなを喜ばすことが得意だった。そしてノエルはディナーの前と最中の写真を撮ることが多く、とくに印象的なものはフレームに入れて飾り、来客が鑑賞できるようにしていた。

　テーブルは長さ十二フィート〔一フィートは約三十センチ〕、フランスのラングドックのワイナリーで何百年も使われていたものだ。一年ほど前に、二人で一か月にわたる買い物三昧の旅をしたときの掘り出し物だ。ブルースは不正に得た金がうなるほどあったため、プロヴァンスを襲撃して買いまくったものが膨大な量になり、アヴィニョンで倉庫を借りたほどだ。

　ノエルはこの日にぴったりの食器を選んでダイニング・ルームのサイドボードにきれいに並べていた。ヴィンテージの磁器の皿が十二枚――一七〇〇年代のあまり大物でない伯爵のために一枚一枚が手描きで絵付けされたものだ。たくさんの銀製のフォークやナイフは、六本で一セット。それから、水やワインや食後酒のグラスが何ダースもある。

　ワイングラスは問題になることが多かった。ノエルのフランス人の先祖はブルースが家に呼ぶアメリカ人作家ほどたくさん酒を飲まなかったようで、古いグラスは、いっぱいまで注いでも三オンス〔一オンスは約三十ミリリットル〕しか入らない。何年か前の騒々しいディナー・パーティーでは、お上品なワイングラスがすぐに空になってしょっちゅう注ぎ足さなければならないことにブルースも客たちもイライラしてしまった。それ以来、赤ワインなら八オンス、白ワインなら六オンス入る現代版のグラスを使うことをブルースは主張するようになった。自分はあまり酒を飲まないノエルも同意し、アイルランドのラグビー・チームも感心しそうなほど大きなゴブレットのセットをブルゴーニュで見つけてきた。

皿の隣には、ノエルが旅に出る三日前に用意した正しいテーブル・セッティングの図が置いてあった――リネンのプレースマット、シルクのテーブルランナー、枝付き燭台、食器とグラス――ブルースは、それに従って配置した。花屋のスタッフが到着し、ブルースと意見をぶつけながらテーブルの上のものの位置を調節した。ブルースではない、もうひとりのパートナーとアルプスのどこかに行っているノエルが思い描く完璧なテーブルが出来上がったとき、ブルースは写真を撮って彼女に送った。雑誌に載せられるほど美しいセッティングで十二人のゲストを迎える用意が整った。もっとも、彼らをディナーに招待すると、何人が参加するかは実際に料理を出す段になるまでわからない。誰かが飛び込みで来て、さらに場を盛り上げてくれることも多いからだ。

ブルースはビールをもう一本取りに冷蔵庫のところへ行った。

## 6

カクテルは午後六時から出す予定だ。と言っても、招待したのは作家ばかりだから、七時より前に現れる者はいないだろう。一番乗りはマイラ・ベックウィズとリー・トレインで、ノックをせずに入ってきた。ブルースは彼女たちをベランダで迎え、リーのためにラム・ソーダを作り、マイラにはスタウト・エールを注いだ。

マイラとリーはもう三十年以上も連れ添っている。物書きとして生計を立てることに苦労していた彼女たちは、あるとき、ソフトポルノのロマンス小説というジャンルを発見した。そして二人で一ダースのペンネームを使い分けて百冊ほどの本を次々と送り出し、たっぷり稼いで引退したあとは、ブルースの家から角を曲がってすぐのところの趣のある古い家で暮らしている。今は七十代半ばになり、執筆活動はほとんどしていない。リーのほうは、苦悩する文学的芸術家を自負していたが、難解きわまりない文章を書いており、過去に出版された数少ない小説もほとんど売れなかった。いつも新作に取り組んでいるが、完成させたためしがない。マイラと一緒に世に送り出したゴミのような小説の数々を恥じている素振りを見せながら、そのおかげで得た金で楽しく暮らしている。一方でマイラは二人の仕事を誇らしく思っており、海賊や生娘が繰り広げる官能的なセックス・シーンを創作していた栄光の日々を懐かしく思っている。

マイラは大柄な女で、クルーカットにした髪をラベンダー色に染めている。巨体を少しでも目立たなくしようと着ている派手な色の長くてゆったりとしたガウンは、広げたらクイーンサイズ・ベッドのシーツに使えそうだ。一方、リーは浅黒い肌のとても小柄な女性で、長い黒髪をぴっちりと束ねている。二人ともブルースとノエルが大好きで、四人で食事をすることも多い。

マイラはビールをぐびりとあおり、ブルースに尋ねた。「マーサーにはもう会った？」

「ああ、きょうランチをした。最近彼女のボディーガードをしているトマスと一緒にね」

「そのひと、キュートだった？」とリーが尋ねた。

「なかなか魅力的な男だったよ。いくつか年下でね。彼女の教え子なんだ」

「やるじゃない、マーサーも」とマイラは言った。「三年前、急にいなくなっちゃった本当のわけは聞けた?」

「いや、よくわからない。何か家族の問題だったらしい」

「それじゃ、今晩、あたしたちが突き止めるわ。まかせてちょうだい」

「よしなさい、マイラ」とリーがたしなめた。「詮索はやめましょう」

「詮索するに決まってるじゃない。それがあたしの特技なんだから。ゴシップが聞きたいの。ところで、アンディーは来るの?」

「もしかしたら」

「彼に会いたいな。飲んでいたときのほうが、今よりはるかに楽しい人だったよね」

「よしなさい、マイラ。それは微妙な話題なんだから」

「あたしに言わせるなら、しらふの作家ほど退屈なものはない」

「あの男には断酒が必要だったんだよ、マイラ」とブルースは言った。「その話はまえにもしただろう」

「じゃあ、ネルソン・カーという人はどうなの? あの人は、しらふでなくても退屈だと思ったけど」

「よしなさい、マイラ」

「ネルソンは来るよ」とブルースは言った。「マーサーにお似合いの相手じゃないかと思ったんだけど、彼女はすでにほかのお相手がいるからな」

「あんた、いつから恋のキューピッドになったのよ?」とマイラがブルースをからかったとき、J・アンドリュー・コブ、通称ボブ・コブがドアから入ってきた。いつものとおり、ピンクのショートパンツにサンダル、けばけばしいフローラル・プリントのシャツというでたちだ。マイラはすかさず声をかけた。「こんにちは、ボブ。今日はドレスアップしなくてもよかったのに」。そして彼を軽くハグした。ブルースはバーのところに行って、彼のためにウォッカ・ソーダを作った。

ボブは前科者で、連邦刑務所に服役していたのだが、罪状は今ひとつはっきりしない。彼が書く犯罪小説はよく売れているが、刑務所の暴力シーンが多すぎるとブルースは思っていた。ボブはリーをハグして言った。「こんにちは、ご婦人方。お会いできてうれしいよ」

「きょうもビーチで楽しい一日を過ごしたの?」マイラはわざと相手の神経を逆なでするような口調で質問した。

ボブは、なめし革のような焦げ茶色の肌をしている。何時間も日光浴をして一年中日焼けを維持しているのだ。いい歳をして、しょっちゅう海岸をぶらぶらしてビキニ姿の女の子を眺めたり、声をかけたりしているという評判だった。彼はマイラを見て微笑んだ。「もちろんだよ。ビーチにいれば、毎日が楽しい」

「きょうのお相手は何歳だった?」

「よしなさい、マイラ」とリーはなだめ、ブルースはボブに飲み物を渡した。

「手を出しても犯罪にはならない年齢だったよ、ぎりぎりね」とボブは言って笑った。

グループの中で一番若いエイミー・スレイターは、ほかの全員を合わせたよりたくさん稼いでいる。彼女は若きヴァンパイアの物語で金脈を掘り当て、現在、映画化の話も進行中だ。エイミーは、夫のダンと、アンディー・アダムと一緒にベランダに出てきた。彼らのすぐあとにジェイ・アークルルードが到着し、珍しく笑顔でみんなに挨拶した。悩める詩人の彼は、このようなディナーの席から逃げることが多い。女王蜂のマイラは、彼のような人間には用がないようだった。ブルースは飲み物を取りにいき、アンディーには氷水を用意して、みんなのおしゃべりに耳を傾けた。エイミーは自分の小説が原作の映画について話し続けていた。脚本に問題があるらしい。ダンは静かに彼女の横に立っていた。彼は退職し、エイミーが執筆に専念できるように子どもたちの世話をしている。

みんなで賑やかにやっているところへマーサーとトマスが登場した。彼女は全員とハグをして新しい恋人を紹介した。仲間は彼女との再会を喜び、ほとんど全員がすでに読み終わった彼女の新作を絶賛した。みんながおしゃべりをしていると、ネルソン・カーが静かに登場し、バーで自分の飲み物を作った。そしてマーサーを取り囲む人の輪に加わったので、ブルースが彼を紹介した。

何分か過ぎると、会話はいくつもの方向に枝分かれしていった。アンディーとブルースは嵐の話をした。マイラはトマスに詰め寄り、彼の経歴について質問責めにしている。ボブ・コブとネルソンは前日の釣りを回想し、一匹一匹、釣り上げた瞬間を再現しようとしているようだった。リーはマーサーの小説を一章ずつ振り返り、その物語に夢中になっている。酒が注ぎ足され、早く夕食の席に着こうと急かす者は誰もいなかった。

最後に到着したゲストは、ニック・サットンだった。大学生の彼は、夏になると島に来て祖父母が所有する邸宅の手入れをしている。祖父母のほうは夏になるとフロリダの暑さを逃れ、キャンピングカーで全国を回るのが毎年の儀式だった。ニックは書店で働き、オフのときはサーフィンやセーリングをしたり、女の子に声をかけたりしている。毎日一冊は犯罪小説を読み、いつの日かベストセラーを書くことを夢見ていた。ブルースは彼が書く短編小説を読み、こいつは才能があるぞと思っていた。ニックはこの日の夕食会に呼んでもらえるようブルースに頼み込んだのだが、参加できて感激しているようだった。

七時半になり、料理の準備が整ったとシェフのクロードがブルースに知らせた。アンディーはブルースの耳元で何やらささやき、他のみんなには声をかけずに静かに出ていった。酒が振る舞われない会であっても、今のアンディーにとってはつらい。酒を飲みたい衝動にかられない自信があるとはいえ、ワインがふんだんに酌み交わされる三時間のディナーはいたたまれない。

ブルースは椅子を指差してみんなを正しい席に着かせた。一方の端には彼が、反対端には主賓のマーサーが座り、彼女の右側にトマスがいる。カミーノ・アイランドの〝文芸マフィア〟を自称する作家たちにニック・サットンが加わり、合計で十一人になった。ブルースは、みんなによろしく言ってほしいというノエルのメッセージを伝えた。楽しい会に出席できなくてがっかりしているけれど、気持ちはみんなと一緒よ、と。彼女はフランスにいて、長く交際しているフランス人の恋人と一緒だとみんな承知していて、誰も驚いていなかった。彼らの結婚はほかの相手と遊ぶことを互いに認める〝オープン・マリッジ〟であることを当人たちはずっと前に受け入れていたし、そのことをとやかく言う者はいない。ブルースとノエルがハッピーなら、友人たちが異議を唱えるはずはなかった。

ブルースは、時間給の給仕係は雇わない。テーブルの周りをうろうろされて会話を盗み聞きされるのが嫌だからだ。彼自身とクロードがワインや水を注ぎ、一品目の前菜には、スパイスが効いたガンボスープを供した。

「ガンボを飲むには暑すぎる」と中央の席にいるマイラが文句を言った。「汗だくになっちゃうじゃない」

「冷えたワインを飲むといい」とブルースが返した。

「メイン・コースは？」と彼女は尋ねた。

「スパイシーなものばかりだよ」

ボブ・コブが言った。「マーサー、ここが君のブック・ツアーの終点なんだね？　ところで君の本、すごくよかったよ」

「ありがとう」と彼女は言った。「そうなの、ここが終点よ」

「東海岸から西海岸まで回ったの？」

「そう、三十三か所。明日で三十四か所になる」

「明日は超満員になるわよ、マーサー」とエイミーが言った。「あなたのお祖母(ばあ)様のことを覚えている地元の人は多いし、みんなあなたのことを誇りに思っているから」

「僕もテッサのことは知っている」とブルースは言った。「でもこうやってテーブルを見回してみると、彼女が亡くなったときに島にいた人間は他にいないようだな。マーサー、あれは十二年前だったかな？」

「十四年」

マイラは言った。「あたしたちは十三年前、作家連中から逃げようと思ってここに引っ越したのに、見てよ、みんな、あたしたちについてきちゃったじゃない」

ボブは言った。「たぶん、あんたたちの次に来たのはおれだったと思う。十年前、仮釈放になった直後にここに来た」

「ちょっと、ボブ」とマイラは怒った声で言った。「刑務所の話はやめて。あんたの前作を読んだとき、輪姦されたみたいな気分になった」

「よしなさい、マイラ」

「それって、気に入ってくれたってこと？」とボブは尋ねた。

「最高に気に入った」

「それはそうと」とブルースが大きな声で言った。「みんなで乾杯しよう。まずはミスター・レオに。上陸せずに、このままどこかへ行ってしまいますように。そして何よりも、僕らの親友のマーサーと、リストの第五位からまだまだ上昇しそうな彼女の新作に、乾杯！」

みんなでグラスを鳴らし、ワインを飲んだ。

「質問があるのよ、マーサー」とリーが言った。「あなたのお祖母様、つまり本物のテッサは、本当にこの島で若い男性と熱いロマンスを楽しんだのかしら？」

「そこが一番の読みどころだね」とマイラがすぐに話に割り込んできた。「あの最初の誘惑シーン、よだれが垂れそうになっちゃった。ほんとによく書けてたよ」

「ありがとう、マイラ」とマーサーは言った。「あなたにそう言ってもらえるなんて、最高の褒め言葉よ」

「どういたしまして。もちろん、あたしなら、もっと過激に書いたけどね」

「よしなさい、マイラ」

「でもそうなの。私は子どもだったけど、ちょっと大きくなって状況が理解できるようになると、疑うようになった。私がいないとき、テッサはしょっちゅうあの年下の男性と一緒にいるんじゃないかって」

「その男性が、現実のポーターだった?」とリーが尋ねた。

「そうなの。ポーターは長年ここに住んでいた。そして十四年前の嵐で、二人とも亡くなったの」

「ポーターのことは覚えているよ。その嵐のことも」とブルースは言った。「この島で見た最悪の嵐のひとつだった。ハリケーンは別にして」

「誰よ、ハリケーンの話なんかしてるのは?」とエイミーが尋ねた。

「ごめん。かすめていったやつはいくつかあったけど、大きな被害はなかった。テッサとポーターが犠牲になった嵐は、北部から予告もなく襲ってきた暖湿流だった」

「そのときテッサはどこにいたの?」とエイミーが尋ねた。「ごめんね、マーサー、話したくなければいいの」

「ううん、大丈夫。テッサとポーターは、沖のほうまで出ていたわけでもなくて、熱い夏の日に彼のヨットを出してのんびりしていただけなのよ。ポーターもヨットも、それきり見つからなかった。テッサは二日後に、ノース・ピアのそばの波打ち際で発見されたの」

マイラは言った。「でもあんたの小説の中では彼女が殺されなくてよかった。あたしだったら、絶対に殺していたよ」

「あなたは誰でも彼でも殺しちゃったわよね、マイラ」とリーは言った。「セックス・マシンにかけて粉砕したあとで」

「殺人は売れるんだよ、リー、セックスと同じくらいね。印税の小切手が届いたら、そのことを思い出してみるといいよ」

「このあとはどうするんだ、マーサー？」とボブ・コブが質問した。

彼女はトマスを見て微笑んだ。「二週間ほど休暇をとるつもり。トマスとブルースには、早く次の小説を書き始めろとせっつかれているんだけどね」

「売れる本が必要なんだ」とブルースは言った。

「それは私も同じ」とリーが言い、みんなを笑わせた。

悩める詩人のジェイは言った。「僕の前作は二十部しか売れなかった。誰も詩なんて読まないんだよね」。いつものとおり、彼としては自虐的なユーモアのつもりだったが、一人か二人お情けで笑っただけだった。

マイラはもうちょっとで「あんたが書くゴミなんか誰も読めないわよ」、みたいなことを言いそうになった。けれども彼女はこう言った。「まえにも言ったでしょ、ジェイ、あんたはペンネームを使って、超絶いやらしいフィクションでも書いて儲けたらいいのよ。ボブみたいに。それで、本物の自分として詩を書けばいい。そっちのほうは売れないだろうけどね」

ブルースはこの手の会話がとんでもない方向に発展するのを見てきたので、急いで口をはさんだ。「君の新しい契約に乾杯してもいいかな、マーサー？」

彼女はにっこりして言った。「そうね、もういいわ。この人たちに内緒にしておくのは無理そうだし」

ブルースは言った。「今朝、彼女はヴァイキングと二作の契約を結んだ」

みんなが喝采をあげ、かわりばんこにマーサーにおめでとうと言っているあいだに、クロードがスープボウルを下げた。そしてよく冷えたシャブリを注ぎ、次の料理を出した。小さな皿に載せた牡蠣(かき)の燻製。ふいに東方から風が吹いてきて、重い空気をやさしく揺らした。

キッチンとベランダを行き来しながら、クロードはコンロのそばにある小型テレビに目をやっていた。レオはまだ海上をさまよい、波をかきたて、専門家たちを悩ませていた。彼の目的地がどこなのか、まだ誰にもわからなかった。

## 7

ブルースは長いディナーのコースとコースの合間にワインと会話を楽しむのが好きだった。彼とクロードは牡蠣の殻を片付け、ワイングラスを再び満たした。そして、本日のメインディッシュはブラッケンド・レッドフィッシュだと発表し、この珍味の調理には少し時間がかかるかもしれないと断った。

クロードはコンロのところへ行った。彼の鋳鉄(ちゅうてつ)製のスキレットがすでに温まっている。冷蔵庫からマリネした魚の切り身が入ったトレーを出し、二切れを慎重にスキレットにのせた。そしてオリジナル・レシピのケイジャン・シーズニングを魚にまぶした——ガーリック、パプリカ、オニオン、ソルト、各種スパイス。刺激的で食欲をそそる香りが立ちのぼる。

彼は鼻歌を歌いながら機嫌よく料理をした。ワインをすすりながらコンロの前に立ち、ときどきベランダから届く笑い声のさざ波を楽しむ。ブルースの自宅で催されるディナー・パーティーはいつでも一大イベントだ。すばらしいワインと料理、愉快なゲストたち、ゆったりと、心ゆくまで楽しむ時間。

真夜中にマーサーとトマスがおやすみなさいと言い、ようやくパーティーはお開きになった。ブルースとクロードはテーブルを片付け、食器をカウンターに積み上げた。明日になれば他の人が片付けてくれる。ブルースは、寝るのがどれほど遅くなっても、早起きをして毎朝七時には書店へ歩いていく。クロードが帰るとすぐに戸締まりをして階段を上り、服を脱いでベッドに倒れこんだ。数分後には熟睡していた。

午前一時ごろ、レオがついに動き出した。

## 8

ニック・サットンは日頃から眠りが浅く、夜明け前に目が覚めて、一、二時間ほど読書をしてからベッドに戻ることが多い。この日はふと興味をそそられ、ニュースを見ようとテレビをつけた。何事もなく静かだろうと思いながら。その予想は外れた。気象予報士たちは、レオが急に真西に方向転換したのを見て驚いていた。現時点の予想進路では、まっすぐカミーノ・アイランドに向かってくる。カテゴリー3のハリケーンとなり、さらに勢いを増しながら、二百マイル沖の現在地から、時速十マイルで近づいているのだ。ニックはほかのチャンネルをチェックしたが、パニックは刻々と高まっているようだ。彼は次々と友人たちに電話をかけて起こした。何人かはすでに天気チャンネルに釘づけになっていた。

午前五時になると、ニックはブルースに電話をかけてニュースを伝えた。ブルースは気象ニュースを十分ほど見てからニックに折り返し電話し、できるだけ早くスタッフを店に招集するよう指示した。

夜が明けるころには、島じゅうの人々が慌てふためいていた。島は嵐を受け止め、本土を大きな被害から守る障壁の役割を果たしている。四方を海に囲まれた平坦な地形で、標高は一番高いところで二十四フィートしかない。高潮に襲われればひとたまりもないが、住民はそれほど大幅な海水面の上昇を目撃したことがなかった。

七時〇三分、いつもと変わらずよく晴れた楽園の一日の始まりを告げるかのように、穏やかな海の上に太陽が顔を出した。そのときには、レオはカテゴリー4に格上げされ、目的地に直行しようと決意したかのように、初めて左右にぶれずに直進していた。七時十五分になると、州知事がジャクソンビルから北の沿岸地域に全面的な避難指示を出した。「今すぐ脱出して」というのが知事のメッセージであり、強制避難命令の発令が間近であると強く示唆していた。「準備をしている時間はありません」と険しい表情で知事は言った。「とにかく今すぐ脱出してください」

年間を通して島で暮らしている住民の数は四万人で、そのうちの半分ほどがサンタ・ローザの町に住んでいる。ほかに町と呼べるようなところはない。町の境界線ははっきりしているわけでなく、島の残りの部分と自然につながっている。八月に入り、六月から七月ほど観光客の数は多くないが、推定で五万人が海辺のホテルやコンドミニアムに滞在していた。朝の早い時間に、彼らはできるだけ早く出ていくよう要請された。すぐに逃げた人々もいたが、ほとんどはコーヒーと朝食を楽しみながら、だらだらとケーブルテレビでニュースを見ていた。カミーノ・アイランドを本土と結んでいるのは四車線の橋がひとつだけで、午前八時にはすでに渋滞していた。毎朝、一千人の従業員がこの橋を渡って島のホテルに出勤しているが、この日は引き返すよう指示された。島に入る人の流れは遮断され、全員が西へ向かうよう勧告された。どこへ行けばいい？　どこでもいい。とにかく島から脱出しろ。

刻一刻と迫り来るレオの予想進路について、気象予報士らの意見は一致していた。レオの目はサンタ・ローザのダウンタウンに向かっている。

八時十五分、知事は強制避難命令を発し、州兵の二部隊を出動させた。警察は家を一軒一軒回り始めた。法律によれば、住民を強制的に退去させることはできないが、島に踏みとどまると決めた者たちについては、警察は近親者の電話番号を聞き、救助隊は助けに来ないと通告した。二つある病院の患者の避難が進められ、重篤な患者はジャクソンビルへ移送された。島に六軒ある食料品店は早い時間から開店し、飲料水や保存食を手に入れようと必死の客であふれていた。

島に残ると決めた者たちは、水や食料は手に入りにくくなるし、嵐が過ぎてからも何日かは停電が続くだろうと警告された。医療の提供もほとんどなくなるだろう。

きっぱりとした警告が各方面から発せられた――島から脱出しろ！

# 9

ベイ・ブックスには七人の従業員がいた――フルタイムが三人、時給のアルバイトが四人。その全員が総力を挙げ、ブルースが大声で指示を出して、本を二階に運び、床の上に積み上げた。店内にある小さなカフェの椅子やテーブルは片方に寄せてスペースを作った。アルバイトの若者二人はノエルの店へ行って彼女が愛するアンティークを移動するよう命じられた。

八時半に消防署長が書店に立ち寄ってブルースに言った。「このあたりは海抜四フィートしかないから、ある程度の浸水は覚悟したほうがいいですね」。港は西に六ブロック、砂浜は東に一マイルのところにある。

「強制避難命令が出ているのはご存知ですね?」と彼は言った。

「僕はここにいます」とブルースは言った。

消防署長は彼の名前と電話番号、ノエルの連絡先を書き留めてから、急ぎ足で隣の店へ行った。九時ちょうどにブルースは従業員を集め、すぐに貴重品を持って島を出るようにと言った。みんな立ち去り、ニック・サットンだけが残った。彼は大きなハリケーンを乗り切らなければならない状況を楽しみにしているようで、自分は避難しないと言って譲らなかった。

一階にあるブルースのオフィスの棚には貴重な初版本がたくさん並んでいる。ブルースはニックにそれを箱に詰めて四ブロック離れた自分の家に運ぶ作業を続けてくれと頼んだ。ブルース自身は店を出て車でマイラとリーの家に行った。彼女たちは大慌てで衣類や犬たちを古いステーションワゴンに放り込んでいた。

「あたしたち、どこへ行けばいいの、ブルース？」とマイラは尋ねた。汗だくになり、脅えた顔をしている。

「州間高速道路10号線に乗って、ペンサコーラに向かえばいい。嵐が過ぎたら、僕がこの家の様子を見にくるから」

「あなたは行かないの？」とリーが尋ねた。

「僕は行けない。店を見てなくちゃいけないし、いろいろチェックしておくよ。僕は大丈夫」

「じゃあ、あたしたちも残る」とマイラはあまり確信を込めずに言った。

「いや、二人はいないほうがいい。かなり悲惨になるかもしれないから――木がいっぱい倒れてくるし、洪水もあるだろうし、何日も停電が続きそうだ。早く脱出して、どこかでホテルの部屋を見つけたほうがいい。電話が使えるようになったらすぐに連絡するから」

「心配じゃないの？」とリーが尋ねた。

「もちろん心配だよ。でも僕は大丈夫だから」。ブルースは車に荷物を積む手伝いをした。ペットボトルに入った飲料水、酒を一箱、食料を袋に三つ、十ポンド〔一ポンドは約四百五十グラム〕のドッグフード。ほとんど押し込むようにして二人を車に乗せ、手を振って見送った。二人とも涙を流しながら去っていった。

ブルースがエイミーに電話をかけると、彼女はすでに出発して橋の向こう側にいた。夫の伯母がジョージア州メイコンにいるから、まずはそこに向かうと言う。ブルースは嵐が過ぎたら彼女たちの家の状態を確認して電話すると約束した。彼は車で海岸に向かったが、警察が東向きの交通を遮断していた。マーサーは何度かけても電話に出なかった。

## 10

海辺のコテージは、テッサが三十年前に建てたものだった。子どものころ、マーサーは喧嘩ばかりしている両親から遠く離れて、そこで夏休みを過ごしていた。ラリーはいつもそばにいて、コテージの手入れをしたり、庭の手入れについてテッサと口論したり、自分の庭で採れた果物や野菜を持ってきてくれたりしていた。島で生まれ育ったラリーがここを離れることは一生ないだろう。レオのような脅威が迫っていても、彼は出ていかない。

ラリーはこの日の朝早く、古いベニヤ板を八枚と、ドリルや金づちを持ってやってきた。彼とトマスが窓やドアに板を打ちつけているあいだにマーサーは急いで車に荷物を積んだ。ラリーはマーサーたちができるだけ早く島を出るべきだと言い張った。コテージの一階は海抜十八フィートで、全長二百フィートの砂丘によって海から守られている。高潮がコテージまで到達することはないと彼は確信していたが、風については心配していた。

テッサが嵐の中で死んだことを思うと、マーサーは島に残る気にはなれなかった。十一時ちょうどに彼女はラリーにハグをして別れを言い、トマスが運転する車で出発した。二人のシートのあいだのコンソールボックスには、トマスのイエロー・ラブラドールが座っていた。一時間かけてやっとたどり着いた橋をじりじりと渡りながら二人が猛々しく波立っているカミーノ川を見下ろしていると、みるみる空が暗くなり、雨が降り始めた。

## 11

稀覯本のコレクションをベッドルームの隣に新たに設けた金庫室に無事納め、ブルースはリラックスしようとした。しかし気持ちを落ち着けるのはとてもじゃないけど無理そうだと思った。ケーブルテレビのニュースはヒステリックな声で最新情報を伝えているし、レオが島を照準に捉えてどんどん焦点を絞り込んでいるのを見ているのは恐怖でしかない。ブルースとニック・サットンはベランダでサンドイッチを食べながら雨を眺めていた。恐れをなして逃げ出した家政婦は、すでにタラハシーに着いたと電話で知らせてきた。

ブルースの個人コレクションは、店の商品よりはるかに価値がある。自宅の壁にかかっている絵画とも、ノエルが高級志向の客に売っている高価なアンティークとも比べ物にならないほど貴重なものがそろっている。秘蔵の初版本は安全な場所に保管されたから、これでブルースの財産の大部分はどんな災害からも守られる――火事も洪水も風も強盗も怖くない。一番まとまった額の資産は海外の銀行口座に入れてあるが、ノエル以外は誰もそのことを知らない。

ベイ・ブックスは店じまいをして、しっかり戸締まりしてある。ダウンタウンの他の店舗もレストランやコーヒーショップも軒並み閉じている。こんなときに買い物や外食をしようという人がいるはずもなく、メイン・ストリートは、黄色い雨具を着た警察官がいるだけで、閑散としている。ふだんからこの島は犯罪が少ない。嵐に乗じて略奪を始めるような輩はいないだろう。心配なのは浸水とガラスが割れることだ。

四ブロック離れたところでは、百年前に建てられた風格のあるヴィクトリア朝風の家々が立ち並び、倒木の被害が懸念される。樹齢三百年のオークの大木もあり、どの家も、サルオガセモドキが太い枝から垂れ下がる大木の陰に立っている。歴史ある堂々たる大樹は住民の誇りだが、数時間後には家々を脅かす存在になる。

ニックはハイネケンを持ってテーブルに戻ってきた。ブルースは白ワインを注ぎ、チェックリストを見直した。「君にはここにいてもらったほうがいいかもしれないな。ハリケーンは経験したことがないけど、ダイビングのバディ・システムみたいに、一緒にいるほうが安全かもしれない。風に浸水、木の枝が落ちてくるし停電も……。二人でいたほうが心強い」

ニックはうなずいたが、納得していないようだった。「食料はどれくらいありますか？」

「二人なら、一週間分はある。小さな発電機があるから、基本的なものは数日間は動くだろう。缶にガソリンを入れておく。バイクで来たのか？」

「いつもどおり」

「よし。僕のタホを運転して、おじいさんおばあさんの家に戻って、ありったけの食料を持ってきてくれ。ガソリンは満タンにして。急いでくれよ」

「ビールはありますか？」とニックは訊いた。やはり大学生だ。

「ワインセラーにビールと酒とワインがたっぷりストックしてある。水は確保しないといけないな。おじいさんは、チェーンソーは持ってる?」

「持ってますよ。持って帰ってきます」

「頼んだぞ。よし、急ごう」

ニックは立ち去り、ブルースはワインのボトルを空けた。ハンモックで昼寝をしようとしたが、風が強くなり、うるさすぎた。家にある三つのバスタブを水で満たした。ベランダの家具を屋内に移動し、すべての窓とドアに鍵をかける。ブルースのチェックリストには、三十一人の名前があった——従業員、友人たち、そしてもちろん、作家たち。グループの中で島にとどまっているのは、ボブ・コブとネルソン・カーを含む五人だった。マイラとリーは、州間高速道路10号線をのろのろ進みながら、ラムをすすり、犬たちをなだめ、自分たちが書いたわいせつなロマンス小説をテープで聴いていた。二人とも酔っ払っているらしく、クスクス笑っていた。エイミーと彼女の家族はすでにメイコンに到着していた。詩人のジェイ・アークルルードは、マイアミに向かっている。アンディー・アダムは、早めに避難していた。ハリケーンの混乱の中で気持ちが揺らいで、断酒生活が維持できないのではないかという不安もあったようだ。ボブ・コブは、自分のコンドミニアムに女性と一緒にこもっている。ネルソン・カーは、レインスーツを着て桟橋に座り、荒波を眺めてわくわくしていた。彼のコンドミニアムはボブのところから近いので、レオが押し寄せてきたら連絡を取り合おうと二人は打ち合わせていた。

レオの風は時速百五十五マイル、間もなくカテゴリー5に達し、甚大な物的、人的被害をもたらすと予想されている。移動のスピードも速くなり、時速十五マイル近いペースで真西に移動中で、現時点では午後十時半に島の中心に上陸すると予測されている。午後四時には、降雨帯の外側が島に達して土砂降りの雨を降らせ、木の枝が折れるほどの強風が吹き荒れた。瓦礫が飛ばされ、通りに散乱した。五時半には警察官がブルースのドアをノックし、いったいどうしてまだ家にいるのかと問いただした。ブルースは、自分はここにとどまることを当局に知らせてあると説明した。隣人たちのことを警察官に尋ね、全員避難したと教えられた。

ニックが六時頃に戻ると、島が急に真っ暗になった。頭上の低いところで分厚い雲が激しく渦巻き、空が墨を流したように黒くなった。

ブルースは小型の発電機を接続し、書斎とキッチンのコンセントだけを残してすべての回路をオフにした。他では電気を使用していない。懐中電灯と電池は十分にある。夕食はグリルで焼いたステーキと冷凍のフライドポテト。ピノ・ノワールのボトルも開けた。

午後七時、時速八十マイルの風が咆哮をあげ、ブルースは最後にもう一度仲間たちに電話をかけた。マイラとリーはペンサコーラのモーテルにいた。一緒にいる五匹の犬たちが神経質になって吠えたてるので、大騒ぎになっているという。エイミーはメイコンで雨風から守られている。ジェイはマイアミの友人宅に、アンディー・アダムはシャーロットに住む母親の家にいた。全員が自分の家とブルースたちの安全を心配していた。みんなテレビに貼りついていたが、時間がたつにつれて予報はますます深刻になっていた。ブルースは、自分とニックは無事で、備えは万全だと言ってみんなを安心させた。そして、なるべく早くみんなの家の状態を確認し、携帯電話が復旧したら電話すると約束した。おやすみ。幸運を祈る。

州の防災当局によると、島で最も被害を受けやすいのは、ポーリーズ・サウンドと呼ばれる半マイルのビーチだった。島の北端のヒルトン・ホテルのそばで、海に面した区域の大部分がそうであるように開発が進み、コンドミニアム、新旧のコテージ、家族経営のモーテル、ビーチサイドのバーやカフェ、高層の近代的なホテルなどが立ち並んでいる。ポーリーズ・サウンドは海抜数フィートしかなく、高波から守ってくれる砂丘もない。ボブ・コブとネルソン・カーは二人ともこの地区のマーシュ・グローブと呼ばれる住宅団地のコンドミニアムに住んでいる。ブルースは最後に彼らに電話した。ボブと彼の女友達はもうベッドに入っていた。不安げな様子はまったくなく、酒を飲んでいたのは明らかだった。ネルソン・カーは停電した部屋にひとり座り、自分も避難すればよかったと後悔していた。ブルースは、急いで僕の家に来ればいいと誘った。こっちのほうがきっと安全だから、と。だがネルソンは、警察が道路をぜんぶ封鎖したから無理だと言った。木は倒れ、送電線は断たれ、豪雨になっていた。

午後八時には、持続的な風が時速百マイルを超え、絶え間なくヒューヒューと大きな音でうなっていた。ブルースとニックはじっと座っていられなくなり、懐中電灯を持って一階を点検して回り、窓の外をのぞいて、木の枝が落ちていないか、雨水が通りにあふれていないか確認し、被害の程度をチェックした。書斎で腰をおろしてバーボンを味わおうとしていると、突風が吹いて家をがたがた揺らしたり、遠くで何かがバリバリと引き裂かれる音が聞こえてきたりした。

バリバリという音が一番恐ろしかった。最初の二度ほどは、ブルースもニックも何が起こっているのかわからなかったが、あれは風が太い枝を引きちぎっている音だと気づいた。誰かが近くでショットガンを発砲したような音だった。爆音が轟くたびに二人はびくっとして、こわごわと窓に近づいて外をのぞいた。

マーチバンクス邸と呼ばれるこの家をブルースは十五年前から所有している。一八九〇年に建てられたヴィクトリア朝風の邸宅で、昔ながらの工法でハリケーンに耐えるよう設計されている。今のところは屋根やベランダが破壊される心配はしていなかったが、敷地内にオークの古木が二本あり、大きな枝が落ちてきたら、深刻なダメージを受ける危険がある。

そのガタガタ、バリバリとけたたましい嵐のただなかで、また別の異質な音が響いてきた。その轟音は持続的で徐々に高まっていった。一分に一回ほど、激しい突風の帯が通り過ぎていき、もっと破壊的な爆風が海上から迫っていると警告しているようだった。突風は通り過ぎ、嵐は一定の騒音と強風に戻り、ブルースとニックはバーボンをすすって、これ以上突風が来ないことを願った。するとと枝が折れる音がして、二人は窓の外をのぞいた。

九時ちょっと過ぎに送電線が暴風の中で千切れ始めた。島は闇に包まれ、嵐はますます騒々しくなった。

時速百マイルを超える暴風に島が痛めつけられて二時間が過ぎたところで、男たちはもうすでにうんざりしていた。ブルースは、場の空気を明るくするため、「やっぱり避難するべきだったかな」とかなんとか言おうかと思ったが、むなしくなってやめた。ハリケーンの目が来るのは二時間は先だし、風はまだピークに達していない。道路はすでに雨水で水浸しになっているが、大波が来るのはこれからだ。ベイ・ブックスの一階はきっともう浸水が始まっているだろうとブルースは思った。

だが今のところは、彼とニックは雨風から逃れ、安全だった。朝になるまでは、できることも少ない。午後十時半、ハリケーンの目の到達予想時刻になり、家が基礎から引きはがされてお向かいのバッグウェル博士の家に叩きつけられるのではないかとブルースは覚悟した。床と天井が振動し、壁は目に見えて揺れている。大きな枝が書斎に落ちてきて雨風が家の中に吹き込むのではないかという大きな不安があった。そうなれば避難しなければならないが、どこへ？　行ける場所はどこにもない。

十一時前、風が止まり、静寂が訪れた。ブルースとニックは外に出て、水たまりの中を歩いて道路に立ち、空を見上げた。星が出ていた。テレビの専門家は、レオの目は二十分ほどで通過すると言っている。ブルースは、ダウンタウンのほうへ行って店の様子を見たいという衝動にかられた。だがやはり、そんなことをしても意味はない。浸水を止められるわけではない。片付けは朝になってから始めることになる。書店には保険もたっぷりかけてある。

二人は足首まで水に浸かって通りを歩いた。他に人の姿はなく、明かりもついていない。警察官が言ったとおり、賢明な近所の人たちは避難したのだろう。闇の中では、木の枝がどこに落ちたか知りようもないが、瓦礫はいたるところに散乱していた。

束の間のこととはいえ、あたりの静けさと先ほどまで飲んでいたバーボンが、男たちの気分を落ち着かせた。数分後、西から穏やかな風が吹いてきて、嵐はまだ半分しか過ぎていないことを二人は思い出した。

## 12

レオの二週間にわたる恐怖の支配は、東部標準時の午後十時五十七分、正式にクライマックスを迎えた。その瞬間、ハリケーンの目の中心がカミーノ・アイランド北端の海岸に上陸した。これまでどおり、目標を定めるように左右に細かくぶれながら北に移動し、カテゴリー4の区分を維持できるぎりぎりのところまで失速した。最大持続風速は時速百四十五マイル。これが時速百五十六マイルに到達すれば、カテゴリー5というめったにない等級を与えられる。とはいえ、これほど強力な嵐になると、時速十一マイルの差など、ほとんど意味がない。ハリケーンの目が到着する前から、通り過ぎてしばらくたつまで、風は島を徹底的に痛めつけた。何十年も前に建てられたコテージは脚柱から吹き飛ばされた。近年建てられたものはまだ立っていたが、窓や扉、屋根やデッキは消えていた。ハリケーンの目の周りでは潮位が十五フィート上昇したところもあり、何百軒ものコテージや住宅、モーテルや店舗を浸水させた。メイン・ストリートは四フィートの水をかぶり、旧市街の古い住宅の一部は、史上初めて水に浸かった。

海岸の遊歩道や桟橋はみんな消えてなくなった。内陸では、枝や丸ごとの木が道路や家の前の私道を塞いでいる。駐車場は屋根瓦（がわら）やゴミやぎざぎざの木の枝で覆われている。ドックやハーバーでは、大小さまざまな船が、ばらまかれた薪のようにころがっていた。

ほとんど全員が避難したが、島にとどまった少数の中には、生き延びることができなかった者もいた。夜明けと同時に、最初のサイレンが島に響き渡った。

## 13

ブルースは、書斎のソファで二時間ほど眠った。起きたときには、頭がぼんやりして、腰が痛んだ。風はやみ、家は静かで暗かった。嵐は過ぎ去っていた。ブルースが窓辺まで歩いていくと、曙光が差していた。そこで彼はゴム長靴を履いて外に出ると、深さ六インチの水の中を歩いて通りの向かいから自分の家を検分した。屋根の四角い瓦が何枚かなくなっているし、三階の雨樋が引きちぎられているが、家の状態は驚くほど良好だった。心配していたオークの太い枝も、すべてあるべきところにある。西側は四軒先のキーガンの家まで水が到達していたが、玄関前の階段のところでとどまっていた。

ブルースはポケットに手を入れて葉巻を取り出した。一服するのも悪くないだろう。吸い口を切って火をつけ、シックス・ストリートの真ん中の泥水の中に立って葉巻をふかしていると、空が明るくなって朝がやってきた。雲が薄くなり、日は昇り、蒸し暑い一日が始まろうとしていた。だが、停電しているため、何も冷やすことができない。あたりは静かで、人っ子一人いない。シックス・ストリートを南へ歩いてアッシュ・ストリートまで行くと、足元の水がなくなった。アッシュ・ストリートはアスファルトの路面が見えている。ドアが開き、チェスター・フィンリー氏が玄関前のポーチに出てきて、おはよう、と言った。

「ちょっと風が出ていたみたいだな」と彼は微笑んで言った。水のボトルを持っている。

「ちょっとね。おたくはみんな無事だった？」とブルースは尋ねた。

「うちは大丈夫。ドッドソンのところはダメージを受けたけど、みんな避難していた」

「利口な人たちだ。何か手伝いが必要だったら、声をかけてくれよ」。ブルースは角を回り、ドッドソンの美しいヴィクトリア朝の邸宅を見てあっけにとられた。裏庭のオークの木から引きちぎられた巨大な枝が、家を真っ二つに切断していた。ブルースはさらに先まで歩き、ヴィッカー邸の前で立ち止まった。一八六七年に建てられたその家を、十三年前にマイラとリーが購入した。彼女たちは家をピンクに塗り、装飾部分はロイヤルブルーで彩った。家に大きな被害はないようだったが、木の枝が正面の窓を突き破っているから、水の被害があるだろうとブルースは思った。ニックと一緒にチェーンソーを使って片付けよう。それが二人の最初の仕事になるかもしれない。

シックス・ストリートに戻る途中で、ヘリコプターだとすぐにわかる音が聞こえてきた。立ち止まって近づいてくる音を聞いていると、間もなく海軍のシーホークが見えた。低空飛行をして被害の状況を確認している。制服を着た救助隊員が到着したのを見て、ブルースは心強く思った。ヘリは通り過ぎていって、数分後にまた別の機がダウンタウンの方角に向かっていった。こちらはもっと小型で、けばけばしい塗装をしたテレビ局のヘリだった。

# 14

マーサーとトマスはベッドでコーヒーを飲みながら、被害状況の第一報を待っていた。二人はアラバマ州ドーサン近郊のモーテルにいた。普段はペット禁止のところだが、日が暮れてから犬を連れてチェックインすることを認めてもらった。ひどい渋滞の中で、彼らは空室が見つかるまで西に進み続け、ここにたどりついたのだ。ケーブルテレビ局は、風が強くなった午後十時過ぎに電波が途切れたが、午前六時過ぎには放送を再開していた。夜が明けて間もなくヘリが海岸沿いから生中継を行い、興奮したレポーターが機上から被害の模様を説明しようと奮闘していた。大きなコンドミニアムの一棟が完全に破壊され、別の一棟が半壊していた。屋根を吹き飛ばされた家々があり、小さなビーチハウスの一部はほとんど倒壊している。空っぽの駐車場には瓦礫が散乱している。いつもなら人出が多いメイン・ビーチのそばで海軍の船舶が荷下ろしをしている。マーサーはテッサのコテージの様子を中継で確認できなかったが、被害を受けていることは間違いないと思われた。内陸では何千本もの木が倒れ、倒れた木や枝で道路が塞がれている。教会の尖塔は傾いていた。

サンタ・ローザの中心街周辺では、道路は膝くらいの高さまで浸水しているようだった。ボートに乗った救助隊がゆっくり移動している。一人の男がヘリに向かって手を振った。画面は地上にいるレポーターに切り替わり、彼は一晩中撮影を続けようとしたスタッフの果敢な努力について早口でまくしたてた。危機管理当局によれば、島は少なくとも一週間先まで停電が続く見込みです、と彼は言った。

すでに州兵が到着していた。島はほとんど無人になっていたが、ポーリーズ・サウンドで最初の死傷者が発見されたとの報告があったという。「詳細は追ってお伝えします」とレポーターは言った。橋は閉鎖され、被害状況の点検が行われている。

島はめちゃくちゃな状態で、復旧には数週間から数か月はかかることが明らかだった。マーサーとトマスは、急いで瓦礫の中に戻ろうとは思わなかった。戻ってもコテージまでたどり着けないだろう。ラリーが無事でいてくれることをマーサーは祈っていた。無事であれば、彼ができるだけのことをしてくれるはずだ。オックスフォードにあるマーサーのアパートまでは車で六時間だから、モーテルに長居をする理由もない。

トマスは二人の朝食と犬に食べさせるものを探しに出かけていった。マーサーはシャワーを浴びた。ラリーのことは心配だが、自分たちは島にとどまらなくてよかったと思った。ブック・ツアーのしめくくりは期待したようなものではなかったが、とにかく終わってほっとしている。何よりも、家に帰れるのが嬉しい。彼女とトマスはもう二か月もスーツケースに詰めた身の回り品だけで暮らしていたのだ。

# 第二章　――「現場」

## 1

　ブルースは、これまでチェーンソーを使ったことが一度もなかったので、少なくとも手に取ったことはあるというニックに任せることにした。二人で十分ほど格闘してようやくスイッチを入れることに成功し、ニックは裏庭で強力な機械を振るい始めた。調子にのって、細い木の枝まで派手に切断している。ブルースは安全な距離をおいて彼について回り、ゴミを拾った。木の枝を集めて山にしていると、どこからともなくサンタ・ローザ署の警察官が現れた。ブルースが合図し、ニックはしぶしぶチェーンソーの電源を切った。別のチェーンソーの音が遠くから聞こえてきた。

　警察官は自己紹介し、ひとしきり嵐の話をしてから言った。「不幸なことに、死者が何人か出ました。ほとんどは島の北端にいた人たちのようです」

ブルースはうなずき、それが自分とどんな関係があるのだろうと思った。

警察官は話を続けた。「ご友人のネルソン・カーが頭に傷を負って、亡くなりました」

「ネルソン！」ブルースは信じられない思いで言った。「ネルソンが死んだ？」

「残念ながら、そのようです。彼は地元の連絡先として、あなたの名前と電話番号を届けていました」

「何があったんですか？」

「私は現場に行っていないのでわかりません。あなたを探しにいくよう言われたんです。うちの警部が、あなたに現場に来て遺体の身元確認をしてもらいたいと言っています」

ブルースが驚愕の表情でニックに目を向けると、彼は言葉を失っていた。ブルースは言った。

「ああ、わかりました。行きましょう」

警察官はニックを見て言った。「そのチェーンソーを持ってきてください。必要になるかもしれないから」

ブルースの家の前に、緑と黄色のジョンディア全地形対応車が停（と）まっていた。ゲーターという二人乗りの四輪駆動だ。ブルースは警察官と肩をくっつけるようにして前に座り、ニックはなんとか後ろの荷台に体を押し込んだ。車は西に向かって走り出し、道路に散乱した木の枝や瓦礫を避けながら進んだ。ダウンタウンから離れ、破壊の跡を縫ってゆっくり走った。

被害は圧倒的だった。あちこちで木が倒れ、枝が落ち、電線が切れて地上に垂れ下がり、ガーデン家具や板切れ、屋根瓦、ゴミ、水たまりなどで道路が通行不能になっている。大きな枝が落ちてきて破壊された家が何十軒もありそうだ。屋外にいる住人はわずかだったが、茫然とした様子で片付けをしている人もいた。ビーチに通じる大通りのアトランティック・アベニューに出ると、州兵が至るところでチェーンソーを使い、つるはしや斧(おの)を持って作業していた。道路はかろうじて通行可能な状態で、警察官は慎重にゲーターを進め、ハリケーン通過後の片付けで混乱した町を通り抜けた。

彼は言った。「ポーリーズ・サウンドのあたりが、一番被害が大きかったようですね。ヒルトンはかなりのダメージを受けました。すでに駐車場で二人の遺体が発見されています」

「死者の数は?」とブルースが尋ねた。

「今のところは三人です。ご友人と、駐車場の二人と。でも残念ながら、もっと増えそうですね」。車はアトランティック・アベニューから曲がり、南北に走る細い道に入った。太い枝や瓦礫をよけて進み、また曲がって東に向かい、間もなく海沿いを走るフェルナンド・ストリートで停車した。ここでも道を通れるようにするために州兵が働いていた。警察官が車から降り、ブルースとニックも加わって、ひっくり返った車をじゃまにならないところに移動する手伝いをした。百ヤード〔一ヤードは約九十センチ〕ほど東の海は穏(おだ)やかで、日が昇り、すでに暑くなっていた。

ネルソン・カーは、ヒルトンに近い行き止まりの道に立ち並ぶ三階建てのテラスハウスのひとつに住んでいた。テラスハウスの被害は深刻だった。窓が吹き飛ばされ、屋根が引きちぎられている。三人は通りで車を停め、ボブ・コブが立って待っているドライブウェイまで歩いていった。ブルースがボブの手を握ると、彼はブルースを抱きしめた。ボブは目が充血し、長い白髪がぼさぼさになっている。「大変な夜だったな、相棒」と彼は言った。「利口な連中と一緒に避難するべきだった」

「ネルソンはどこ？」とブルースは尋ねた。

「裏だ」

ネルソンは、裏のパティオを取り囲む低いレンガの壁の上に倒れていた。すでに息がないのは一目瞭然だった。ジーンズにTシャツ、古いスニーカーという格好だ。巡査部長が遺体の番をしていたが、このあとどうしたらいいのかさっぱりわからないという顔をしていた。彼は手を差し出して言った。「こちらはご友人ですか？」

ブルースは膝の力が抜けたような気がしたが、勇気を奮い起こして一歩前に出て、遺体をそばから見た。ネルソンの頭はレンガの壁の反対側に下がっていた。左耳の上に血だらけの長く深い傷がある。体の下に、サルスベリの枝が一本落ちている。他にも枝や葉っぱが現場に散乱していた。

ブルースは一歩下がってから言った。「ああ、彼だ」

ニックも、もっとよく見ようと身を乗り出した。「あれはネルソンです」

巡査部長は言った。「わかりました。私は助けを呼びにいきますので、皆さんは遺体のそばについていてもらえますか？」

「助けというのは、どんな助けのこと？」とブルースが尋ねた。

「さあ、どうでしょう。おそらく、監察医に死亡を確認してもらう必要があるでしょうね。とにかくここで待っていてください。いいですか？」

「わかりました。いいですよ」とブルースは答えた。

「彼はあなたの名前と住所と電話番号を届けていましたが、他にカリフォルニア州に住んでいる方の名前を書いていました。ハワード・カー夫妻。きっとご両親でしょうね」

「たぶんね。僕は会ったことがないけど」

「そちらにも連絡する必要があるでしょうね」と言って、巡査部長は助けを求めるようにブルースの顔を見た。

ブルースは、その連絡にはかかわりたくなかった。「それはあなたの仕事でしょう。でも電話は不通ですよね？」

「メイン・ビーチに設置した対策本部に衛星電話があります。そっちに戻ってかけるべきでしょうね。あなたにお願いすることはできませんか？」

「ええ。その人たちを知らないし、僕の仕事じゃないから」

「わかりました。では、あなたがたは遺体についていてください」

「了解」

ボブが質問した。「彼の家の中を見て回ってもいいかな？」

「たぶん、かまわないでしょう。できるだけ早く戻ってきます」。警察官二人はゲーターに乗って走り去った。

ボブは言った。「こっちの人たちのほうが、ラッキーだったみたいだな。水が玄関前の階段までしか来ていない。うちは、通り二本向こうにいったところだけど、一階は五フィートも浸水したよ。階段に座って水位がどんどん上がってくるのを見ていた。あれは気分がいいものじゃないな」

「それは災難だったな、ボブ」とブルースは言った。

「ネルソンがラッキーだったとは思えないけど」とニックが言った。

「たしかに」

三人は裏のパティオに戻り、遺体をじっと見つめた。ボブは言った。「嵐のまっただなかで外に出て、いったい何をしていたんだろうな。バカなことをしたものだ」

「彼は犬を飼っていたんじゃなかったかな?」とブルースが言った。「犬が外に出ちゃったのかもしれない」

「たしかに犬は飼っていた」とボブは言った。「小さな黒い雑種犬だ。ひざくらいの高さの。ブーマーって呼んでいたな。探してみよう」と言いながら、ボブは裏口のドアを開けた。「何もさわらないようにしたほうがいいだろうな」

三人は床が水浸しで明かりがついていないキッチンに入り、犬の気配はないかとあたりを見回した。ニックが考えながら言った。「犬がいたら、もう姿を見せているんじゃないかな?」

「たぶんね」とブルースは言った。「二階を見てくる。君たちは一階を回ってくれ」

五分後、すべての部屋をチェックしても、犬は見つからなかった。三人はキッチンに再び集まった。った。家の中は刻々と蒸し暑くなってきている。男たちはまたパティオに出てネルソンの遺体を見つめた。

ブルースは言った。「せめて何かで体を覆ったほうがいいな」

「いい考えだ」とボブは言ったが、まだ茫然としているようだった。ニックはバスルームで見つけた大きなタオル二枚を、そっと体にかけた。ブルースはふいに吐き気をもよおした。「ちょっと腰をおろしたい」。ネルソンはパティオの一角にテーブルを押し込み、その下に金属製のデッキチェア四つを入れていたため、風で吹き飛ばされていなかった。彼らはデッキチェアを引っ張り出し、汚れを払い、遺体から二十フィート離れた日陰に座った。ニックが冷蔵庫にあった生温いビールを三本見つけ、男たちは死んだ仲間に献杯した。

ブルースは言った。「彼のことは、よく知っていたんだろう?」

ボブが答えた。「まあね。彼が引っ越してきたのは、いつだっけ? 一年前?」

「それくらいだな。三作目の小説が出たばかりで、よく売れていたころだ。その何年か前に離婚していて、子どもはいなかったから、カリフォルニアから離れたかったらしい」

彼らはビールをすすり、白いタオルを眺めた。ニックが言った。「でも、よくわからないな。大きなハリケーンのさなかに、どうして犬が外に出てしまったんだろう?」

「小便がしたかったのかもしれない」とボブが言った。「それでネルソンが外に出してやったら、犬が嵐でびびって逃げ出して、ネルソンはあせってつかまえようとした。枝が折れて彼の頭に落ちてきた。きのうの夜は、落ちてきた枝に当たったバカは、彼だけじゃなかったと思うよ。タイミングが悪かった。運が悪かったんだ」

ブルースは言った。「彼は小説を書き上げたばかりだった。原稿はどこにあるんだろう」

「ワオ。それは価値がありますね。その原稿は読んだんですか?」とニックが尋ねた。

「いや、でも読む約束はしていた。彼は第二稿を仕上げているところだった。僕が知る限りでは、まだニューヨークには送っていない」

「彼のコンピューターに入っているんじゃないかな」

「その可能性は高い」

ニックが尋ねた。「その原稿は、どうなるんですか?」

長い間があり、それについて男たちは考えた。「彼は弁護士だったんですよね?」とニックが言った。

「そう、サンフランシスコの大手の法律事務所にいた」とブルースは言った。「遺言書はあるはずだ。遺言で指名された遺言執行者が彼の遺産の整理をすることになる。大変な作業になるだろうな」

ボブが言った。「二年前からここにいるなら、フロリダの住民だろう。そのはずだ。車にフロリダのナンバープレートをつけているからな。そうだとしたら、弁護士はここにいるんじゃないか?」

「さあね。たぶん、弁護士の友達はあちこちにいるだろう……いただろうから」

ニックはコンドミニアムの中に入り、ドアを閉めた。

ボブは言った。「何時間もここで待つことになるかもしれないぞ。哀れな警察は、今ごろてんてこ舞いだろうし」

「ここに来る途中で州兵をたくさん見たから、応援は到着している」

「あんたのところはどうだった?」

「運がよかった。枝がたくさん落ちてきたけど、たいした被害はなかった。このあたりとはぜんぜん違うよ」

ボブは言った。「おれも避難するべきだった。これから、だめになったカーペットやら壁板やらをぜんぶはがして、泥やゴミをシャベルですくって片付けなきゃならない。一週間は停電が続くし、気温は華氏九〇度台だ。食料は足りそうか？」

「うちは大丈夫だ。小さな発電機があるから、ビールも冷えているし。僕のところにニックと一緒に泊まりに来ればいい。食料はあるし、なくなったらどこかに略奪しに行って、楽しくやろう」

「ありがとう」

ニックが細くドアを開けて言った。「あの、二人とも、ちょっと来て見てください」

三人で書斎へ行き、ニックが懐中電灯で壁を照らした。ボブが訊いた。「それはどこから持ってきたんだ？」

「ソファの上にありました。ほら、本棚のそばに小さなしみがいくつかあります。血が乾いたものかもしれない。すぐ右の本にも、しみがついている」

ブルースが懐中電灯をとって壁を調べた。八か所から十か所に、黒っぽいしみがついている。血かもしれない。違うかもしれない。だが何のしみであれ、ネルソンや彼の家政婦が――家政婦を雇っていればの話だが――そのままにしたはずはない。ボブもしみをじっくり見てから首を振った。

「ついてきてください」とニックが言い、三人は細い廊下を歩いてバスルームへ行った。ニックは懐中電灯で洗面台を照らした。「蛇口の横にピンクっぽいしみがありますよね？　誰かが血を洗い流そうとしたときについたのかもしれない」

「犯罪小説をよく読むのか？」とボブが尋ねた。

「何百冊と読んでいますよ。大好きなんです」

「じゃあ、血に濡れたハンドタオルだか布切れだかはどこにあるんだ？」とブルースが質問した。

「なくなっています。停電していたけど、お湯はタンクが空になるまで出ていたはずです。われわれの容疑者は、ハンドタオルを洗濯機に投げ込むことはできなかった。洗濯機は動いていなかったし、今は空になっています。彼は証拠を残していくわけにはいかなかったから、持ち去ったんですね」

「われわれの容疑者？」とブルースは聞き返した。

「まあ、聞いてください。これは重大事件になるかもしれません」

「すでに重大事件だ」とボブは言った。

「そうですね」

ブルースは言った。「つまり君は、カテゴリー4のハリケーンのさなかに誰かがここに来て、書斎でネルソンを捕まえて、頭を殴りつけて、遺体を引きずって外に出して、血を拭いてきれいにしようとしてから走り去った、と言いたいのか？　本気で？」

「世の中、もっとおかしなことだって起こっていますよ」とニックは言った。「それに、人を殺して事故に見せかけるには、ぴったりのタイミングだったとも言えます」

「なるほどな」とボブは言った。「でもそれだったら、床に血が流れているんじゃないか？」

三人はいっせいに足元に視線を落とした。六つの足が濡れて汚れた絨毯の上にあった。ニックは言った。「ここは暗くて何も見えませんけど、もしかしたら……まあ、聞いてください。僕たちが犯行現場の真ん中に立っているとしたら、どうします？」

ボブは言った。「おれはやってない。誓って言うよ」

ブルースは言った。「彼の頭の傷をよく見てみよう」

男たちはしばし見つめ合ってから、忍び足でパティオに戻った。ニックが先頭に立ち、おずおずと遺体に近づいた。タオルを持ち上げ、そばにかがみ込む。ネルソンの左耳の上にある血まみれの傷は、ぞっとするほど生々しく、しろうとの目には、死因になってもおかしくないと思えた。タオルを使い、ニックは自分の指で遺体に触れないように注意しながら、ネルソンの頭を持ち上げようとしたが、彼の首はすでに硬直していた。

ニックは立ち上がって言った。「わかりました。こうしたらどうでしょう。遺体を転がして、デッキの上に下ろすんです。彼の顔と頭の反対側を見たいから」

ブルースは言った。「それはどうかな。警察はもう彼を見ているから、遺体を動かしたのがわかってしまう」

ボブは言った。「おれもそう思う。さわるのはごめんだ」

ニックは言った。「そうですね。それだったら、あとでもとどおりの場所に戻せばいいんです。でも、ひととおりは確認しないと」

「どうして?」とブルースは尋ねた。「君の推理は?」

「犯人は家の中で彼を一回殴って意識を失わせてから、引きずり出して、ここでまた殴ったんです。たぶん、何度か殴って、とどめを刺したんでしょう」

「嵐のさなかに?」とブルースは言った。「豪雨の中で?」

「そうです。犯人は濡れる心配なんてしていなかった。わかるでしょう? 彼を殺すには絶好のタイミングだったんです」

「凶器はなんだ？」とボブが尋ねた。

「それですよ！　犯人は家の中で見つけたものを使ったんです。銃やナイフを持って訪ねてきたんじゃないはずです。家の中に入ったわけだから、ネルソンの知り合いだったかもしれないし、当然、何をしにきたのか知らなかったから、ネルソンは家に入れたんでしょう。カテゴリー4のハリケーンのさなかに外にいたら危ないですからね。そして、犯人は暖炉の火かき棒か野球のバットか、家の中にあるとわかっていたものをつかんで、凶器に使ったんですよ」

「犯罪小説の読みすぎだ」とボブは言った。

「そのセリフはもう聞きましたよ」とニックは返した。

三人は突っ立ったまま、哀れなネルソンを眺めていた。ブルースは日陰に戻ってまた椅子に腰を下ろした。ニックとボブもゆっくりと彼にならった。太陽は容赦なく照りつけ、気温はどんどん上昇している。周囲では救助活動が本格的に始まり、上空を飛ぶヘリの数が増え、あちこちからチェーンソーの音が聞こえてきた。

警察官たちがいなくなってから、一時間が過ぎていた。

## 2

ニックは何も言わずに立ち上がって遺体のところまでいき、タオルをはがした。そしてネルソンの両脚をつかみ、体を転がしてレンガの壁から下ろした。ネルソンは仰向けにパティオの上に落ちた。ブルースとボブも急いで見にいった。

ネルソンの右目はまぶたが腫(は)れてふさがり、目の上にも傷があった。「思ったとおりだ」とニックはひとりごとのようにつぶやいた。「懐中電灯を持ってきてもらえますか?」

ブルースはキッチンのテーブルの上にあった懐中電灯を外に持って出た。ニックはそれを受け取ると、頭部の上にかがみ込み、しらみでも探しているかのように細かく調べ始めた。頭頂部にふさふさの髪で隠れていた傷を見つけ、さらに調べ続けた。ひととおり調べ終わるとレンガの壁にもたれて言った。「木の枝は、少なくとも三度は彼に当たったようですよ。そんなこと、ありえますか?」ニックはブルースに目をやったが、彼は言葉を失っていた。

ボブが口を開いた。「わかった、わかった。じゃあ、警察が戻ってくる前に彼を壁の上に戻そう」

「だめです! 警察にもこれを見せる必要があります」とニックは言った。「これは殺人事件ですよ。警察が捜査します。少なくとも、捜査するべきです」

ブルースは言った。「わかった。でもタオルをかぶせてくれ。そんな彼の顔を見ていられない」

ニックは二枚のタオルをそっとネルソンの上にかけた。

連邦刑務所の世話になっていた過去があるボブは、神経質になっていた。「おい、おれたち、家の中に指紋を残してきただろう。拭いといたほうがいいんじゃないか?」

「だめですよ」とニックが言った。「中に入ってもかまわないと警察に言われたし、指紋がついていたとしても、それは僕たちがそこにいたからであって、犯罪にかかわったからじゃありません。それに、あちこち拭いたりしたら、殺人犯が残した指紋も消しちゃうかもしれませんよ」

「確かにそうだ」とブルースは言った。「そいつは凶器を残していったと思うか？」

すっかり探偵になりきっているニックは、ちょっと考えてから言った。「それはたぶんないでしょう。犯人は嵐の中で逃げたんだろうし、凶器が何であろうと、この騒ぎの中で捨てるのは簡単だった。でも、いちおう、見て回ったほうがいいでしょうね」

「おれはもう家の中に入りたくない」とボブは言った。「それより、自分の家に帰ろうかと思っている。カーペットをはがして片付けを始めなくちゃならないし」

「僕たちも手伝うよ」とブルースは言った。

「帰っちゃだめですよ」とニックは言った。「あなたは遺体の発見者だから、警察が話を聞きたがるはずです。ここで待っていろと言われたし」

「そうだ」とブルースは言った。「僕は中にいます。もう帰っていいと言われるまでここにいよう」

ニックは言った。「僕は中にいます。ぬるいビールをもう一本飲みますか？」

二人はうなずいたので、ニックは家の中からビールを二本持って出てきた。それをパティオに置いてから、何もさわらないように注意しながらキッチンの中を歩いて回った。ふきんを見つけ、それを使って戸棚や食器棚を開けた。書斎では、暖炉用の道具の四点セットが錬鉄（れんてつ）製のホルダーに並んでいることに気づいた。懐中電灯を使い、道具に直接触れないようにしながら、ニックはひとつずつ入念に調べた――火かき棒、火ばさみ、スコップ、ブラシ。凶器として使われた可能性があるのは火かき棒だけだ。火ばさみは扱いにくい。スコップとブラシは、いずれも致命的な一撃を食らわすことはできない。少なくとも、しろうとのニックはそう思った。彼は携帯電話を使って書斎の壁についたしみの写真を撮った。

パティオでは、ブルースが疑問を口にした。「いったい誰がネルソン・カーを殺そうと思うんだろう？」

「想像もできないね」とボブは言った。長い間を置いてから、彼は尋ねた。「ブルース、やつは殺されたって本当に信じているのか？」

「わからない。あるいは、先走りすぎているかもしれないし。ここは深呼吸でもして、警察が戻ってくるのを待って、あとのことは任せるのがいいと思う」

「同感だ。でも今のところ、警察はあたふたしているだけだろう。いや、おれたちだって気が動転している。冷静に考えられなくなっているかもしれない。一晩中起きていて一睡もしていないし、正直に言って、死ぬほどビビってたから」

ニックは、二階に上がり、主寝室に入った。階下よりさらに暗い。彼はブラインドを開け、何も触らないように気をつけながら部屋の中を見て回った。ベッドは整えられていない。脱いだ服は床に落ちている。ネルソンは、一階はきれいにしているが、寝室は散らかしていた。ニックはもうひとつの寝室も見て回ったが、気になるものはなかった――血痕も、凶器に使われた可能性があるものもなし。二つのバスルームものぞいた――何もなし。

パティオにいるボブが言った。「木の枝が何本も当たった可能性だってあるんじゃないか？ほら、あちこちに落ちているじゃないか。殺人だって話は、おれは買わないな」

「壁の血痕は？」

「確かに血だったのか？」

「いや。確かなことは、そこにいるわれらが友のネルソンは、確実に死んでいるってことだけだ」

「日陰に移したほうがいいんじゃないか？　あのままじゃ、丸焼きになっちまうぞ」

「彼は気にしないだろう。もうさわらないほうがいい」

二人は熱くなったビールをすすりながら、ネルソンを眺めた。影が移動している。間もなく彼らも強い陽射しにさらされそうだった。

ガレージに行ったニックは、ネルソンのピカピカのＢＭＷが無傷のままそこにあることを確認した。壁には釣竿の立派なコレクションが飾られている。隅のほうにゴルフバッグがあった。小さな作業台には、どこの家庭にもあるような道具や日用品が整然と並べられていた。予備の電球。虫除けスプレーやスズメバチの駆除剤。すべてあるべきところにある。実際、ネルソンの寝室よりガレージのほうがきれいに片付いている。工具セットが蓋を閉めた状態で置いてあったので、ニックは開けて中をのぞきたくなった。とくに興味があるのは金づちで、取り除かれていなければ見てみたかったが、やっぱりやめておこうと思い直した。警察に任せておけばいい。

ボブは言った。「あいつは、過去に悪い連中とかかわっていたんだよな？　かなりやばそうな男たちの話を書いていたし」

「彼の本を読んだのか？」

「だいたいは。うまく書けていると思ったよ。法律事務所をクビになったんだよな？」

「本人はそう言っていたよ。サンフランシスコの大手の事務所のパートナー弁護士で、羽振りがよかったけど、やめたいと思っていた、と彼は言っている――言っていた、か。依頼人の会社が軍事用ソフトウェアをイランと北朝鮮に売っていることを知って、告発したんだ。ＦＢＩからかなりの額の報奨金をもらったけど、弁護士としてのキャリアは終わった。金を持って辞めて、大部分は離婚で失って、再出発しようとここへ来たというわけだ。どうやら誰かに追われていたらしい」

「じゃあ、殺人のシナリオに賛成なのか?」

「そうだな。かなりあやしいとは思う」。ブルースはビールをひと口飲んだ。「なあ、ボブ、この状況はおかしくないか? ネルソンは日なたで放置されていて、家族は何も知らされていないとは。心配しているだろうに」

「警察が連絡するはずだ。あんたが身元を確認したから」

「そうだといいけど、今は、地元警察は手が回らないかもしれない。あそこに倒れているのが、自分の弟だったらどうだ? 知りたいだろう?」

「おれの弟に会ったことがあるか?」

「これは冗談じゃないんだよ、ボブ」

二人はビールを飲み、ネルソンを見つめ、また飛んできたヘリコプターの音を聞いた。ボブが口を開いた。「シャーロック・ホームズは、中で何をやっているんだろうな」

ニックは7番アイアンを懐中電灯で照らして調べていた。ゴルフクラブは、熱心なゴルファーのニックも知っているPINGの高級クラブのセットで、バッグの中に順番通りにきちんと並んでいた。下の列はウェッジ。真ん中の列は4番から9番のアイアン。そしてフェアウェイウッドとドライバー。どれもPINGのおそろいのヘッドカバーがついている。ニックはスコット・トゥローの『囮弁護士』という小説を思い出した。2番アイアンのヘッドをやすりで削って刃物のような凶器にしたものが、アンチヒーローの頭蓋底に命中して即死させた。

　ニックが見ている7番アイアンは、やすりをかけたり改造したりした形跡はなかったが、何かが付着していた。液体が乾いたものと、芝生が何本か。ニックは片手で懐中電灯を持ち、何本かのクラブのクローズアップ写真を撮りながら、自分が汗だくで息が荒くなっていることに気づいた。彼はガレージをあとにしてパティオに戻った。そこではブルースとボブがまだ座っていて、まだネルソンを見つめていた。

　ニックは二枚のタオルを遺体からはがして言った。「ぜんぶ写真に撮っておきます」

「どうして？」ボブが訊いた。

「わからないけど、写真があると役に立つかもしれない」

## 3

　正午になり、警察官二人が立ち去って二時間半近くたったころ、道路のほうから音が聞こえてきた。救急車が停まり、二人の救急隊員がストレッチャーを降ろしていた。いつもダウンタウンをパトロールしていてブルースがよく知っている警察官が、家の前の車道に立っている。

「やあ、ナット」。ブルースは微笑み、彼と握手した。制服を着た顔馴染みの人物が来たのは心強かった。

「どうも、ブルース。こんなところで何をしているんですか？」

「遺体の番だよ。ネルソン・カーという男で、僕の友人だった。連絡先として僕の名前を書いていたらしい」

「ネルソンなら知っていますよ」とナットは驚愕の表情で言った。「死んだんですか?」

「残念ながら、そうなんだ」

「見てみましょう」

ブルースはナットにボブとニックを紹介し、みんなでパティオへ歩いていった。救急隊員が後ろからついてきた。ナットは遺体の上にかがみ込み、タオルの一枚を引っ張りおろして、ネルソンの顔をまじまじと見た。ブルースが言った。「どういうわけか嵐のさなかに外に出てきて、木の枝が当たったか何かしたらしい。ボブが発見したときは、レンガの壁の上に倒れていた」

「誰が動かしたんですか?」とナットは尋ねた。

「僕たちが体を転がして下ろした。木の枝が当たったせいで死んだのかどうか、わからないんだよ、ナット。少なくとも三回は頭を殴られたように見える。思ったより複雑な事件かもしれない」

ナットは立ち上がり、帽子を脱いでブルースの顔を見た。「どういうことですか?」

「書斎の壁にしみがついているのを見つけた。乾いた血の跡かもしれない。流し台にも血かもしれない汚れがついている」

ニックは言った。「これは殺人事件ですよ、巡査。誰かが家の中でネルソンを殴って、外に引きずり出してからとどめを刺して、嵐の被害を受けたように見せかけたんです」

「ハリケーンのさなかに?」

「そうです。人を殺すには最適のときですよ」

「あなたは？」

「ニック・サットンと言います。書店で働いています」

ボブが口をはさんだ。「こいつはシャーロック・ホームズになったつもりらしいけど、まんざら見当はずれでもないかもしれない」

ナットには手に余る事態だった。彼はそわそわと行ったり来たりして、困惑して頭をかき、ようやく言った。「じゃあ、血痕を見せてください」

ニックが彼を連れて家の中に入っていった。ブルースは救急隊員の一人に声をかけた。「今、島はどんな様子なの？」

「大混乱ですよ。州兵が道を通れるようにしています。ついさっき、彼らはビーチのコテージの下で、三人亡くなっているのを発見しました。この道の先のほうです。今のところ、死者は七人。ありがたいことに、ほとんどの人は島から避難していたから」

もう一人の救急隊員が言った。「ほとんどの地域で水は引きましたが、ダウンタウンのほうは、まだ二フィートほど浸水していますよ」

「メイン・ストリートにあるベイ・ブックスは僕の店なんだけど、水浸しになっただろうね」

「五フィートくらいですね」

ブルースは首を振ってぶつぶつ言った。「まあ、もっとひどいことになっていたかもしれないわけだからな」

ナットはニックのあとについてコンドミニアムの外に出ると、無線機をひっぱりだした。そして誰かと話をするために建物の脇に姿を消した。

ブルースは一人目の救急隊員に尋ねた。「電話は通じる?」

彼は首を振った。「携帯電話の基地局は全滅です。復旧に何日かかかるかもしれません。ところで皆さんは、本当に彼が殺されたと思っているんですか?」

ニックが答えた。「そうじゃなかったら、同じ木の枝が頭に三回も当たったことになりますね」

「どの枝ですか?」

ブルースが枝を指差し、救急隊員は首を伸ばしてそっちのほうを見た。

ナットは、きっぱりとした態度で戻ってきた。「警部補と話をしたら、遺体には手を触れないようにと言われました。殺人の担当者と連絡をとろうとしているところです」

「殺人担当がいるとは知らなかったな」とブルースは言った。「カミーノ・アイランドで最後に殺人が起こったのがいつだったか、思い出せない」

ナットが言った。「ホッピー・ダーデンという者です。銀行強盗も担当しています」

「最後に銀行強盗があったのがいつだったかも思い出せない」

「まあ、彼は多忙ではないですね」

ブルースは言った。「なあ、ナット。提案なんだけど、州警察に連絡して、捜査官をよこしてもらったらどうかな?」

「それは無理ですよ。今は誰も島に来られません。橋は閉鎖されているし、道路も不通です。けが人をなんとかして島から運び出そうとしているところです」

「それはわかるけど、もうすぐ橋が復旧して、片付けをする作業員が入ってくるだろうし、そのあとは家のオーナーたちが帰ってくる」

「そんなことは心配しないで。他の人の仕事ですから」。ナットの無線が鳴り、彼はまた誰かと話をするために離れていった。救急隊員たちは別の現場に向かった。ブルース、ボブ、ニックの三人は、再び太陽が照りつけるパティオに腰を下ろし、日に焼かれるネルソンを眺めた。その痛ましい姿を見ずにすむように、ナットがまたタオルをかけてくれていた。

ナットがパティオに戻ってきて、私は別の場所に呼ばれたので、皆さんは遺体についていてください、何もさわらないようにしてくださいね、と言った。ホッピーがつかまればいいですが、たぶんどこかで忙しくしているのでしょう、何しろ今は全員総出で対応していて、他の人間が何をやっているのか、さっぱりわからないので、とのことだった。

幸いにも、ホッピー・ダーデンは十五分後に到着した。ブルースは彼のことを知っていたが、会うのは初めてだった。ブルースが知る限りでは、ホッピーが書店に来たことはない。太鼓腹の大柄な男で、汗だくの制服が腹に貼りついている。みんなの自己紹介がすむと、ブルースが自分たちの殺人説を説明した。ホッピーは、殺人事件の被害者は何十人も見てきたような態度でネルソンの傷を検分し、ニックのあとについてサウナのように暑くなった屋内に入った。二人が出てきたとき、ホッピーは額の汗を手で拭った。「どうやらこれは犯罪現場のようですな」と言う彼は、明らかに興奮していた。本物の殺人事件の捜査とあっては、海岸沿いでチェーンソーを使って片付けをする作業は免除される。

ホッピーはカメラを出してネルソンの写真を撮り始めた。そして犯罪現場であることを示す黄色いテープを出してきて、裏のパティオと、正面の車道、前庭、花壇の周りを囲った。周辺には誰もいないのに、どうしてそんなに黄色いテープが必要なのかとブルースは尋ねたかった。他にもいくつか質問があったし、いろいろと提案もあったが、口に出さないことにした。ホッピーは何度も応援を要請していたが、他には誰も姿を見せない。彼は携帯電話を使い、ブルース、ボブ、ニックのそれぞれの簡単な証言を録画した。そして、コンドミニアムの中には入らないように要請した。ホッピーは仕事をしながら、自分が持ってきたクーラーボックスの中の冷えた水を三人にすすめ、みんなはありがたくそれを飲み干した。

ボブはようやく帰ってもいいと言われ、洪水の被害に対処するために自宅に戻った。ブルースとニックは、できるだけ早く手伝いにいくと約束した。

先ほどと同じ救急隊員たちがストレッチャーを持って戻ってきて、ネルソンを救急車に乗せた。遺体は市立病院に運ばれ、地下にある小さな死体保管所に収容されるとホッピーは説明した。

ブルースは言った。「病院はみんな避難させられたと思っていたけど」

「ええ。でも発電機があるんでね」

「検死は誰が？」とブルースは尋ねた。ホッピーと三十分ほど過ごした印象では、捜査を彼に任せるのは心もとない。

「そうだな、やるとすれば、州の監察医だと思うが」

「ちょっと待ってくださいよ、ダーデン刑事。検死は必要でしょう。これが殺人事件なら、死因を調べる必要があるはずだ」

ホッピーはしばらく顎（あご）をなでて考えてから、うなずいた。そうかもしれない。

ブルースは、あまり強い口調にならないよう気をつけながら提案した。「ジャクソンビルの科学捜査研究所に運んだらどうかな？　そこで検死をやるんだよね？」

「ああ、あそこの監察医は私も知っている。それがいいかもしれないな。関係者に頼んで、島を出てジャクソンビルまで行けるよう手配してみますよ」

「それから、カリフォルニアにいる彼の家族に連絡がいくようにしないと」とブルースは言った。

「それはお願いできませんかね？　私は対策本部に戻らないといけないので」

「悪いけど、それは君たちの仕事だから」

「わかりました」

ホッピーはストレッチャーのあとについて家の前に停まっている救急車のところへいった。ブルースとニックは、ストレッチャーを載せて走り去る救急車を見送った。

# 第三章——「略奪」

## 1

　ラリーが住んでいるレンガの家は、海岸から一マイル、マーサーのコテージから南へ三マイルのところにある。午前中に彼はチェーンソーを使って前庭に落ちた木の枝やゴミを片付けてから、島の状況を確認しようとピックアップに乗って出かけた。しかし、どうにもならない状態だった。どこもかしこも木が倒れて道が不通になっている。ラリーは家に戻り、バックパックに食料と水を詰めて、徒歩で出かけた。自分が管理している物件を点検するためだ。昔からの顧客が所有する海辺の別荘が五軒ある。破壊の跡は、五十数年前からこの島で暮らしてきた彼も見たことがないほど悲惨なものだった。家々の屋根や芝生、車やトラックの上に木が倒れている。ばらばらに切断して撤去するには何日もかかるような大木が街路や道路を塞ぎ、交通が遮断されて孤立している地区がいくつもあった。海岸沿いにのびているフェルナンド・ストリートにたどり着くまでに二時間もかかった。そのあたりは木が少なかったため、被害はいくらかましだった。砂丘は高潮の侵入を防ぐ役目を果たしたが、家屋やコテージは強風に痛めつけられていた。

歩き回っている人はあまりいないから、ほとんどの人は無事避難したのだろう。ヘリコプターや小型飛行機がうるさい虫のように飛び回り、救助隊が次々と到着している。道路を片付けている州兵の一団の横を通り過ぎ、立ち止まって巡査部長と話をした。彼によれば、嵐の被害が最も大きかったのは島の北端だった。ヒルトン・ホテルは全壊した。死者の数は八人だが、まだ増えるだろう。負傷者はジャクソンビルへ運ばれている。橋は開通し、救助隊などが島に入ってきているが、住民が戻れるようになるのは何日も先になる。

ラリーがマーサーのコテージに到着すると、前庭には葉っぱや小枝、割れた羽目板や屋根葺き板が散乱していた。屋内は、浸水による被害や水漏れは見当たらなかった。屋根がしっかりと家を守ってくれたようだ。海に面したデッキからコテージを検分し、ラリーは自分が打ちつけたベニヤ板がドアや窓をすべて守ったことを見て満足した。何日かは板をそのままにしておこう。砂丘の上のボードウォークはほとんど無事だったが、最後のデッキと階段だけが大波に押し流されていた。ラリーは浜辺を見渡し、南北にあった栈橋がどちらもなくなっていることに気づいた。彼はボードウォークに座り、両足を砂丘の上でぶらぶらさせながら、ボトルから水を飲み、周囲で展開されている活動を見物した。一マイルほど離れたところにある公共のビーチが兵士らの集結地になっていた。海軍のシーホーク・ヘリコプターが上空で旋回し、別の一機が着陸しようとしている。海からは揚陸艦が接近中だ。ジャクソンビルの海軍基地の近くに住んでいると、このような非常時には心強い。

水のボトルが空になると、ラリーはコテージの屋根をチェックしながら歩いて戻った。屋根葺き板が何枚かなくなっているが、たいした被害ではない。三軒先のコテージは、デッキが吹き飛ばされ、窓がすべて粉々に砕け散っている。

ラリーはコテージの戸締まりをしてからフェルナンド・ストリートに戻り、自宅に向かった。電話回線は不通だから、状況を報告できる人もいない。ラリーは一人暮らしで、二週間分の食料があった。自分は運がよかった、と彼は安堵していた。自宅は被害を受けていない。しかし、電気が通じるまでは、状況は改善しない。一日か二日たてば、二百マイルほど離れたどこかの涼しくて快適なモーテルにいたらよかったのに、と思うかもしれない。次回は、分別がある人たちと一緒に避難しよう。

## 2

ボブの家の片付けは、一時間足らずで終わった。泥だらけになった一階のカーペットを床から引きはがして運び出した三人は、汗まみれで疲労困憊していた。

休憩中にボブは言った。「保険会社の損害査定人が見にくるまで待ったほうがいいんじゃないかな。そう思わない？」

ブルースは急いで返事した。「それはいい考えだ。作業員を雇って片付けてもらえるんじゃないか？」

「保険に含まれている」とボブは言った。「年に六千ドルも払って洪水保険を追加しているから、カバーされるはずだ」

ニックが言った。「もっといいアイデアがありますよ。食料と水と酒を車に積んで、出かけましょう。ぜんぶブルースのところにもっていって、キャンプをするんです」

ボブは言った。「おれの車は五フィートの水に浸かっていたから、エンジンがかからない。もう試してみた」

ニックは言った。「なるほど。でもネルソンのBMWはまったく濡れていませんよ。彼はもう使わないわけだし。キーは僕のポケットに入っています」

「彼の車のキーを持ってきたのか?」

「そうですよ。キッチンカウンターの上にありました。家の鍵と一緒に」

「警察が捜査に戻ってきたらどうするんだ?」とブルースは言った。

「今週はもう戻ってこないと思うし、警察が家に入りたければ、入れますから」

「あいつの車を盗む気か?」とボブが訊いた。

「いや、借りるだけです。ダウンタウンまで三マイルはあるし、地雷原の中を進むようなものですからね。これは非常時ですよ、ボブ。自分の身は自分で守らなくちゃいけないし、平時とはルールが違う。ネルソンの冷蔵庫と食品庫もあさって、めぼしいものを持っていきましょう。置いてあっても腐るだけだから」

ブルースは言った。「いい考えだと思う。食料はもらって、車を借りよう。道路が開通したら返しにくればいい。警察は他で忙しいから」

「警察に止められたら？」

「止められる理由がない。死人の車を運転しているとは、わからないんだから」

「そうだな」

二階のゲストルームで、ボブは古い服が詰めてあった大きなプラスチック製の箱二つを空にした。男たちはその箱に冷凍庫の中で溶けかかっていたステーキ肉四枚と鶏一羽、ハムやチーズ、ビールを八本とバーボンのボトルを三本、ウォッカのボトルを二本入れた。ボブは自分のコンドミニアムに鍵をかけ、三人は荷物を引きずって運び出した。

ボブは言った。「警察がおれたちを見たら、発砲してくるぞ」

「警察がどこかにいるか？」

「人っ子一人いない」

数分後、三人はネルソンの家に戻っていた。みんな息を切らし、へとへとだった。念のため、人目につかないように裏のパティオから入ったが、あたりに人影はなかった。ブルースはガレージへ行き、スライド式の自動ドアを開けようとした。びくともしなかった。モーターの横にスイッチを見つけ、ドアの開閉を手動に切り替えた。ブルースとニックでうなったり引っ張ったりして、ようやくドアが開いた。彼らは急いで食料品置き場からとってきた缶詰や箱入りパスタと、冷蔵庫にあったベーコン、卵、チーズを車のトランクに積んだ。冷凍庫にあったのは、ステーキ肉が二枚と冷凍ピザが二枚。ピザはグルテン・フリーだった。それらも取り出してから、ネルソンのバーにある大量の酒にとりかかった。彼が好きだった高級スコッチをありがたくいただき、他のボトルも手当たり次第に運び出した。幸運なことに、輸入物のスパークリング・ウォーターも一ケースあった。

　ボブやニックより警察官の知り合いが多いブルースが運転手に選ばれた。ニックが犯罪現場を囲む黄色いテープを持ち上げ、ブルースはゆっくりと車を進めてテープの下をくぐった。略奪品を積み込んだ他人の車を運転し、通りに出てダウンタウンに向かう男たちは、今にも止められて逮捕されるだろうと覚悟していた。ふだんなら十五分で行ける距離のブルースの家まで二時間もかかった。倒木を避けながらのろのろ進み、角を曲がるたびに障害物に行き当たり、警察が立てた防護柵をかいくぐり、必要のない検問所で待たされた。片付けをしている住民を何人か見かけたが、みんな茫然とした様子で、疲労をにじませていた。何台かの車とすれ違った。警察や州兵はみんな忙しくてストレスがたまり、疑り深くなっていて、親切に人助けをする余裕はないようだ。救助モードに入っていて、野次馬の相手をしているひまがないのだ。それでも親切な警察官が一人いて、沼地の横を通る砂利道をブルースたちに教えてくれた。

　男たちはブルースの家のドライブウェイに駐車すると、水を飲もうとキッチンに駆け込んだ。ブルースはテラスでガタガタ鳴っていた発電機のスイッチを切った。ガソリンは五ガロン〔一ガロンは約三・八リットル〕も残っていない。冷蔵庫と冷凍庫、キッチンと書斎の冷房と照明だけを残して、他のブレーカーはすべて切ってある。家の他の部屋は蒸し暑くなっていた。

　三人は車から荷物を下ろし、食料や飲み物をしまってから、冷えたビール三本の栓を抜き、書斎に座って休憩した。嵐の前から一睡もしていなかったボブは、間もなく椅子に座ったままうとうとし始めた。ニックもソファで眠りに落ちた。ブルースも午睡を必要としていたが、いろいろな考えが頭の中を駆け巡って眠れなかった。発電機を再始動し、エアコンの温度を華氏八〇度

〔摂氏二七度〕にセットした。明日の最優先課題はガソリンを入手することだ。

眠っている男たちをおいてブルースは散歩に出た。彼の書店までは四ブロックしかないし、疲れてはいたが、運動は必要だった。水は港から一ブロックほどのところまで引いていた。二台のパトカーがメイン・ストリートの真ん中に停車している。車通りはまったくないにもかかわらず、バリケードが立ててあった。

警察官二人のうち一人は顔見知りで、ブルースは両方と握手をした。彼らは最新情報を教えてくれた。電話会社は、仮設の基地局を大急ぎで建てている。早ければ明日には携帯電話網が復旧するかもしれない。現時点で確認された死者の数は十人で、行方不明者は十数人だが、本当に行方不明なのか、どこかのモーテルに避難しているのかは確かめようがない。十マイルほど西のところで竜巻が発生したが、負傷者はなかった。橋は開通し、救急隊員やボランティア、物資を運ぶ車両は通しているが、島民は通していない。島民が帰宅を許されるのがいつになるか、まだわからない。電気が優先課題だが、復旧には何日もかかる。遠いところではオーランドからも救助隊が到着し、大量の発電機が運び込まれている。当面は、すべての商店が休業を要請されているが、スーパーマーケットのクローガーだけは、大規模な発電機を持っているため営業している。さらに多くの州兵部隊が島に向かっている。

ブルースは書店まで歩いていって、強い不安を感じながら入り口の鍵を開けた。前日、店員たちと二階に運んだ一万冊の本は、浸水をまぬがれた。絨毯や書棚のほとんども無事だ。松の木の心材を張った一階の床は濡れて泥だらけになっている。おそらくは床を張り直すことになるだろう。レジの後ろの壁のしみを見ると、水はちょうど四・五フィートに達してから引いたようだ。

まあ、仕方がない。保険はたっぷりかけてあるし、金もたっぷりある。すべては修復可能で、じきに営業再開できるだろう、とブルースは思った。これよりはるかにひどい状況になっていたかもしれないのだから。彼は階段を上ってバルコニーに出た。ここで友人や著者ツアーで立ち寄った作家たちとたくさんのカプチーノや上等なワインを飲んだ。ネルソンと出会ったのもここだった。それほど昔の話ではない。

この二十四時間の騒動で思考が乱れ、理路整然と考えることができなくなっていた。嵐のさなかは恐怖に襲われ、生き残ることだけを考えていた。嵐が過ぎ去ってからはパニックに陥り、自宅や書店の被害のことが心配でたまらなかった。そして今、ネルソンの遺体を見たあとは、何が何やらわからなくなっていた。他殺説のことを考えようとすると頭が痛くなる。

ブルースは大きく息を吸って、ネルソンの両親に訃報を伝える電話のことを考えた。きっと警察はもう連絡をとっているだろうし、ネルソンの家族は事情を知っている島の人間と連絡をとろうと必死になっているだろう。彼らと連絡をとる努力だけでもするべきだとブルースは思った。そして、すでに何度も考えたことだが、ボブとニックを車に乗せて島から脱出したいという衝動にかられた。ネルソンの車ではなく、自分の車で。脱出したら、たぶん、南に向かうだろう。二時間も走れば、携帯電話が使えるようになりモーテルも見つかるはずだ。そこからネルソンの家族に電話をかけて、マーサーと、マイラとリーと、他の友人たちと連絡をとることができる。しかし、今、島を出たら、戻って来られなくなるかもしれない。

それに、ネルソンの犬はどこへ行ったのだろう？　嵐で行方不明になったペットはどれだけいるだろう？

深呼吸をしても効果はあまりなく、神経は鎮まらなかった。ブルースは細い階段を上って以前は自分の住居にしていた三階の部屋に入り、シングルモルト・ウイスキーのボトルを見つけた。空気がよどみ、かびくさかったので、バルコニーに戻ってウイスキーをグラスに注いだ。それをゆっくりすすっているうちに緊張がほぐれ、しばらくすると、落ち着いて物事が考えられるようになった。

州の科学捜査研究所できちんとした検死が行われるだろう、と思った。嵐で他にも死者が出ていて、科捜研は余裕がないかもしれないが、殺人事件とあれば、時間を割くだろう。検死の結果、ニックの推理が裏付けられれば、次なるステップは？　ホッピー・ダーデンが真相を解明してくれるとは、とても思えない。殺人の可能性を探る気さえないようだった。ネルソンが死んだだけでなく殺された可能性もあると誰が彼の両親に知らせるのだろうか？　カテゴリー4のハリケーンのさなかに外に出て落ちてきた木の枝に当たった男に、ホッピーや彼の上司が同情することはないかもしれない。解決が難しそうな事件からは目を背けて、事件性はない、これはただの事故だと決めつけることも十分に考えられる。ネルソンは島では新参者で、人付き合いを避けていたから、友人も少なかった。そもそも作家という人種は変わり者ばかりだというじゃないか、飛んできた瓦礫か何かのせいにして、捜査は終了すればいい、ということになる可能性もある。

ブルースは酒を飲み干し、ボトルを三階の部屋に戻し、ベイ・ブックスをあとにした。そして、ノエルの店舗の被害状況を調べにいった。

## 3

バーベキュー・グリルをいっぱいにできる量の炭があったので、ブルースは盛大に火をおこした。まずは三人の夕食用にネルソンの家にあったステーキを焼き、続いてソーセージとポークチョップを焼き、そのほか、四分の一の出力で運転している冷凍庫にあるすべてのものを焼いた。炭がちょうどいい具合になると、二羽の鶏をまるごとグリルにのせた。

三人はベランダに出て夕暮れの薄明かりの中で食事をした。シラーのボトルを開け、ステーキを流し込んでしまうと、ブルースはテーブルを片付けて、さらにワインを注いだ。

ボブが突然立ち上がり、指の関節を鳴らした。「よし、二人にどうしても話しておきたいことがある。警察に話すかどうかはわからない。どうしたらいいか、意見を聞かせてほしいんだ」。彼は急にそわそわと落ち着きがなくなり、ベランダを行ったり来たりしはじめた。「きのうの夜、おれは女と一緒にいた。イングリッドと名乗る女だ。金曜にヒルトンのバーで会った。かなりの美人で、歳は四十くらいだけど、見たこともないような、すごい体をしているんだ。自分は黒帯で、ジムに入りびたりだって言っていたな。何日かここのホテルに滞在して、ビーチを楽しむつもりだって。おれは彼女を連れて帰って、朝まで一緒に過ごしたわけだけど、いやもう、すごいのなんのって。おれの手には負えないんじゃないかと思ったよ。筋骨隆々で。彼女、しばらくうちにいたんだ。土曜日は、彼女を連れてネルソンとランチに行ったんだけど、あいつ、彼女から目が離せないみたいだった。その日の夜も、彼女はうちに泊まった。満足するってことがなくて、もう、殺されるんじゃないかと思ったよ。おれは五十四歳で、まあ、日頃から鍛えているから、スタミナはあるほうだけど、彼女にはついていけなかった。日曜は、あんたんちのディナーに彼女も連れていって、マーサーに紹介しようかと思った。彼女を見せびらかしたいっていうのもあったし。でも思い直してやめた。嵐がこっちに向かってきたとき、彼女、最初は島を出る予定だった。でもやっぱり島に残ることにすると言ったんで、かまわないと言ったよ。おれはこの島で嵐を乗り切るつもりだったし、彼女もそうすればいいと思った。ところが、実際に嵐が直撃したら、彼女はパニックになった。ほんとにビビってしまって、ホテルに戻りたいって言ったんだ。うちの前の通りは他のところより低くなっているから、おれは高潮が心配で、浸水するかもしれないと言ったら、彼女、半狂乱になって、喧嘩になった。怒鳴ったり悪態ついたりしただけで、殴り合ったわけじゃないけど、この女はその気になれば、おれの首をポキンと折るのも簡単だろうと思ったよ。それで、外が暗くなったころに彼女は急に出ていった。うちのコンドミニアムから嵐の中に飛び出していったんだ。おれは大声で呼んで止めようとしたけど、彼女、完全にイカれちまって、どうしようもなかったから、そのまま行かせた。ただの行きずりの女だったわけだし、真剣な関係じゃない。車もひっくり返されるくらいの強風の中に出ていきたいんだったら、しかたないと思った。最後に見たとき、彼女はなんとか足元をすくわれないように体を横向きにして風と闘いながら、通りの先に消えていった」

ボブは座り、ワインをぐびぐび飲んだ。二人はしばらく待っていたが、ブルースがついに口を開いた。「話はそれで終わり？」

「いや、まだだ。数分後に、ネルソンから電話がかかってきた。不通になる前の最後の電話だ。彼女が来て、ただごとじゃない様子なんだけど、何があったんだ、と訊くから、おれにもわからん、と言った。ネルソンは、なんとか彼女を落ち着かせる、と言った」

また間があり、ブルースが尋ねた。「そうか。まだ何かある？」

「いいや。これで終わりだ」

長い間、誰も何も言わなかった。ボブはまた椅子に座ったが、息を切らし、うなだれていた。

「どうしたらいいかわからないんだ」とつぶやいた。

ブルースは言った。「まあ、警察に話す必要はあるな。それは確かだ」

「そうだろうけど、おれは巻き込まれたくないんだよ。あのホッピーとかいうお巡りさんに会って、ここの警察は頼りにならんと思ったし。あいつはおれを疑うかもしれないし、そんなことになったら、おれは困るんだよ」

「どうして疑われると思うの？」

「前科があるから」

「おい、それは過去の話じゃないか。容疑者になるはずがない」

「この世の中、何が起こるかわからない」

「その女性の名字は聞きましたか？」とニックは尋ねた。

「マーフィ。イングリッド・マーフィ。アトランタから来たと言っていた。でも、ぜんぶ嘘かもしれない」

「ホテルに記録が残っているだろう」とブルースは言った。

「かもな。そのホテルは、傾いて倒れそうになっているけど。きょう、見ただろう？　あれはたぶん、取り壊しになるな」

ニックは言った。「そのひとは、ホテルには泊まってないと思いますよ」

二人は不思議そうな顔をしてニックを見た。「どういうことだ？」とブルースは尋ねた。

「ネルソンが殴り殺される前に一緒にいたとわかっている最後の人間だから、殺人犯は彼女だと仮定しましょう。ちょっと僕の考えを聞いてもらえますか？　同じ木の枝が三回も四回も当たったとは考えられないから、誰かが鈍器で彼の頭を殴ったわけですよね？　ボブが説明してくれたその女性の身体的特徴から考えて、彼女ならできたと思うんです」

「それで、動機は？」とブルースは尋ねた。

「わかりません。ネルソンと彼女は、どのようにして出会ったんですか？」とニックはボブに尋ねた。

「いま話したみたいに、一緒にランチをしたんだ」

「それは彼女の提案でしたか？」

ボブは顎をぽりぽりとかき、ちょっと考えてから言った。「そうとも言える。彼女、自分は大の読書家で、おれの本も好きだとか言うから、島の他の作家たちの話をしたんだ。それで、ネルソンはおれの友達だって言ったら、彼女は興奮した。ネルソンの本のタイトルも全部言えたし、彼のことは知りつくしているみたいだった」

「おかしいですね」とニックは言った。「あまり女性は読まないような本だと思うんですが」

「おれもそう思ったよ」

ニックは言った。「イングリッドはネルソンと初めて会った直後に殺した、でもそれは行き当たりばったりの殺人ではなかった。彼女はそのために島に来たんです。動機はお金です。つまり、彼女は報酬をもらって仕事をしたということです。どこでランチをしたんですか?」

「シャックという、橋の下にある店だ」

「そこは防犯カメラがありませんよ、きっと」とニックは言った。

「ハーマンは、店を閉めるときに鍵もかけないと思う」とブルースは言った。

「シャックに行こうと言ったのは誰ですか?」とニックは尋ねた。

「すっかり探偵になったつもりだな」

「提案したのは、彼女だったんじゃないですか?」

ボブはまた顎をぽりぽりとかき、思い出そうとした。「言われてみれば、確かに彼女の案だった。あの店のことを何かで読んで、行ってみたくなったって。たしかにあの店は、ときどき紹介記事に出ている。旅行雑誌とかで。だから、彼女を信じたよ。いいぞ、シャーロック。あんたの推理を聞かせてくれ」

「あなたはその女性に、まんまとはめられたんですよ。彼女はホテルのバーで、あなたが自分に目を留めるように仕向けたんです。あのバーで、あなたがよくうろついていることは知られていますからね。彼女とベッドに入ることになっても、誰も驚きません。そしてあなたは彼女をターゲットであるネルソンのところへ導いた。嵐がこっちに向かってきたのは彼女にとって幸運でしたね。完璧な舞台が用意されたわけです。ハリケーンのまっただなかで起こった殺人事件。彼女はプロです。恐れ知らずの、タフな女だ。嵐が過ぎて夜が明けるのを待ってから姿をくらました。

きっと二度と見つからないでしょう。百ドル賭けてもいいですよ、今は持っていませんけど。彼女はヒルトンにチェックインしていないと思います」

ブルースはあっけにとられていた。「他には？」

「もちろん、これはただの推測ですよ。でも、彼女には仲間がいたと思います。そのチームは、一週間から二週間、コンドミニアムを借りていたんでしょう。チームのサポートがあったおかげで、レオが過ぎ去るころに島から脱出する方法もわかっていたんだと思います。どんな方法か、僕にはわかりませんけど」

「じゃあ、凶器は何だったんだ？」とボブが質問した。

「それは永遠にわからないかもしれませんが、ネルソンの7番アイアンだった可能性はあります。今朝、二人がパティオに座っていたときに、ゴルフクラブをチェックしたんです。7番アイアンに、何かのしみと、異物がちょっとついていました。血かもしれないけど、確かではありません。何もさわらないように気をつけました。7番アイアンなら、いや、他のアイアンでも同じですけど、うまくスイングすれば、頭蓋骨にかなりの損傷を与えられるでしょう」

ブルースがボブに訊いた。「その女性は、彼の遺体を移動する力がありそうだった？」

「ああ、それは間違いない。おれは体重二百ポンドだけど、彼女は軽々と持ち上げていたからな。もちろん、おれは抵抗しなかったわけだけど。ネルソンは、多めに見積もっても、百七十ポンドくらいだ——だったはずだ」

ブルースは言った。「でも停電していたからな。電気が消えていて、ゴルフクラブが見つけられるだろうか？」

「ネルソンの家には懐中電灯が二つはありましたよ。一つは今朝、僕たちが使いました。彼女は以前にも彼の家に行ったことがあったのかもしれない。あるいは、ネルソンが留守のときに誰かが下見したのかも」

「かもしれない、が多いな」とボブは言った。「あんたは、想像力がたくましい」

「そうなんです。あなたの推理も聞かせてください」

「おれの推理なんかないし、今は頭がうまく回らない。だいたい、まだ殺人事件がどうかもわかっていないんだから、検死が終わるまで待とうじゃないか」

三人は夜の闇を眺め、暴風になぶられた島のあちこちから聞こえてくる音に耳を澄ました。一本か二本先の通りで、ガソリンエンジンの発電機ががたがた鳴っている。夜空を飛ぶヘリコプターが、ビーチのほうに向かっている。甲高いサイレンの音が遠くから聞こえてきた。聞こえないのは、いつもの気だるい夜の音だ――隣家のポーチでくつろぐ家族の笑い声、ステレオから流れる音楽、犬の吠え声、ゆっくりと通りを走っていく車、港に入ってくるエビ採り船の霧笛。

ブルースは首にとまった蚊をたたいた。「もうだめだ。中に入ろう」。そして発電機を回し、テラスのドアを閉め、三人は屋外より少し涼しい書斎に移動した。照明は、テレビの横の小さなテーブルランプのほかは消してある。ブルースはそれをカードテーブルの上に置き、「ポーカーでもどう?」と言った。

ネルソンのコレクションにあったシングルモルトを全員のグラスに注ぎ、男たちは亡き友に献杯をした。アルコールと疲労が混じり合い、ポーカーは早々に切り上げることになった。ボブとニックは、それぞれ別のソファで寝た。ブルースはリクライニングチェアの上で体を伸ばし、発電機のリズミカルな振動音を聞きながら、ほどなく眠りに落ちた。

## 4

朝食はコーヒーとチーズ・サンドだった。三人は食べながら、重要課題となっているガソリンの補給について話し合った。ネルソンの車のガソリンタンクは半分残っているから、短く切った庭のホースを使ってそれを抜き出すことをボブは提案した。ブルースとニックはガソリンを吸い上げた経験はないと言ったため、ボブがその役目を引き受けて、ガソリンを飲み込むことなくなんとか十ガロンほど抜き出すことに成功した。

課題をクリアした男たちは、次なる優先事項は、ネルソンの車を返すことであると決めた。ブルースは家の戸締まりをして、リモコンで防犯アラームをセットし、自分のシボレー・タホに乗って出発した。ボブとニックはネルソンのBMWに乗ってあとに続いた。嵐が残した瓦礫の間を縫って進み、一時間後にようやくネルソンのコンドミニアムに到着した。予想したとおり、そこには誰もいなかった。手がかりを探す殺人課の刑事たちもいなければ、残骸を片付ける隣人もいない。犯罪現場を囲む黄色いテープには誰も触れていなかった。ブルースがテープを持ち上げ、ボブがBMWを元の位置に戻した。三人はガレージに集まり、ゴルフクラブをまじまじと見たが、誰も何も言わなかった。彼らはガレージの入り口のスライド式ドアを閉め、キッチンに入って、ネルソンの鍵をどうすべきかについて話し合った。鍵をここに残していったら、可能性は低いだろうが、誰かが不法侵入して鍵を見つけ、車を盗むかもしれない。一方、鍵を持ち帰ったら、警察は気づきもしないだろうし、家に入ることに苦労するわけでもない。ニックは鍵を自分のポケットにしまった。

みんなでタホに乗り込むと、ブルースは言った。「思いついたことがあるんだけど。ここにいても、今日も明日もぶらぶらしているだけで何もできないし、このハリケーン騒ぎにも飽(あ)きてきた。だから荷物を積んで、橋に向かって、どんな状況になっているか、見てみよう。島から脱出できるようだったら、ジャクソンビルまで行って、科捜研に立ち寄って、様子を探る。もしかしたら何かわかるかもしれない。そのあとは何時間かドライブして、熱いシャワーを浴びて電話が使えるホテルを見つける。賛成の人は？」

「賛成」とボブは言った。

「行きましょう」とニックは言った。

三人はボブのコンドミニアムがある行き止まりの道まで行き、彼が下着の替えやひげ剃りセットを荷物に詰めるのを待った。大量の瓦礫の間を縫ってフェルナンド・ストリートに出ると、車線二本が通れるようになっていた。路肩や歩道の端、自転車レーンには瓦礫がうずたかく積まれ、何台もの小型ブルドーザーがさらにたくさんの瓦礫を集めている。大勢の作業員が電気の復旧作業を懸命に進めている。ニックの祖父母の家までは、さらに一時間かかった。家には大きな被害はなく、ニックは安堵した。ビーチから半マイルのところに立つ家で、折れた木の枝が屋根の上に落ちてくることもなかったようだ。ニックはゴミ袋を見つけ、冷凍庫と冷蔵庫にあった食品をそれに詰めた。肉やチーズはすでにだめになりかけている。幸い、祖父母は二か月前から留守にしていた。そのため、家の中に食料はあまりなく、料理ができないニックはハムなどの冷製肉やテイクアウトのピザを食べて暮らしていた。彼は着替えをバックパックに放り込み、玄関のドアに鍵をかけ、祖父母に送るために家の写真を撮り、ゴミ袋を隣家のポーチに投げ込んで、後部座席に乗り込んだ。

車が走り始めるとボブが訊いた。「じいさんばあさんはどこにいるんだ？」

「最後に話したときは、アイダホにいました。早く電話しないと。死ぬほど心配しているでしょうから」

「心配している人がいっぱいいる」とブルースは言った。

三十分後、車はブルースの家の前のドライブウェイに停まり、三人は慌ただしく準備をした。ボブが発電機をオフにして、ニックがまた生鮮食品を二つの大きなクーラーボックスに詰め込んだ。ブルースは二階に駆け上がって衣類を鞄に入れた。早くも熱いシャワーが楽しみになっていた。男たちは箱いっぱいのサンドイッチをつくり、食料、水、ビールやワインをタホに積めるだけ積んだ。どこに行くかはまだわからなかったが、備えがあったほうがいい。

橋まで行くと、たくさんの非常灯が点滅し、警察官と州兵が動き回っていた。彼らの誘導で車両が順番に橋を渡っている。島を出ようとする自動車やトラックが列をなしていた。別のレーンを通って物資を積んだトラックや電気の作業員、緊急車両が到着している。ブルースはタホを駐車し、橋のところに集まった人々のところへ歩いていった。顔見知りの警察官を脇に呼んで尋ねた。

「僕たちは一日か二日、島を出ようと思っているんだけど、帰ってこられなくなると困る。島に戻るにはどうすればいいかな？」

警察官は煙草（たばこ）に火をつけて言った。「話によると、明日の正午には、橋は両方向とも通行可能になるようです。でも、みんなが島に戻ってくることはすすめていません。停電が一週間ほど続くかもしれませんから」

「わかった。死者数はどうなった？」

「まだ十一人です。昼の時点では」

ブルースは眉をひそめ、首を振った。「僕たちはジャクソンビルに向かおうと思っているんだけど、向こうは、電気は通じているかな？」

「昨日は停電していました。今日は一部で復旧しているようです」

「北と南と、状況がましなのはどっち？」

「南です。レオは北に方向転換して、今はアトランタで大雨を降らせています。僕なら南に向かいますね。泊まれる部屋を探すなら、オーランドまで行ったほうがいいかもしれません」

男たちは橋を無事に渡ったが、本土に出てちょっと走ると数珠つなぎの渋滞にぶつかった。わらくずのように散らされた何千本もの松の木を道路から除去するために大勢の作業員が働いていた。信号機も吹き飛ばされたため、州警察が交通整理をしていた。男たちはサンドイッチをむしゃむしゃ食べ、ラジオのニュースを聴きながらのろのろと前進した。州間高速道路95号線までの三十分の道のりが二時間かかり、インターチェンジは大混雑していた。

ニュースによれば、レオはアトランタ付近でまたしても失速し、ジョージア州南部のほとんどは停電中だった。ジョージア州サバンナからオハイオ州コロンバスまで、記録的な洪水が報告されている。

ジャクソンビル・バイパスを時速四十マイルで調子よく進んでいるときに、携帯電話が息を吹き返した。やっと電話が通じた！　ブルースはスイスにいるノエルにかけ、近況を報告した。ニックはテネシー州ノックスビルの両親に電話をかけ、どこにいるかわからない祖父母にはボイスメールを残した。ボブはテキサスにいる娘にかけ、自分は無事で、島を脱出できて上機嫌だと話した。ブルースがマーサーに電話すると、彼女はミシシッピ州オックスフォードの自分のアパートに到着し、ノンストップでケーブルテレビを見ているとのことだった。ブルースは、話を長引かせたくなかったので、彼女にはネルソンのことを話さなかった。あとで落ち着いたときに話せばいい。次にかけたマイラとリーは、まだペンサコーラにいた。さらに従業員三人に電話をかけ、現在の滞在場所と、いつごろ島に戻ってくるかを尋ねた。

ニックは、科捜研に電話し、開いていることを確かめた。死体保管所は常に冷却しておかなければならないから、やっているはずだとボブが言ったからだ。たしかに科捜研は時間を短縮して業務を行っていて、電気は間もなく完全に復旧する見込みだとニックは言われた。彼はさらに自分たちの友人であるネルソン・カーについて教えてほしいと受付係に頼んでみたが、何の情報も得られなかった。

ボブのアプリによれば、南のほうが西のほうより渋滞がずっとひどいので、彼らは州間高速道路10号線を走り始めた。実際、ジャクソンビルから二十マイル離れたあたりから交通量は各段に少なくなった。ニックはタラハシー周辺のモーテルに次々と電話をかけたが、どこも満員だった。そこで、さらに西方へ対象を広げたが、ペンサコーラのモーテルにも断られた。ボブは娘に再度電話をかけ、ネットで州間高速道路沿いの部屋を探してくれと頼んだ。

一方、ブルースは科捜研の人間と話をしようとしていたが、うまくいかなかった。名簿を見ながら、重要と思われる肩書がついている役人数人の番号にかけたが、誰も電話に出ない。

ボブの娘が朗報を伝えに電話をかけてきた。デスティンの近くの小さなリゾートで部屋を三つ予約できたという。海辺のリゾートだ。ようやく到着したのは、タホを十一時間も走らせたあとだった。フロントでブルースは三つの部屋すべての料金を払い、泊まれるのは二晩までだと言われた。三人とも急いで部屋へ行ってシャワーを浴びた。

一週間に感じられるほど久しぶりにひとりになったブルースは、ネットでベイエリア在住のハワード・カー夫妻についての情報を探し始めた。あるウェブサイトでは、同名の人が四人見つかった。ネルソンは四十三歳だったから、両親は六十代後半から七十代初めだろうとブルースは見当をつけた。最初に電話したハワード・カーは、ネルソンという人物は知らないと言った。だが二人目にかけた相手は、ネルソンをよく知っていた。ネルソンの父親は、一人息子を失って打ちひしがれ、その息子についてまったく知らなかったことをいろいろと聞かされて当惑しているようだった。ブルースはネルソンの死に不審な点があったことは話さずに、できるだけ多くの情報を伝えた。事件性が明らかになったら、あとで連絡しよう。数分話したところでカー氏は妻も会話に加われるように電話をスピーカーフォンにした。ブルースは慎重に言葉を選びながら、ネルソンの死には不可解な点がいくつかあったため、当局は検死を求めていると説明した。

ネルソンの両親は検死を認めるべきかについて迷っていたが、ブルースは、自分の知る限りでは、警察はいつでも検死が行われるよう命令することができると言った。

どうして検死が必要なのか？　なぜ警察がかかわっているのか？

ブルースはうまく質問をかわしながら、自分も詳しいことはわからないので、情報を集めようとしているところだと話した。きっと明日になれば、もっと詳しいことがわかるでしょう。情報を入手したら、直ちにお知らせします。カー夫人はこらえ切れなくなって泣き始め、電話口から離れた。

やりきれないような十五分のやりとりの末に、ブルースは明日またご連絡しますと言ってなんとか電話を切った。そして気持ちを整理し、悲嘆に暮れる両親と話をした重苦しい気持ちを振り払うように、清潔なショートパンツとTシャツに着替えてから、仲間と合流して夕食をとるためにロビーに歩いていった。

## 5

その日の夜遅く、マーサーから電話があった。死者数は十一のままで、ニュースで見たり聞いたりする島は、惨憺たるありさまだと言う。まだラリーと話ができていない彼女はコテージのことを心配していた。ブルースは、今朝、コテージの前を通ったが、車から降りて見ることはできなかったと話した。見たところ、比較的損傷は少ないようだったけれども、西側しか見ていない。風と波は東側の海からやってきた。ブルースはネルソンのことを話した。マーサーは一度しか会っていない男だが、彼女はショックを受けていた。ネルソンの死には不審な点があり、警察が捜査をしていることをブルースはほのめかした。

ブルースは、このあとの片付けは何週間も何か月もかかるだろうと覚悟していた。急いで書店を再開する必要もない。客はいなくなってしまったし、観光客は一年先まで戻ってこないからだ。島に戻るのは、最低でも一週間は待ったほうがいい、とマーサーにすすめた。なるべく早く自分がコテージの状態をチェックして、ラリーに会って話を聞く。電気が復旧するまで、できることは何もないだろう、とブルースは言った。

## 6

三日目。グランド・サーフ・ホテルは、被害の中心から最も遠いカミーノ・アイランドの最南端にあった。三十年前に開業した当時は、海岸沿いに立つ最も大規模で高級なホテルで、たちまち観光客の人気を集めた。地元住民は結婚式やパーティー、豪華なディナーなどに利用している。レオの襲撃でも、被害は少なかった。三日目の朝早く、ホテルの明かりは灯り、営業が再開された。ホテルのオーナーたちは救助隊員や電気工事の作業員に全室を提供し、救助隊はホテルの駐車場に本部を移動した。厨房には大量の食料が運び込まれ、シェフたちは食事の準備を始めた。

何十人もの作業員が二十四時間体制で働いた結果、電気の供給範囲はグランド・サーフから北のサンタ・ローザに向かってゆっくりと広がっていった。大規模な仮設基地局が始動し、携帯電話網が一部復旧した。壊滅的な被害を受けた島に平常が戻ってくる最初の兆しだ。

サンタ・ローザの警察署長はカール・ローガンというベテランだった。彼がホッピー・ダーデンと、島でただひとりの鑑識係をパートタイムで務めている男を連れてネルソンのコンドミニアムに到着すると、鍵がかかっていた。彼らはパティオのドアをこじ開け、ゴム手袋とビニール製のシューズカバーを装着してキッチンに入った。ホッピーは、書店で働いている若者から聞いた犯行のシナリオをローガンに順を追って説明した。そして書斎の壁に何かの液体が飛び散った跡と、一階の洗面台についたしみを見せた。彼らは前回より高性能のカメラを使って再びすべての写真を撮り、動画を撮影した。ローガンの提案で三人はパティオに引き上げ、州警察の助けを借りようと決めた。

科捜研から検死についての連絡は来ていなかった。

## 7

午前中の長い時間をプールサイドで過ごしたブルース、ボブ、ニックの三人は、すっかり退屈し、家のことを心配していた。島の破壊や混乱のことが頭から離れないので、ゆっくりくつろぐことはできなかった。彼らは友人や祖父母、保険会社の損害査定人や従業員に電話した。ブルースは何度もホッピーを電話でつかまえようとしたが、通信状態がよくなかった。島では電気が一部復旧したと知らされ、三人は元気づけられた。死者の名前はまだ公表されていない。正午には、島の住人は橋を通行できると発表されたが、まだ数日は戻らないでほしいと要請があった。気温は華氏九〇度台半ばまで上昇し、水不足が懸念されている。本格的な清掃作業が始まるまでは、彼らにできることはほとんどない。

昼食後、三人はそれぞれバッグに荷物を詰め、ガソリンを満タンにしてから東に向かった。電話で話していると安心できるので、三人ともノンストップで話していた。ブルースは科捜研の担当者らにせっついたが、何の情報も得られなかった。ニックはモーテルの空室を探し、レイクシティで二つ見つけた。ジャクソンビルから西に一時間ほど行ったところだ。交通量が増え、車の進みはかなり遅くなった。午後遅くにブルースは電話でカール・ローガンをつかまえて、警察がある程度は捜査を始めていると知って安堵した。州の捜査員のチームが派遣されるのを待っているところだとカールは言った。ホッピーが捜査責任者でないのが、まずはありがたい。

男たちは夕食に道路沿いの店でピザを食べてから混雑した州間高速道路に戻り、しばらくしてようやくレイクシティにたどり着いた。

翌日、四日目の午前六時には、道が混む前に早めに出発した。一時間ほど車を走らせてジャクソンビルに入り、州の科捜研の横の駐車場で車を停め、そこで待った。八時半になると三人はロビーに入り、ブルースは受付で地方局長の補佐を務めるドロシー・グライムスと約束があると言った。約束などなかったが、前日に彼女と電話で話していたし、嘘をついてもかまわないと思うほど焦っていた。当然ながら、ミズ・グライムスは今取り込み中なので、と言われた。三人はロビーに腰を下ろし、コーヒーを入手し、新聞を開き、いくらでも待つつもりだと態度で示した。一時間たってから、ブルースはまた受付係に声をかけた。彼の声はあまり好意的ではなくなっていた。

「ミズ・グライムスの予定表に、あなたとのお約束はありません」と受付係は言った。

「昨日電話で話して、今日の朝、会いにいくと約束したんですよ。じつは、ハリケーンのさなかに亡くなった友人に関する話なんです。遺体はこの建物のどこかで検死を待っていて、私は貴重な情報を持っています。緊急の用件として扱ってもらえないでしょうか？」

「聞いてみます」

「ありがとう」。ブルースは席に戻り、受付係は電話に戻った。三十分ほどたったとき、六十歳くらいのたくましい体格の女性がエレベーターから降りてきてブルースを睨みつけた。「私がドロシー・グライムス、地方局長の補佐官です。いったい、どういうことですか？」

ブルースはすぐに彼女の前に立ち、ちょっと情けない笑顔を見せて力のこもらない握手をした。「ブルース・ケーブルです。カミーノ・アイランドから来ました。私たちは嵐を無事乗り切りましたが、友人が亡くなりました。お時間を五分ほどいただけませんか？　人道的支援と考えていただければ」

彼女はブルースを品定めしてから、同伴者たちに目を向けた。ショートパンツ、Tシャツ、サンダルとスニーカー。みんな髭を剃っていないし、目が充血し、ちょっとだらしない身なりをしているが、強大なハリケーンをくぐり抜けたばかりの気の毒な人たちだ。「ついてきてください」ニックとボブはあとに残り、ブルースはエレベーターの中に消えた。二つ上の階でエレベーターを降り、ドロシーに続いて彼女のオフィスに入った。彼女はドアを閉めて言った。「五分だけお話をうかがいます」

「ありがとう。地方局長のランドラム博士とお会いしたい。緊急の用がありまして」

「彼と話をする前に、私に話してもらう必要があります」

「わかりました。友人のネルソン・カーという男が嵐の中で亡くなりました。こっちには家族がいないので、連絡先として私の名前と電話番号を書いていたんです。遺体は検死のためにここに運ばれました。最初、警察は風に飛ばされたゴミが当たって死んだと思ったようです。僕たちは違うと思っているので、検死の結果を知りたいんです。お願いします。上司の方と数分だけでも話をさせてください」

「彼は検死についてお話しすることはできません。それは禁じられています」

「わかります。ネルソンの両親は、サンノゼの近くのフリーモントに住んでいます。彼らはどうしても情報が欲しいと思っていて、これからどうしたらいいのか、まったくわからずにいます。僕が彼らの連絡係を務めています。ご両親に何か情報を伝えなくてはいけません」

彼女はブルースの顔をじっと見ながら考えた。「何か犯罪行為があったと考えているんですか？」

「はい。でも、検死で明らかになることがたくさんあるはずです。お願いします」

彼女は大きく息を吸い、椅子のほうを顎で示した。「おかけください」。ブルースが腰をおろすと、彼女はオフィスを出ていった。十五分後に彼女は戻ってきて言った。「ついてきてください」

ランドラム博士のオフィスはドロシーの部屋の二倍の広さがあり、フロアの一角を占有していた。ドアのところで待っていた彼は寛大そうな笑顔と握手でブルースを迎えた。フロリダ州立大学を卒業。マイアミ大学で法医学の博士号を取得。七十歳くらいで、役人としての長いキャリアを間もなく締めくくろうとしている。彼は椅子を指し示し、ブルースは彼のデスクのそばに腰をおろした。ドロシーも部屋にとどまり、弁護士の秘書のようにペンとノートを用意した。

「あの嵐を乗り切ったそうですね」とランドラムは愛想よく言った。

「そうです。でも賢い判断だったとは思えないし、おすすめしませんよ。島のことはご存知ですか？」

「知っていますよ。ときどきビーチに遊びにいきます。ここから日帰りで行けますからね」

「ダウンタウンのサンタ・ローザでぶらぶらしたことは？」

「もちろん。いいレストランがあります」

「書店に行ったことは？」

「はい。何度か行きました」

「僕がオーナーです。二十三年前にベイ・ブックスをオープンしました。たぶん、僕のことを見かけたことがあると思いますよ」

「そうですか。被害はありましたか？」

「少し浸水がありましたが、大丈夫です。ネルソン・カーは僕の友人で、僕が目にかけている作家の一人でした。彼のご両親に情報を伝えなくてはならないんです。彼は二年前に島に来て、このあたりには親戚がいないものですから」

「なるほど。警察署長から連絡があって、今日、島に科学捜査班を派遣する予定です。橋が渡れるようになったらすぐに。島はかなり混乱しているようですね。あなたは事故ではないとお考えなんですね」

「検死の結果でわかるでしょう。もう行われましたか？」

「はい。昨日検死を行いました。捜査官たちと会うまでは、結果についてはお話しできないことになっていまして」

「それはわかります。これは特別なお願いなんです。ちょっと規則違反になるかもしれませんけど、それが誰かに知られることはありません。じつはですね、ランドラム博士、この犯罪について、これが犯罪だったらですけど、僕は情報を持っているんです。捜査官と話ができるまで、お話しすることはできないのですが。目撃者か、容疑者である可能性のある人物がいます。動機についても見当がついています」

ランドラムはドロシーのほうを見たが、彼女は忙しくメモをとっていて、助けにならなかった。

「けっして口外しないと約束しますか？」と彼はブルースに尋ねた。

「誓約でも何でもしますよ。とにかく彼の家族に情報を伝えたいので」

ランドラムはため息をつき、読書用眼鏡を調節してから、書類を手にとった。「かみ砕いて言うなら、故人は、頭を数回にわたって殴打されたために亡くなりました。正確に言えば四回。うち二回が、致命傷になった可能性があります。頭蓋が砕かれ、脳の周囲に大量の出血がありました。頭蓋底を鈍器で殴られ、脊髄（せきずい）が断裂して、これだけでも致命傷になった可能性があります」

ブルースは目を閉じ、情報をなんとか消化しようとした。そして、やっとの思いでつぶやいた。

「つまり、殺害されたということですね」

「そのように見えますが、まだ断定はできません。壊滅的なハリケーンのさなかに屋外に出ていたら、瓦礫が何度も当たったとも考えられなくはありません」

「しかし可能性は低い」

「私もそう思います。お悔やみ申し上げます、ケーブルさん」

「ありがとう。このことは誰にも言いません」

「お願いします。そして、他の情報があるということでしたが」

「はい。私の友人で、ネルソンの友人でもあった人物が、知っていることがあります。できるだけ早くこちらの捜査官と話をしたいと思っています」

「これから島に戻りますか？」

「はい、でも急いではいません。友人は、一階のロビーにいます」

「お話をうかがう時間はありますか？」

「最近の僕たちは、時間だけはたっぷりありますよ」

## 8

それからの一時間、人々の態度はずいぶんと和らぎ、ブルース、ボブ、ニックは会議室に通されて、コーヒーとドーナツをすすめられた。待ちながら、ボブはブルースが強引すぎると愚痴をこぼした。

「警察と話す気があるかどうか、おれに聞いてくれてもよかったじゃないか」と怒った声で言った。

「ああ。でも警察に話さないわけにはいかないよ、ボブ。あきらめてくれ。いくら嫌がっても、君は重要参考人なんだから」

　ニックも笑って同調した。「犯人を知っていて、殺人事件の何日も前から彼女と寝ていたんですからね。裁判では真っ先に証人として呼ばれますよ」

「あんた、裁判のことがわかっているのか？」

「すごく詳しいですよ。どの犯罪小説にも出てきますからね」

「おれは本物の裁判を経験したし、陪審が『告発のとおり有罪』と言うのも聞いたことがある。だから法廷は怖くない」

「ボブ、君は何も悪いことはしてないんだから、落ち着いてくれ」とブルースは言った。「犯人を見つけたいと思わないのか？」

「さあな、見つけないほうがいいかもしれない。彼女はプロで、タチの悪い人間に金をもらってたかもしれないわけだし。触らぬ神に祟りなしって言うし」

「それはありえない」とブルースは言った。「君はもうどっぷりつかっているんだ」

「そりゃありがたいね」

　しばらくしてドアが開き、スーツを着た役人が気取った歩き方で入ってきた。バトラー警部です、と自己紹介し、名刺を配った。ウェズリー・バトラー、フロリダ州警察。彼はコーヒーを注ぎ、みんなと一緒にテーブルを囲むと、ペンを取り出すこともなく、すぐに質問した。「それで、皆さんのお名前は？」

「僕はブルース・ケーブル、ネルソン・カーの友人です。ボブ・コブも同じく友人で、島在住の作家です」

「それから僕はニック・サットンです。ウェイクフォレスト大学の四年で、書店で夏休みのアルバイトをしています。僕もネルソンの友人です」

「わかりました。先ほど検死報告書を見ました。お友達は、ひどく痛めつけられたようですね。島の警察署長と話をして、現場に残された証拠について聞きました。私たちもできるだけ早く現地に行きます。うまくいけば、明日の朝には行けるでしょう。島は大混乱のようですね」

ブルースたち三人はうなずいた。

「しかし、皆さんの知る限りでは、事件現場は保存されているわけですね？」

「僕たちの知る限りでは」とブルースは言った。「周辺には誰もいませんから。完全な情報開示のために言うと、僕たち三人は、あのアパートメントに何度か入りました。ここにいるニックが壁のしみに気がついて、一階のバスルームにも汚れを見つけました。僕は二階を歩き回りました」

「どうして？」

「最初はネルソンの犬を探していたからです。見つかりませんでした。ニックがしみを見つけるまでは、疑わしいとは思っていなかった」

ボブが口をはさんだ。「そのあとニックが頭の傷が複数あることに気づいて、不審に思い始めた」

ブルースは言った。「それから、一応お知らせしておくと、僕たちは二日前、僕の家に戻るためにネルソンの車を借りました。そして、彼の冷蔵庫の中身と酒をもらいました。彼は気にしないと思って」

「皆さんは略奪者だというわけですね」バトラーはニヤリとした。

「逮捕してください。有罪です。でも嵐のあとの非常事態では、ルールも変わります」

「わかりました。皆さんの指紋は家の中に残っていると思いますか？」

「残っているはずです」

ニックは言った。「拭き取ろうかとも考えたんですが、よけいなものまで拭き取ってしまったらいけないと思いまして」

「いい判断です。ハリケーンのさなかに発生した殺人事件を捜査するのは、私は初めてかもしれません」

「僕は最初で最後です」とブルースは言った。

バトラーはコーヒーをひと口飲んでから言った。「局長によれば、この話には続きがあるということでしたが」

「そう思います」とブルースは言った。

「では、今のところは記録はせずにお話だけうかがいましょう。それはあとでできますから。私はこの件について聞いたばかりで、何も知りません。何があったのか教えてください」

ブルースとニックはボブのほうを見た。彼は咳払いをして話し始めた。「話というのは、ある女のことだ。イングリッドと名乗っていた」

# 9

ボブが物語を語り始め、バトラーは途中からメモを取り始めた。豊富なディテールが盛り込まれた話だったからだ。バトラーは一度も口をはさまなかったが、興味をそそられていることは明らかだ。ボブが語り終えると、バトラーは質問した。「その女性と出会ったのは何日ですか?」

「今日は何日だ?」

「八月九日の金曜日です」

ブルースは言った。「嵐が島を襲ったのは、八月五日の月曜日の夜遅くだった」

ボブは携帯電話をじっと見て言った。「彼女と会ったのは一週間前、二日の金曜日だった」

「ヒルトンのバーで?」

「屋外のバーだった。大きなプールのそばに、バーが二つある」

「そこにはよく行くんですか?」

「ああ、行くよ。出会いスポットだからな」

「その女性には、訛り(なま)はありましたか?」

「とくになかったな。作家だから、訛りがあれば気づくんだけど」

「まったく訛りがなかった?」

「なかったね。特徴がない、平均的なアメリカ人の話し方だった。カンザスかもしれないしカリフォルニアかもしれないけど、ブロンクスやテキサス東部じゃない。外国でないことは確かだ」

「彼女とはどれくらい一緒にいましたか？」

「長すぎるくらいずっと一緒だったな。金曜の午後に出会って、何杯か飲んでから、おれのコンドミニアムに引き上げた。歩いて五分の距離だ。それから、残り物のロブスター・サラダを食べた。ベッドに入って、やることをやって、彼女はうちに泊まった。土曜の朝にコーヒーを飲んでいたときに、ネルソンの名前が出たんだ。あいつが書いた本をうちの本棚で見つけて、大ファンだって彼女が言った。彼女は読書好きな女には見えなかったし、読んでもロマンス小説くらいだろうと思ったから、あいつの本が好きなのは意外だったけど、何も言わなかった。その話をしているうちに、ネルソンとぜひ会いたいと彼女が言い出した。シャックで会おうと言ったのは彼女だ。橋のそばの店で、うまいと評判のところだ」

「私もその店に行ったことがあります」

「それでネルソンに電話をかけて、土曜日に待ち合わせして、遅いランチを食べた。ネルソンと彼女は意気投合して、なかなか楽しい会だったよ。そのあと、おれと彼女は午後遅くまでビーチでぶらぶらして、ディナーをまた一緒に食べて、おれの家に戻った。日曜の朝は、彼女はまたその気になっていたけど、おれのほうは休憩が必要だった。彼女はホテルに戻ると言って出ていった」

「彼女がネルソンと寝た可能性は？」

「ああ、もちろん、可能性はあるよ。おれとしては、どうでもよかった。この女と結婚したいと思ったわけでもないし。結婚は二度して、懲りているから」

「日曜日には彼女と会いましたか？」

ボブはコーヒーを飲み、顎をかいて、真剣に考えているような顔をした。「ああ、ホテルのそばのビーチで会って、一緒に日光浴をした。その夜はブルースの家に食事をしに行ったけど、彼女は連れていかなかった。ネルソンは来ていたよ。それからハリケーンの進路が変わって、大騒ぎになった」

「身体的な特徴は？」

「五フィート七インチ、百三十ポンド、すごい体だった。四十歳くらいで、ストリング・ビキニが大好きで、ビーチにいると、十八歳の女の子より注目を集めていた。四六時中ジムでトレーニングをしていて、黒帯だって言っていたけど、本当の話だと思う。余分な脂肪がまったくついていない。目は茶色、髪は偽物のブロンドのロング。すみずみまで見たけど、タトゥーや傷やあざはなかった」

「彼女の写真は撮ってないですよね？　自撮りとか？」

「いや、おれは自撮りなんかしないし、スナップ写真を撮ってまわる趣味もない。彼女も撮らなかった」

「彼女が監視カメラに映っていそうな場所は思いつきますか？」

「それについては、おれもずっと考えていた。ヒルトンは、そこらじゅうにカメラがあったはずだ。屋外のバーやプールの周りにも。だから映像はあると思う。まだ残っていたら、の話だけど。今、ヒルトンはめちゃくちゃになっているから。高潮で少なくとも八フィートは水をかぶって、一階は全滅だ。デッキも、レストランも、パティオやテラスも、ぜんぶ吹き飛ばされた。窓もほとんどなくなっている。屋外にカメラがあったとしても、風で引きちぎられただろう。建物全体が崩壊寸前だから」

「シャックのほうはどうですか？」

「どうだろうな。被害の程度はわからないけど。奥の湾のそばの水辺にある店だから」

バトラーはメモを見返し、コーヒーを飲んだ。ブルースからボブに目を移し、質問した。「それで、その女性がカー氏を傷つけたと考えているわけですか？」

ボブは鼻を鳴らして言った。「それを考えるのは、そっちの仕事だ」

ブルースはうなずき、ニックのほうを顎で示した。「彼が面白い仮説を立てたんですよ」

「あなたはサットンさんでしたね？」とバトラーが尋ねた。

「ニック・サットン、秋からウェイクフォレスト大学の四年生です。夏の間は島で祖父母の家の留守番をしながらアルバイトをしていて、書店でブルースに最低賃金をもらってこき使われています」

「払い過ぎているくらいだよ」とブルースは言った。

「それはともかく、僕は犯罪の世界にどっぷりはまっているんです。週に五、六冊は犯罪小説を読んでいるから。従業員は二割引なんですよ、ペーパーバックも。バーンズ・アンド・ノーブルだったら四割引ですけどね。だからわずかな給料は、ぜんぶ本に消えてしまいます」

「なるほど。それで、あなたの仮説とは？」

「彼女はプロですね。ネルソンを殺すために、大金を持っている人間に雇われたんです。ネルソンが書いたものか、書こうとしていたものが原因です。使い古された表現ですが、彼は波瀾万丈の過去を持つ男ですからね。彼女は仲間と一緒に島にやってきた。おそらく男性でしょう。そして現場近くのコンドミニアムを借りて、待っていたんです。ボブとネルソンの関係については、彼女は知っていたと思います。調べれば簡単にわかることですからね。そして、だまされやすいボブと偶然出会ったふりをして、彼を通じて標的のネルソンに近づいたんです。ハリケーンの襲来は、千載一遇のチャンスでした。彼女はそのチャンスをつかんで殺害を決行し、そのあと、仲間と一緒に島を脱出した。あるいはまだ島にいるかもしれませんが、その可能性は低いと思います」

「悪くない説だ」とバトラーは微笑んで言ったが、ニックに調子を合わせているだけで、若者はびっくりするようなことを言い出すものだ、と思っていることは明らかだった。「想像力がたくましい」

「ありがとう。本をたくさん読むから」

「凶器については、何か考えはありますか？」

「ネルソンのゴルフクラブがガレージにあります。僕ならそこから調べますね」

「ゴルフクラブ？」

「彼女は家の中にあるものを使ったはずです。バットを持ってやってきたとは思えない」

「なるほどね」とバトラーは感心するふりをして言った。「映画もたくさん観ているんでしょうね」

「それほどでも。本を読むのに忙しくて」

ブルースは咳払いをした。「バトラーさん、ネルソン・カーの両親に電話をかけて、情報を伝える必要があるんですが、殺人事件の話はするべきでしょうか？」

「亡くなったことはすでにご存知ですよね？」

「はい。それに、検死のことや、警察がかかわっていることも知っています」

「何を伝えるべきか、私が指図することではないが、死因は頭部の鈍器損傷で、不審な点があるので、州警察が捜査を始めたことは話してもいいと思います」

「わかりました。それから、遺体をカリフォルニアに移送するには、どうすればいいでしょう？そのような手配をしたことはないもので」

「ほとんどの人はありませんよ。地元の葬儀場に依頼してください。彼らは慣れていますから」

## 10

バトラーは三人と一緒に建物を出て駐車場まで歩き、そこで煙草に火をつけた。急いでいる様子はない。挨拶をして握手をしながら、ブルースは思い出したことがあった。「ネルソンは新しい小説を書き上げたところでした。少なくとも初稿は完成していました。僕はそれを読もうとしているところだったんです。契約して書いた本ではないので、ニューヨークの人間はまだ誰も読んでいない。原稿はまだ彼のコンピューターの中にあるはずですが、そのファイルは彼の遺産としてかなり価値のあるものだと思います」

バトラーはしっかりとうなずいた。「われわれのほうで保管しておきます」

車で走り去りながら、ニックは言った。「あの人は信頼できませんね。自信過剰の自惚れ屋で、頭脳明晰とは言えない。ホッピーと組んだら、最高のコンビになりますよ」

「あんたの仮説には、あまり興味がないみたいだったな」とボブが笑って言った。

「僕のことを変人だと思っていましたね。ああいうタイプは、よくいるんですよ。少なくとも、よくできた犯罪小説には出てきます。長年培ってきた勘で、現場を一目見ただけで犯人を言い当てられると思ってる。視野が狭いんですよ。自説に固執して、間違った方向にまっしぐらに進んでいく。自分の筋書きと合わない事実は無視して、自分の考えを裏付ける証拠に飛びつく。よくあるんですよ。現実世界の冤罪がそうです。無関係の哀れな人間が捕まって、真犯人は殺しを続ける」

ブルースは言った。「それほど問題のある男には思えなかったけど」

「あれは、ちょっと間抜けなやつだよ、ブルース」とボブは言った。「めずらしく、ニックが正しいことを言った」

「もうすぐ昼ですよ」とニックは言った。「お腹が空いた人は？」

「いつでも腹は減ってる」とブルースは言った。「のども渇いた。ビールはあと何本ある？」

「たっぷりありますよ」と後ろに座っているニックが言った。「これからどこに行くんですか？」

「運転に疲れたし、君たち二人にも疲れた」とブルースは言った。「このロード・トリップは終わりにして、家に帰ろうかと思う」

「賛成」とボブは言った。

ニックがクーラーボックスのひとつを開け、サンドイッチとビールを配った。男たちはランチを楽しみながらスピードを上げ、ジャクソンビル・バイパスを回った。三十分後には州間高速道路95号線から四車線の道路に降りた。島の橋までの二十マイルの道を走り始めると、すぐに一列になって走るダンプカーが目に入った。瓦礫を積んで、西方にある郡の埋め立て地に向かっている。連邦緊急事態管理庁(FEMA)のトレーラーハウスが何百台も並んでいる原っぱを通り過ぎた。東行きの道は交通量が多かったが、はじめのうちは順調に流れていた。だが、五マイルほど行ったところでスピードが落ち、ほとんど動かなくなってしまった。乗用車が多いが、油圧ショベルやブルドーザーや積込機を積んで清掃作業のために島に向かうトレーラーが何十台も見えた。

のろのろと前進しながら男たちはビールを飲み、一九八〇年代のヒット曲を聴いた。他に三人が同意できる音楽がなかったからだ。ニックは言った。「では、僕の最新の推理をお聞かせしましょうか?」

ブルースはゆっくりと腕を伸ばし、音量を下げた。犯罪心理について考えを巡らせるニックの想像力たくましい推理に興味をそそられていた。ボブもうなずいて言った。「どうせ、聞きたくないと言っても聞かせるだろ?」

「はい。本物の殺人犯は、大金を払った男です。ネルソンが出版した三冊の小説は、武器商人や麻薬の売人、マネーローンダリングや銃器の密輸、産業スパイや軍事産業のいかがわしい取引などに関するものだ。そうですよね、ブルース?」

「だいたい、そんなところだ」

「彼は自分が描いた世界について、裏も表も知りつくしているようでした。そのせいで、恨みを買うこともあったでしょう。でもどうして、今、彼を消そうと思った人間がいるのか? 本はすでに出版されて、よく売れている。どれもフィクション、架空の話です。どうして今になって、腹を立てるのか？」

「それで、何が言いたいんだ？」とボブが質問した。

「僕が言いたいのは、すでに世の中に出ている話だし、ネルソンは武器商人について書いた初めての作家ではないということです。つまり、次の本、未発表の小説のせいで彼は殺されたんだということです。それが世に出ることを望まない人間がいたんですよ」

ブルースとボブは、うなずきながら聞いていた。

ニックは続けた。「その人間は、彼の小説のテーマを知ったのかもしれません。難しいことじゃありません。彼はいつも徹底的にリサーチをしていましたからね。ネルソン・カーが、自分の仕事、自分の犯罪について書いているという噂を耳にしたのかもしれない。あるいはネルソンをハッキングして彼が書いたものを読んで、これはまずいと思ったのかも」

ブルースは言った。「ネルソンはハッキングを恐れて、いつもオフラインで仕事をしていた。彼のデスクトップは、がっちり守られている。原稿を盗まれた作家はいるからね。彼は自分の原稿を守ることについては、ものすごく神経を使っていたよ」

ボブが尋ねた。「原稿のバックアップはどうしていたんだろう？　クラウドか？」

「わからないけど、クラウドは使っていなかったと思う」

「通信はどうしていたんですか？」とニックは尋ねた。

「メールにはラップトップを使っていたけど、メールに書くことは限られていたよ。被害妄想といってもいいくらいだった。ＳＮＳはまったく使っていなかったし、数か月ごとに電話番号を変えていた」

「それでも彼はしろうとだったから、ハッキングされた可能性がないとは言えません。もっと頭がいい人間はいますからね。ロシアや中国がＣＩＡをハッキングできるんだったら、ネルソンをハッキングすることもできる。それに、原稿はエージェントか編集者に送っていたんじゃないですか？」

「彼のエージェントが去年亡くなって、替わりを探している最中だった。それについては、僕も彼と長時間話し合ったよ。一か月前に、本はもうすぐ書きあがるところで、まだ誰も読んでいないと言っていた。僕に読んで、コメントしてもらいたいって。原稿はまだ彼のコンピューターの中にあると思う。それ以外は考えられない」

　ボブは言った。「じゃあ、あの女は彼を殺してハードドライブを盗んでいったのか？」

「まだわかりません」とニックは言った。「でも彼のハードドライブがなくなっていたら、謎の一部は解明される」

「どうしてもっと早く考えつかなかったんだ？」とブルースは尋ねた。「彼のコンピューターをチェックすることもできたのに」

「何もさわらないようにしていましたからね」とニックは言った。「さっきも、バトラーはすでに僕たちが何かしたと疑っている感じがしました」

「そのとおり」とボブが言った。「おれも同じ印象を持ったよ。おれたちの指紋が見つかったら、あの男はどうするだろう？」

「僕たちには確かなアリバイがある」とブルースは言った。

三人は黙り込み、車はじりじりと進み続けた。時速十マイルほどのときもあれば、完全に停止しているときもあった。電話が鳴り、ブルースが出た。彼は相手の話を聞き、犬の捜索について何やらつぶやき、信じられないというように首を振った。電話を切ってブルースは言った。「とんでもない話を聞いたよ。警察は橋のこっち側で道路封鎖をして、犬を使って車を一台ずつ捜索しているらしい。いったいどういうことだと思う?」

元犯罪者のボブは、警察を毛嫌いしている。彼は首を振って言った。「職権濫用だ」

ブルースは憤慨していた。「島の人間は、家や店を吹き飛ばされたばかりなんだ。いったいどうして爆発物を島に持ち込もうとする? 警察がすることは、わけがわからない」

ボブは言った。「不渡り小切手を切った人間を逮捕するのに特別機動隊を送り込むのと同じ理由だ。力を見せつけられるし、そのほうがドラマチックだから、それだけだ。自分たちはネイビーシールズに負けないくらいタフだと思っていて、それを証明しないと気がすまない。軍隊みたいな装備を身に着けているのだってそうだ。最近じゃ、どこの田舎の警察署も戦車を持っているのは、どうしてだと思う? 国防総省が余った兵器を安く売りつけているからだ。夏祭りにも警察犬部隊が送り込まれて、嗅ぎ回っているのは、どうしてだと思う? 犬の使い道を見つけなくちゃいけないからだ。おれがこの話を始めたら、キリがないからやめたほうがいい」

「もう始めていると思いますけど」とニックが後部座席から言う。

「ちょっとした接触事故があるたびに、パトカーが三台、消防車が四台は出てくる。どうしてだと思う? 署でぶらぶらしているのが退屈で、サイレンを鳴らして走り回るのが楽しくてしかたないからだ。タフな男たちの出動だ。全車線の交通を遮断するのは、自分たちがえらくなった気がするからだ。支配者になれる。爆弾の探知犬だって？　信じられないな。着くころには真夜中になるぞ」

ブルースは数秒待ってから言った。「それだけ言って、気が晴れた？」

「そうでもない。たしかにおれは、警察にいじめられたことを根に持っている。でも、車が動きださないと、気分は良くならない。そもそも、このロード・トリップは誰のアイデアだったたっけ？」

「ニックだ」

「なんでも僕のせいにすればいいですよ」とニックは言った。「どうせただのアルバイトだし」

ブルースは携帯電話を手にとった。「さあ、ずっと先延ばしにしてきたけど、ネルソンのお父さんに電話して、息子が死んで、おまけに殺された可能性があると言わなくちゃいけない。誰か、手伝ってくれないか？」

「僕はちょっと」とニックは言った。

「連絡係に指名されたのはあんただ」とボブは言った。「あんたにまかせるよ」

タホは長いカーブの途中で停車した。数マイル先まで、何も動いていない。ブルースは通話履歴の中から電話番号を見つけ、「再発信」を押した。

# 11

カー氏は、言葉に詰まり、娘のポリーに受話器を渡した。彼女は自己紹介した。「ネルソンの姉です。他に兄弟姉妹はいません。いろいろとご配慮いただいて、ありがとうございます」

彼女の声は落ち着いていて、取り乱していないようだった。ブルースは言った。「僕はたいしたことはしていません。本当に残念です。ネルソンは僕の友人でした」

「今はどこにいるのでしょう？」

「僕が知る限りでは、州の科捜研の死体保管所です。僕たちは今そこを出て島に戻ろうとしているところです。島は大混乱で」

「何があったんですか？　ご存知のことを教えていただけますか？」

ブルースはためらった。死因については話したくない。「州警察の捜査官に会ってきました。州警察が捜査を始めて、明日、鑑識官のチームをネルソンのコンドミニアムに派遣する予定だそうです」

「何のために？」

「犯罪があったかどうかを判断する証拠を集めるためです」

「弟は殺されたんですか？」

「それはまだ誰にもわかりません」

しばしの沈黙があった。彼女が歯を食いしばり、なんとか気持ちを落ち着けようとしているのがわかった。ブルースはネルソンの家族が投げ込まれた悪夢を思った。二千マイル離れた場所でなんとか情報をつかもうとしながら、混乱の様子をテレビで見ている。彼女は言った。「わかりました。一時間後に出発して、朝八時にジャクソンビルに到着します。少なくともその予定ですが、こんな状況なので遅延が生じるかもしれないと航空会社は言っていました。レンタカーは押さえました。私が島に入ることは可能でしょうか？」

「たぶん大丈夫です。橋は開通しているし、僕たちも今、島に向かっています」

「ホテルに泊まることはできないでしょうね」

「そうですね。ほとんどのホテルが被害を受けているようです。僕の家は広くて、余裕があります。友人二人が泊まっていて、みんなでキャンプをしているような状態です。今は停電しているけれど、明日には復旧するかもしれないし、食料や水は確保して、なんとかやっています。よろしければ、いらしてください」

「ご親切なお申し出をいただいて感謝します、ケーブルさん」

「ブルースと呼んでください。それに、おもてなしができるわけじゃありませんよ。サバイバルですから」

「ありがとう。本当につらくて」。声が少しかすれている。

「お察しします」

「私どものほうですべきことはありますか？」

「葬儀場とは連絡をとりましたか？」

「いいえ、まだです」

「われわれのほうで調べてみました。あなたの携帯電話の番号を教えてもらえば、ジャクソンビルの信頼できる葬儀場の番号をお送りします。一時間ほど前に、所長と話をしました。そこに依頼すれば、遺体を葬儀場に移送して、そちらにお送りできるよう手配してもらえます」

まるで小包を送る段取りをつけているようだ、とブルースは思った。

彼女は言った。「ありがとう。今から連絡をとります。明日の朝は、ご在宅でしょうか？」

「はい、うちでお待ちしています。一緒にネルソンのコンドミニアムに行ってみましょう」

# 第四章——「遺言」

## 1

冷製チキン、グラノーラ・バー、ピーナッツバターを塗ったクラッカーという朝食でしっかり腹ごしらえをしたあと、ニックはバックパックに荷物を詰めて自転車に乗り、祖父母の家までの二マイルの道のりを走っていった。到着すると、ブルースに電話をかけ、この地域は電気が通じているると報告した。近所の住民の一部はすでに戻っていて、瓦礫を片付け、破損した家屋の屋根にＦＥＭＡの防水シートを張る作業をするグループが編成されていた。交通量が多い道は通行可能になり、車が行き来していたが、脇道の多くはまだ塞がっていた。警察官によると、島の南半分はすでに電気が復旧し、午後にはダウンタウンも完全にもとどおりになる見込みだった。島の北半分は、まだ一週間は停電が続くかもしれないとのことだ。

ボブはキャンプ生活に疲れ、いらいらしていた。家に帰りたいが、車もなく、停電している状態では、暑くて孤立してしまう。仕方なくブルースの家にとどまり、庭に落ちたゴミを拾う手伝いをしていた。二人は近所の人を手伝い、落ちた枝を切断し、壊れた雨樋を取り外した。八月十日、この日は最高気温は華氏九八度〔摂氏三七度〕まで上昇すると予想されている。

九時二十分、ブルースはポリー・マッキャンからのメールを受信した。彼女はジャクソンビルに到着し、レンタカーを探しているところだった。「何時間もかかるだろうな」とブルースはボブに言った。「かわいそうに」

肉体労働に飽きた二人は、ネルソンの家に州警察が到着したかどうかを見に行くことにした。一時間近く島のあちこちを車で走り、被害と清掃作業の状況を観察した。途中でマーサーのコテージに寄り、家の周りを歩いて点検した。ブルースは動画を撮って彼女に送った。エイミーは一マイル内陸のところにあるゲートとフェンスで囲まれた高級住宅地に住んでいる。ゲートはなくなっていたため、フェンスの内側の道路を車で回った。そこかしこに倒木があるが、エイミーの家は大きな被害は免れていた。ブルースはまた動画を撮って彼女に送った。病院は再開し、駐車場がいっぱいになっていた。

ネルソンの家の前に、大きなバンが私道に一台、建物の前の道路に一台停まっていた。重要な作業が進行中であることを示すかのように、どちらの車両も太字で「フロリダ州警察　科学捜査班」と記してあった。覆面パトカーが二台、路上に駐車してある。近所の人が何人かポーチに立って様子をうかがっている。

ブルースとボブは警察の立ち入り禁止テープの手前に立ち、しばらくしてウェズリー・バトラー警部の姿を見つけた。彼は愛想よく挨拶しながらやってきて二人と握手し、煙草に火をつけた。

通り一遍の世間話をしたあと、ブルースは尋ねた。「それで、捜査は進んでいますか?」

「その話はできません」とバトラーは役人口調で言った。

「そうだろうね」とボブは皮肉っぽくつぶやいた。

「問題のハードドライブは?」とブルースは訊きたかったが、まともな答えは得られないとわかっていた。

バトラーが質問した。「三人目のアミーゴは? あの何でも知っている青年はどうしました?」

「彼はクビにしました」とブルースは言った。「この件からは外しましたよ。ところで、カー氏のお姉さんが今日カリフォルニアから到着しますが、ネルソンの家を見たいだろうし、遺品をいくつか持っていきたいかもしれない。身内に関するルールはどうなっていますか?」

ブルースが言い終わる前にバトラーは首を振っていた。「すみません。われわれの作業が終わるまで誰も入れませんし、作業は一日中かかります。土曜日の過ごし方としては最高ですよね」

ネルソンが死んでから五日もたっている、とブルースは思った。来るのが遅すぎるじゃないか。でも仕方のないことだ。嵐のせいで、すべての予定や手順が狂わされたのだから。バトラーは、仕事に戻らなくてはと言って去っていった。白い防護服を着た二人の鑑識官が敷物を巻いたものを運び出し、バンに積んだ。

問題のハードドライブはどうなったんだ? ブルースは、自分も遺族も、捜査について知らされるのは数日から数週間先になるだろうと思った。立ち入り禁止テープに阻まれ、これ以上は証拠に近づけない。

二人が立ち去ろうとしていると、近所の住人のひとりが歩いてきて、「ここで何があったんですか？」と尋ねた。

「ここは犯罪現場です」とブルースは言い、全面に文字が記されたバンを顎で示した。「ネルソンが嵐のさなかに死んだんです」

「ネルソンが死んだ？」隣人ははっと息をのんだ。

「残念です。頭を負傷して」

「どうして警察が来ているんですか？」

「それは彼らに聞いてください」

二人は車でボブのコンドミニアムまで行き、一時間ほどかけてゴミや瓦礫を道路脇に運び出した。ただでさえ気が滅入る仕事が、暑さのせいでよけいにつらい。午後には保険会社の損害査定人が来ることになっている。島の南のグランド・サーフ・ホテルの近くにあるカーリーズ・オイスター・バーが営業しているという噂を耳にしたので、行って確かめてみようと二人は決めた。

## 2

ポリー・マッキャンは二時少し過ぎにブルースの家に到着し、ドアをノックした。電気がまだダウンタウンまで来ていないので、ドアベルは鳴らない。彼女は五十歳くらいで、カリフォルニア州民らしくスリムでおしゃれな女性だった。男の子みたいなショートカットとブランドものの眼鏡が似合っている。夜通し飛行機に乗っていたとは信じられないくらい、さっぱりとした印象だった。ブルースは冷たい水のボトルをすすめ、二人は書斎で腰を下ろして、お互いの基本情報を交換した。

彼女はレッドウッドシティのコミュニティ・カレッジで物理を教えている。夫は大学の数学部の学部長を務めている。夫婦には二人の息子がいて、二人ともカリフォルニア大学サンタバーバラ校の学生だ。彼女の両親は八十代初めで、同年代の友人たちよりも多くの健康問題を抱えている。二人ともネルソンの訃報に打ちのめされ、どうすればいいかわからず、何も決められない状態に陥っている。子どもはポリーとネルソンの二人だけで、ポリーは何年も前から両親に代わって事務手続きなどを行なっている。ネルソンの元妻は、すでに再婚してまた離婚しているため、考慮に入れる必要はない。十年前の離別は双方に傷を残し、二人は心から憎み合っていた。幸い、二人の間に子どもはいない。

「ネルソンは離婚の話はしなかったし、僕も聞かないほうがいいと思っていました」とブルースは言った。

「最初からうまくいくとは思えない結婚でした」と彼女は言った。「ネルソンはスタンフォード・ロー・スクールを首席で卒業して、サンフランシスコの有力弁護士事務所に就職しました。きつい仕事で、週に九十時間も働いて、かなりのプレッシャーをかけられていました。それなのに、さらに人生を複雑にしたかったのか、サリーと結婚しました。軽薄な女性で、お酒は飲みすぎるし、仕事はほとんどしないし、明らかにお金目当ての結婚でした。私は彼女が大嫌いだったから、結婚をやめるよう説得しようとしましたけど、弟は耳を貸しませんでした。二人は喧嘩ばかりしていて、そのせいで彼はオフィスで過ごす時間がさらに増えました。三十一歳でパートナー弁護士になって、年収百万ドル近く稼ぐようになっていました。そのころに彼は依頼人が軍事ソフトウェアを違法にいくつかの独裁政権に売っていると気づいて、密告しようと思ったのです。それについては、私も話を聞いていました。密告すれば弁護士としてのキャリアは終わりです。依頼人の悪事を暴露して弁護士として生き残ることはできません。でも彼は、政府が十分な見返りをくれるだろうと期待していました。それに、大手弁護士事務所の世界にも、うんざりしていたし。それで彼は正しいことをして、見返りに五百万ドルの小切手をもらって、喜んで事務所を去ったんです。でも、タイミングが悪かった。告発する前に離婚しておけばよかったんです。奥さんは弁護士をつけて、弟が同僚と不倫していた証拠を見つけました。彼は大金を奪われて、心のバランスが崩れてしまって、私たちは彼を半年間入院させることになりました。彼が小説を書き始めたのはそのあとです。弟があなたに話していたのは、こんな話でしたか?」

「だいたい同じような話を聞いていました。政府からもらった報奨金の額は聞いていなかったけど。奥さんのほうが雇った弁護士がやり手で、離婚裁判で圧勝したとは言っていた。かなり過酷な経験だったという印象は受けました」

「弟のことは、どれくらいご存知ですか?」

「お昼は食べましたか?」ブルースはピーナッツバターとクラッカーを分け合おうと思っていたが、そんなものをカリフォルニアのおしゃれな人間にすすめていいものか、不意に不安になった。彼女は生野菜とプロテイン・シェイクしか口にしないかもしれない。

彼女は微笑み、ちょっとためらってから言った。「じつは、空腹で倒れそうで」

「じゃあ、キッチンに行こう。外より少しは涼しいから」。彼女はブルースについてスナック・

バーへ行き、そこで彼は食料品の備蓄の中からトマトスープの缶詰を見つけ出した。「いいですね」と彼女は言った。

「前菜には粒入りのピーナッツバターとクラッカーがある」

意外にも彼女は言った。「大好物よ」

ブルースはスープを温め、ピーナッツバターの瓶を開けた。「僕がネルソン・カーという男について、どれくらい知っていたか？　そうだな、彼は僕の友人だと思っていました。年齢も近いし、興味のあることも似ていた。彼はうちのディナー・パーティーに何度か来ていたし、僕も彼の家に何度か行ったことがある。一緒に外で食事をすることもあった。僕の妻が友人を彼と引き合わせたことがありましたが、交際は一か月も続きませんでしたね。彼は女性との付き合いにあまり積極的ではなかった。僕たちは書店でコーヒーを飲みながら本や作家の話をしました。あのジャンルの作家としては彼は書くペースがちょっと遅いと思って、もっと書くように僕はすすめていましたけど、僕の作家たちには、いつもそうしています」

「あなたの作家たち？」

「そう。この島には作家のチームがいて、僕は彼らの監督のようなものです。自分がもっと本を売りたいから、もっと書くようにみんなにはっぱをかけています」

「ネルソンの本は、どれくらい売れていたんですか？」

「前作は、紙の書籍と電子版を合わせて十万部ほど売れて、数字は着実に伸びていた。年に一冊は出すように僕は励ましていました。彼のキャリアは正しい方向に進んでいたけど、ネルソンにはちょっと怠け癖がありましたからね。あるとき、彼にそう言ったら、一流弁護士として働いて、まだ疲れが残っているんだとか言っていたけど、つまらない言い訳だと僕は言いました」

「彼がニューヨークの出版社に送る前の原稿を読むことはありましたか?」

「それはなかった。他の作家の原稿は事前に見ることがあるけど、僕は口うるさいことで知られているから、たいていの作家は僕に赤字を入れさせることは避けますね。ネルソンは、最新作の原稿は読んでほしいと言っていました。初稿を書き上げて、第二稿を磨いているところだと聞いていました」。ハードドライブの話はあとでしようとブルースは思った。その前に話し合うべきことがたくさんある。


スープをボウルに注ぎ、彼女にすすめた。彼女は微笑んだ。「ありがとう」

「トマトスープには、どんなワインが合うかな?」

「ワインはあとにしましょう」。彼女はスープをかき混ぜてスプーンにすくい、息を吹いて冷ましてから味見した。「とてもおいしい」

「ありがとう」

「ブルース、私の弟は殺されたのでしょうか?」


ブルースは大きく息を吸い、冷蔵庫の前まで歩いてビールをとろうとしたところで、すでに二本飲んでいることに気がついた。何もとらずにドアを閉め、冷蔵庫にもたれて腕を組んだ。「わかりませんが、確かなことがいくつかあります。一つ目は、ネルソンが死んだことです」。ブルースは自分たちが発見したときのネルソンの遺体の様子を説明し、ランドラム博士から聞いた検死の概要と死因について話した。

彼女は瞬(またた)きもせず、まったく感情を表さずに聞いていた。スープを口にするのはやめていた。

「二つ目。ある女性が関与しています。イングリッドという女性です」。ブルースは息を深く吸い込んで、ボブの話を始めから終わりまで、知っている情報をひとつも漏らさず、ゆっくりと話した。ポリーはじっとテーブルを見つめ、一度もスプーンを手にとらずに聞いていた。

「そして三つ目。警察は今まさに捜査をしていて、終わるまではネルソンのコンドミニアムに入ることはできません」

「お話を聞いて、殺人だったと私も思います」と彼女は感情を表さないまま小さな声で言った。「殺人ですよ。ポリー、容疑者の心当たりはありませんか？　彼が島の人間には話していなかった過去の問題はなかったでしょうか？」

「まず、イングリッドが容疑者であることは間違いないですね」

「そうですね。でも理由がわからない。二人は会ったばかりだった。動機がないなら、お金のためにやったとしか考えられません」

彼女は首を振り、ボウルを押しのけた。スープは冷めている。キャンベルのトマトスープはこれで最後だろう。無駄にするのは残念だとブルースは思った。でも店は営業を再開しつつあるから、そろそろ食料品の買い出しにいこう。こんな災害でもなければ、基本的な商品のありがたみはわからないものだ。

「わかりません」と彼女は言った。「思い当たる人は一人もいません。私の知る限りでは、彼の敵は元妻だけです。でも彼女は、お金を手に入れてからは、興味を失っています。あなたには何か考えがありますか？」

「ありますが、それはこの五日間ずっと、男三人で過ごしていたからです。一人はアンドリュー・コブで、僕たちはなぜか彼を〝ボブ〟と呼んでいますが、彼は重罪犯として服役していたことがあって、かなり生々しい犯罪小説を書いています。彼は今、オイスターとビールのランチをとったあとで、ハンモックで昼寝をしていますが、もうすぐ会えるでしょう。それから、夏休みで来ているニック・サットンという学生がいます。彼は書店でアルバイトをしていて、出版される犯罪小説をほとんど読んでいます。僕たちは、いろんな仮説を立てる時間がありました」

「最も有力な説は？」

「ありそうもない話だけど、ひとまずはこんな仮説を立てました。イングリッドはプロとして雇われて島に来て、すぐに消え去った。おそらくもう見つからないでしょう。彼女に金を払ったのは、ネルソンの次の本が世に出ることを阻止したい人間です」

「かなり突飛な話ですね」

「同感です。でも今のところは、これしかない」

彼女は目を細めて考え込み、しばらくして質問した。「その本に何が書かれているか、あなたはご存知ですか？」

「まったくわかりません。あなたは？」

彼女は首を振った。「彼の本は、私はなかなか読む気になれなかったし、本の内容について彼と話をしたこともありません。というより、弟がここに引っ越してから、ほとんど話をしていません。ネルソンは一人でいるのが好きでした。いろいろ問題があってからは、とくにそうでしたね」

「彼はハッキングされることを過剰に恐れていました。ハッキングされて作品を盗まれた作家や音楽家はいますからね。だから彼はオフラインで書いていましたが、悪者たちは、彼が書いている作品についてなぜか知っていた」

「ええ、ネルソンは被害妄想でした。メールはほとんど使わなかったし、電話も盗聴されていると思っていました。だから私たちは昔ながらの郵便で連絡をとりあっていました」

「古風ですね。彼はいつもビクビクしながら生活しているように見えた」

「そのとおりです」と彼女は言った。「密告者になるまでは、そうではありませんでした」

「そのせいで精神的に参ってしまったんですね」

「離婚のあとで、完全に参ってしまいました。さっきも言ったように、それは弁護士事務所をやめたあとだったわけですけど。深刻なうつ病か、ノイローゼか、そんな診断でした。私たちが彼を高級な施設に半年間入院させて、かなり回復しました。でも、セラピーはまだ受けていました」

　初めて彼女は目に涙を浮かべていた。眼鏡を外し、何度か瞬きをした。「一か月ほど前に、ネルソンから翌日配送の荷物を受け取りました。手紙には、新作の小説を保存したＵＳＢメモリを同封するから、それを保管しておいてほしいと書いてありました。当面の間は原稿を読まないでほしいということでした。新しい電話番号も教えてくれました。私は返事を書いて、どうしてまた電話番号を変えたのかと訊きましたが、返事はなかったし、説明もありませんでした」

「そのメモリはどこに？」

「私のポケットの中にあります」

「そこに入れたままにしておきましょう。それで、小説は読んでいないんですね？」

「一行も読んでいません。あなたは読みたくありませんか？」

ブルースは彼女が手をつけないトマトスープを見て言った。「もうすみましたか？」彼女が食べたのは、スープが二口とクラッカーが二枚だけだった。

「ええ。ごめんなさい。食欲がなくなってしまって」

「書斎に戻りましょうか。あっちのほうが涼しいから」

二人は書斎に戻り、キッチンとの間のドアを閉めた。ベランダで寝ているボブの素足がハンモックからぶらさがっているのが見えた。

ブルースは言った。「小説は読まないでおこうと思っています。今はまだ。警察に質問されたら、読んでいないと言いたいから」

「警察は見つけるでしょうか？」

「わかりません。彼のコンピューターを押収するでしょうし、捜索令状をとって、すべて調べるでしょう。でも僕がギャンブラーだったら、デスクトップのハードドライブはネルソンが殺されたときに盗まれたほうに賭けるでしょうね」

「USBメモリは警察に渡したほうがいいでしょうか？」

「今のところは、渡さないでおきましょう。あとから渡すこともできるし、渡さないでもいいし」

「よくわからないんだけど、あなたの説だと、ネルソンは私のポケットに入っている小説のために殺された可能性が高いわけですよね？」

「それはひとつの説に過ぎないし、どう考えても根拠が薄弱です」

「でも、今のところは他の説はない？」

「ありません。彼がプロに殺されたとすると理由があるはずだ」

「わかりました。それなら誰かが小説を読まないと、事件は解明できませんよね。誰が読むんですか？　あなたですか？　私？　警察？」

ボブの足がゆっくりとベランダの床のタイルに降ろされた。のろのろと立ち上がり、伸びをしたり目をこすったりしている。冬眠から覚めたクマみたいだ。ようやく目の焦点を合わせて方向を見定め、重い足取りでドアに向かってきた。

ブルースは言った。「ボブの昼寝が終わったみたいだ。彼はチームの一員だから、状況を報告しましょう」

「USBメモリのことも？」

「そうですね。彼にも意見の一つや二つあるでしょう。彼は重罪の前科があって、犯罪心理を読むことにかけては天才的だし、警察や検察を信用していない」

ボブが書斎に入ってきてポリーに自己紹介した。

## 3

照明が点滅し、一度消えてからまたついて、ブルースとボブは固唾をのんで待った。電気が復旧したことが明らかになると、二人はハイタッチした。笑顔を抑えきれない。ブルースはすぐにエアコンの設定温度を調節し、発電機を止めにいった。ずっとガタガタ鳴っているのが気に障っていたのだ。文明が戻ってきた——熱いシャワー、冷たい水、清潔な服、テレビ、何もかもそろっている。キャンプ生活は終わりだ。しかし、悲しみに暮れる姉を前にして、二人は興奮をなんとか抑え込んだ。

ボブもUSBメモリのことはウェズリー・バトラーから連絡があるまでは黙っておくことに同意した。連絡があれば、の話だが。現場にいる科捜研の仕事が終わったら連絡すると彼は約束していた。

ポリーが質問した。「捜査官は、被害者の遺族と会って進捗を報告するのでしょうか？　ごめんなさい。でも、この先どうなるのか、まったくわからなくて」

ブルースは言った。「僕もまったくわかりません。ありがたいことに、こんなことを経験するのは初めてだから」

ボブは言った。「刑務所にいたおれの友達の話だけど、彼の家族が、殺人事件の被害にあった。それだけでもたまらないのに、さらに悪いことに、警察が何も話してくれなかったんだ。とうとう弁護士を雇って情報を引き出すことになった」

「できれば弁護士は雇いたくありません」と彼女は言った。「さっき葬儀屋を雇ったばかりです」

「必要ありませんよ」。ブルースは彼女の気持ちを少しでも和らげようと気遣っていた。「ここの警察署長はいい人で、僕が彼から話を聞けると思います」

「ありがとう」

「少し休みますか？　あなたの部屋は上の階です。だいぶ涼しくなりましたよ」

「助かります。ブルース、ありがとう」

彼女はレンタカーから旅行鞄をとってきた。ブルースは彼女をゲストルームに案内し、ドアを閉めた。書斎に戻ってボブの向かいに座ると、彼は言った。「彼女、気に入ったよ」

「君には歳をとりすぎているだろう、ボブ。ほとんど同じ歳なんだから」

「いや、イングリッドは四十歳くらいだったし、けっこうストライクゾーンが広いんだ」

「君は永遠にストリング・ビキニの若くて離婚歴のある女性を卒業できないと思うよ」

「卒業したくもないね。どうしてイングリッドの名前を出したんだっけ？ そうだ、ブルース、振り返ってみると、彼女には妙なところがあったんだ。一緒にいる間ずっと、何をするときも、何か他のことを考えているみたいだった。いつも何か計算していて、次の行動を計画しているみたいに。心ここにあらず、というか。まあ、おれとしては、どうでもよかったんだけど。セックスは最高だったから。今考えると、いろいろ腑に落ちるわけだけど、そのときは、わかるはずがなかったよな？」

「彼女のことで責任を感じる必要はないよ、ボブ。誰も予測できないことだったんだから。君は美人と楽しくやっていただけだ」

「確かにそのとおりだけど、どうも引っかかる」

「気にしたらだめだ」

「そうだな。シャワーを浴びたい。たしか、最後に浴びたのはレイクシティで、四角いバスタブで、シャンプーの瓶が空だった。あれから一か月はたったような気がするよ」

「二階の右側だ。左側が彼女の部屋だから、じゃましないように。これからまた何日か、ここに居座ることになるな。あらためて、ようこそ我が家へ」

「ありがとう。でももうすぐメイン州に行くよ。もっと涼しいところに行きたいし、ここから逃げたいからな。保険会社にはたらい回しにされているし、今はやつらとやりあう気になれない。彼女はいつまでいるのかな？」

「まだ来たばかりだし、どうなるかまったくわからない。来週の土曜日にはカリフォルニアで告別式があると言っていたけど、僕は行かずにすむ口実を考えている」

「それは最悪だろうな。おれは何年も前に葬式に出るのはやめた。時間と金の無駄だし、いたたまれない気持ちになる」

ボブがいなくなると、ブルースはキッチンを片付け、次なる冒険、最寄りの食料品店への旅に出発した。

## 4

夕暮れ時に、ブルースとポリーはタホに乗って出かけ、北に向かった。ダウンタウンから数ブロック離れたところで暗くなり、まだ電気が通っていない地域に入った。

ポリーは破壊の大きさを目の当たりにして驚いていた。大きな嵐の爪跡を見るのは初めてだという。それはブルースも同じだったが、倒れた電線、塞がった道路、ひっくり返った車両、水浸しの敷物や家具でいっぱいの前庭、瓦礫とゴミの山などは、五日前から見ているので、もう驚きはなかった。小さな教会の前を通ると、駐車場にFEMAのトレーラーハウスが何十台もきれいに列になって並んでいた。ボランティアが運んできた食事をもらうために、大勢の人が行列を作って静かに待っている。道路沿いの公園は、テントの設営地になっていた。大人は焚き火台の周りのローンチェアに座り、子どもたちはサッカーボールを蹴って即席のゲームを楽しんでいる。公園に隣接するソフトボール場では、州兵たちがペットボトルに入った飲料水やパンを配っている。

ブルースは、戦後に建てられた住宅団地の中にある目的の通りを見つけた。住宅はどれも被害を受け、居住不能になっている。ほとんどのドライブウェイは、乗用車やトラックの隣にピカピカの新しいFEMAのトレーラーハウスが停まっている。トレーラーハウスからパイプをのばして下水道につなげてあるものもあれば、そうでないものもある。団地の様子を見ると、トレーラーハウスは長期にわたって使われることになると思われた。

ワンダ・クラリーは、ブルースが二十三年前にベイ・ブックスをオープンしたときの最初の従業員だった。前のオーナーから引き継がれた唯一人の従業員だったワンダは、本を売ることにかけては新しいボスより自分のほうがはるかに詳しいとはなから決めてかかっていた。実際そのとおりだったが、彼女が出しゃばりすぎるために、早々から頻繁(ひんぱん)に衝突が起こった。ブルースは何度も首を切ろうと考えたが、彼女は熱心な従業員で時間にも遅れず、開店当初の安い給料で働くことも厭(いと)わなかったし、小売業においては信頼できる従業員を見つけることは非常に困難だとブルースは早いうちから思い知らされていた。やがて二人はそれぞれの役割と業務の範囲を確立し、ワンダはなんとか首をつなぐことができた。脳卒中を起こすまでは、彼女はブルースに対してぶっきらぼうな態度をとり、客につっけんどんな口の利き方をして、同僚にも無礼な振る舞いをすることが多かった。だが、一回目はあまり深刻ではなかった脳卒中のあと、彼女の性格は激変し、ワンダはみんなの愛すべきおばあちゃんになった。客はみんな彼女のことが大好きで、売り上げは伸びた。ブルースは彼女の給料を上げ、二人は仲良しになった。ところが、二回目の脳卒中で彼女は死にかけたため、引退を強いられることになった。それから間もなく彼女の夫は亡くなり、もうすぐ八十歳のワンダは、十年前から年金でぎりぎりの生活をしている。

　ブルースは、ＦＥＭＡのトレーラーハウスの横に置いたローンチェアに座って隣人とおしゃべりしているワンダの前に現れ、彼女を驚かせた。彼女は杖を使ってなんとか立ち上がり、ブルースを抱きしめた。彼はポリーを紹介し、カリフォルニアから来た友人だと説明した。ワンダは彼女より少しだけ若いように見える隣人を紹介し、トレーラーハウスのそばのドライブウェイに並べてあったキッチンチェアを二人にすすめた。他の家具のほとんどは道路脇に積み上げられ、いつか運び去られるのを待っていた。

　ワンダの家は八フィートの水をかぶり、三日間も引かなかったという。家財も何もかもだめになってしまったと彼女は話した。隣人たちも同じだった。彼女を含め、ほとんどの人は洪水保険に加入していなかった。先行きはかなり暗い。ＦＥＭＡのトレーラーハウスは、九十日間は無料で使用できて、延長することも可能だったが、運び去ったあとのトレーラーハウスをＦＥＭＡはいったいどうするつもりなのだろう？　次のカテゴリー４のハリケーンを待つのだろうか？

　ワンダと彼女の隣人は、高台にあるシェルターに避難して嵐を乗り切った。一生忘れられないような恐ろしい体験だったが、その中で見つけたちょっと面白いエピソードをいくつか話してくれた。二人とも、次回は必ず島から避難すると宣言した。ブルースも嵐についてのエピソードをいくつか話したが、ネルソン・カーのことは何も言わなかった。ワンダは今も大変な読書家で、手当たり次第に何でも読んでいるが、ネルソンに会ったことはないだろうと思った。

ポリーは黙って話を聞きながら、状況をのみこもうとしていた。わずか二十四時間前には安全なサンフランシスコにいたのが、突然、戦場の真ん中に投げ込まれたようだった。人々は夢遊病者のように悪夢の中を歩き回っている。すべてを失い、今は暗くて狭いトレーラーハウスの中のベッドに寝られることをありがたいと思っている。しばし、ポリーは弟のことを忘れかけていた。

通りの向かいで小さなガスエンジンが始動し、電球が点灯した。ワンダが言った。「あれはギルバートよ。きのう息子さんが発電機を持ってきてくれたから、見せびらかしているの。あれで窓に取り付ける小型のエアコンを回せるかもしれないって」

「息子さんとは連絡をとった？」とブルースは尋ねた。

「ええ、やっと話ができたわ。電話が木曜日まで通じなかったから。フィルがきのうセントルイスから電話してきたの。何か必要なものはないかって。とくにないと言ったわ。新しい家と、新しい車と、新しい家具だけ。あとは、食べ物もちょっとほしいわね。冷えた水を一本と。あの子はできるだけのことをすると言ったけど、もちろん、何も期待してないわ」

話題を変えて、そろそろ立ち去ろうと思っているブルースは言った。「水と食料を少し持ってきた」。そしてタホを停めたところまで戻り、ポリーと一緒に飲料水を四ケースと食料品三箱をトレーラーハウスまで運んだ。ブルースはトレーラーハウスの中をのぞき、その狭い空間で長期にわたって暮らすことを想像すると胸が痛んだ。

ワンダは泣き始め、ブルースはしばらく彼女の手を握っていた。また来ると約束し、必要なものがあったら電話すると彼女に約束させた。二人が走り去るとき、ギルバートの電球の周りに人だかりができていて、ラジオから音楽が流れていた。

## 5

カミーノ・アイランドの南端にあるカーリーズ・オイスター・バーは、心を温める料理と冷えた飲み物を求める地元民で混んでいた。土曜の夜で、仕事が休みの電気会社の作業員も来ている。ブルースとポリーは三十分待ってデッキのテーブルに案内された。彼女はブルースのイメージどおり、揚げ物は食べないし、生牡蠣には触れたこともないと言った。結局、二人はバケツ型の容器に入った名物のボイル・シュリンプを注文し、ビールが運ばれてくるのを待った。彼女は白ワインがいいと言ったが、ブルースはカーリーズで出している箱入りワインは避けたほうがいいと助言した。ジュークボックスの音楽が遠くから小さな音で流れていて、周りの話し声も控えめだった。悪夢をくぐり抜けてきた人々はまだ茫然としているようだ。再び日々の生活を楽しめるようになる前に、やらなければならないことが多すぎる。

声を落としてブルースは言った。「あなたはネルソンの遺言の執行人のひとりですね」

「そうです。彼は去年新しい遺言書を作成して、私を遺言執行者(イグゼキュタ)に指名しました。女性の場合は女性遺言執行者(イグゼキュトウリクス)と呼ぶそうですけど」

「遺言書を作成したのは？」

「ジャクソンビルの法律事務所です」

「彼らとはもう話しましたか？」

「いいえ。彼の遺産に関心があるんですか？」

「ただの好奇心ですよ。彼はまとまった財産を持っていたでしょうから」

　彼女はため息をつき、ブランドものの眼鏡のフレームを外して目をこすった。「ネルソンの経済的な事情については、どれくらいご存知ですか？」

「ほとんど知りませんよ。すでにお話ししたことだけです――弁護士としてのキャリア、悲惨な離婚、告発者になったこと。あるとき彼が口を滑らせてコンドミニアムを百万ドルで買ったことは聞いたけど、それ以外は、どれくらいの財産があったのか、まったく知らない」

「出版契約のことは？」

「何も知りません。僕が質問したことはなかったし、彼が話したこともなかった。知ってのとおり、彼は無口な男だったから」

　彼女はまた眼鏡をかけ、生ビールの大きなグラス二つがテーブルに置かれた。彼女は語り始めた。「彼が弁護士をやめたのは十一年前、三十二歳のときでした。当時はかなり稼いでいましたが、金遣いも荒かったし、彼が使わない分は奥さんが使っていました。それが永遠に続くと思っていたから、貯金はまったくと言っていいほどしていませんでした。お話ししたように、依頼人の悪事を暴露することと引き換えに、政府は彼に五百万ドルを支払いましたが、弟はそれよりはるかに大きな額を期待していたようです。受け取った額の半分は税金に消えました。カリフォルニアは税金が高いから」

「それもフロリダに住む理由のひとつです。所得税がゼロだ」

「共和党の色が濃すぎて、私には合いません。それはともかく、彼とサリーは諍いが絶えなかったので、お金が入って間もなく彼女は離婚を申請しました。いろいろ払ったあとで弟の手元に残ったのは百万ドル程度でした。大部分はセラピーに消えました。そのあと小説を書き始めて、いくらか稼いでいたと思います。ネルソンはめったに自分のことを話さなかったから、よく知りませんけど」

「相続するのは誰ですか？」

「三分の一は私で、三分の二は両親。シンプルな遺言書です。私は彼の著作権管理者でもあります。それがどういう意味か、よくわかりませんけど」

「あなたが彼の小説の権利を取り扱うということですよ――ハードカバー、ペーパーバック、電子書籍、国内、海外の著作権、もしかしたら映画やテレビの権利も。それに、最新作を売るのもあなたです。そのせいで殺されなければ」

「ありがとう」

「若くして死ぬといいことがひとつある。たいていは、印税が急騰する」

「ふざけているんですか？」

「はい」

「やめてください」

「すみません」

ウェイトレスがバケツに盛ったボイル・シュリンプを二人の間に置いて去っていった。しばらくは二人ともエビをむいて口に入れることに集中し、それからペースを落としてビールを飲んだ。彼女は尋ねた。「それで、明日の予定は?」

「僕たちが話をした州警察の男から電話がありました。署で何時間か顔を突き合わせて、こちら側が知っていることと、向こうが得た情報を交換することになりました。きっと興味深いことになりますよ」

「USBメモリのことは?」

「最後の小説について知っていることを訊かれるかもしれない。とくに、ハードドライブがなくなっていた場合は。僕としては、その小説は見たことがないと言って、それが嘘にならないようにしたいと思っています」

「私は弁護士をつけたほうがいいでしょうか」

「いずれは雇う必要がありますね。遺言の検認のために、ここフロリダの弁護士を」

「いい弁護士を知りませんか?」

「一人か二人知っているけど、今はつかまえるのが難しいかもしれない」

「わかりました。あなたが知らないふりをするなら、私もそうします。当面は」

「心配ないですよ。ここの警察は、切れ者ぞろいというわけでもないし」

「それを聞いて私が安心すると思いますか?」

「いいや」

# 6

サンタ・ローザの警察署は、市庁舎の裏手にある。あとから思いついてつぎはぎしたような建物で、港から二ブロックしか離れていないため、レオの襲撃をまともに食らった。建物は水浸しになり、今も水浸しのままだ。すべてのシステムが復旧するにはまだかなり時間がかかる。仮設の警察署が一マイルほど内陸にある中学校の体育館に設営されているところだった。ブルース、ポリー、ボブ、ニックがそろって日曜日の午前十時ちょうどに到着すると、学校の駐車場はパトカーや市の車両、作業員のトラックなどで混雑していた。体育館の中では作業員らが仮設の壁やドアを設置している。みんながどこにいるかわからないため、ブルースはウェズリー・バトラーに電話をかけ、建物の裏手の男子ロッカールームのそばにいる彼を見つけた。彼に案内されて廊下を歩き、空っぽの教室に行くと、警察署長のカール・ローガンと殺人課の敏腕刑事のホッピー・ダーデンが科捜研の鑑識官二人と待っていた。

バトラーが場を取り仕切り、全員を簡単に紹介した。まずは、ブルース、ボブ、ニックの三人の供述をビデオ撮影したいということで、教室の一角にカメラと照明が設置された。ブルースとニックが最初に供述した。二人が同じ質問にそれぞれ回答しているあいだに、ボブは鑑識官二人と一緒に廊下に出て向かいの教室に移動した。そこで彼らは十四インチのラップトップを使ってイングリッドのモンタージュ写真の作成にかかった。バトラーはポリーと面接した。家族について質問し、ネルソンの経歴についてできるだけ詳しい情報を聞き出した。彼が執筆中だった小説には触れなかった。ハードドライブは見つかったかとポリーが質問したが、バトラーは答えなかった。三十分後、技術者はイングリッドの合成写真をカラーでプリントした。本人とあまりにも似ているのを見てボブは感心したが、ブロンドの髪は本物じゃないから、と注意した。

身元不明のその女性は、ボブが言ったとおり、四十歳くらいに見えた。高い頬骨、きらきらした薄茶色の目、少し暗めの長いブロンドの髪。その笑顔は、幅広い年齢層の男性が惹きつけられ、彼女の隣に座って飲み物をおごりたくなるほど魅力的だった。合成写真をまじまじと見ながら、この美しい女性があのように残忍な事件を起こすとはとても信じられないとブルースは思った。毒殺ならあるかもしれないが、鈍器で殴る場面は想像できない。

ポリーは、自宅のパティオで発見されたときの弟さんの写真を見ますかと尋ねられた。まだ心の準備ができていないと言って彼女は断った。バトラーは検死結果をブルースとポリーに簡単に説明したが、恐ろしい部分については控えめに表現した。予想どおり、今のところ目撃者は見つかっておらず、嵐のさなかに出入りした人間を見た隣人もいなかった。

近所の人たちはみんな避難していたからだ、とブルースは思ったが、何も言わなかった。彼は話に聞き耳を立てながら、ニックと一緒に指紋をとられた。ボブは前科があるから、指紋はすでに登録されている。

ビデオ収録が終わると、ファイルや報告書が山積みになった折りたたみ式のテーブルの周りに全員が集まった。バトラーはこれまでにわかったこと、間もなく明らかになりそうなことを要約した。血痕は、二か所の壁とバスルームの洗面台、絨毯の上に見つかっている。すべての検体はラボにあり、ネルソンの血液と照合される。指紋も多数見つかったが、分析には時間がかかる。ヒルトンから宿泊客についての情報や防犯カメラの映像を取得しようとしているが、災害のあとで必然的に確認は遅れている。通常の生活が戻ってくれば、近隣の他のホテルやレンタルのコンドミニアムでも情報を収集してイングリッドの身元を特定する努力をする、と言いながら、バトラーは、有益な情報が出る見込みは薄いとわかっているような口ぶりだった。

ミーティングの前に、発言を最小限にとどめようとブルースは決めていた。それが最善の策だろう。いずれにしても、警察が得ている情報は少ないから、いろいろ質問しても、あまり答えは得られないし、バトラーやローガンの反感を買うことになる。彼らは疲れ、日曜日の朝に仕事をしなければならないことでいらいらしている。情報を見直すためのこのミーティングも、形式ばかりのものだとすぐに明らかになった。バトラーが失言をしたからだ。「ゴルフクラブと暖炉用の道具は検査しました。他にもコンドミニアムにある凶器に使えそうなものは全部調べましたが、今のところは何も出ません。もちろん、殺人だったことを前提にするならば、ということですが」

ポリーが間髪入れずに言った。「殺人ではなかったとお考えですか?」

「もしかしたらそうかもしれません。あのときは、いろんなものが風で飛ばされたんですよ、マッキャンさん」

ローガンが口をはさんだ。「私もカテゴリー4のハリケーンを経験したからわかりますけど、マッキャンさん、どれだけの量の瓦礫やガラクタが四方八方に飛んでいるかは、想像を超えていますよ。自分の目で見なければ、とても信じられないくらいです。弟さんは、飛んでいた物が何度も当たった可能性もあるとわれわれは考えています。木の枝か、屋根から外れたものか、レンガか、何が飛んできたかは、わかりません」

ブルースは大きく息を吸った。ボブとニックも同じ反応を見せた。ポリーは歯を食いしばり、何も言わなかった。

バトラーは彼らの不満を感じとっていた。「でもまだわかりませんから、きちんとすべて捜査します。こういうことは、時間がかかりますが」

ブルースはせき払いをした。「彼のコンピューターのハードドライブはどうなりましたか?」

バトラーはちらっとローガンに目をやり、ローガンはホッピーを見たが、彼は今にも居眠りを始めそうだった。バトラーは言った。「ハードドライブは入手しましたが、暗号化されていまして。ラボの連中がまた明日いじってみると思いますが、かなりセキュリティが堅いようです」

もうたくさんだ、とブルースは思った。彼は立ち上がって言った。「他には何かありますか?」

全員が突然立ち上がり、お決まりの儀式が始まった。握手し、礼を言い、連絡を取り合おうと約束する。ブルースは部屋から出るとき、ウェズリー・バトラーと再び会うことはあるだろうか、と思った。

車で走り去りながらブルースが右に目をやると、ポリーが涙を拭っていた。彼女は長い間、何も言わなかった。後部座席では、ニックとボブも静かにしていた。どちらも警察に腹を立てていたが、頭の中では荷造りを始めている。ボブは島を出てもいいと言われ、数時間後には出発する予定だった。ニックは大学に戻り、一週間は仲間と騒いで夏の終わりを祝い、そのあとはベニスに行って、一学期の海外留学を始めることになっていた。

# 7

月曜の朝、ブルースはジャクソンビル空港までポリーの後ろを走り、そこで彼女はレンタカーを返した。そのあと二人は一緒に葬儀場へ行き、彼女は書類手続きをすませて小切手を切った。ネルソンの遺体は空港に移送され、姉と同じ飛行機で家に帰ることになる。空港に戻ると、ブルースは彼女と一緒に中に入り、メイン・ターミナルにあるコーヒーショップを見つけて入った。

ネルソンのコンドミニアムはまだ警察の立ち入り禁止のテープで守られており、いつ入れるようになるかはわからないとバトラーは言った。ブルースは島一番の引越し業者を手配し、ネルソンの家具や持ち物を運び出す作業を監督する役目を引き受けた。目録を作成して保管し、数週間後にはポリーが戻ってきて対処する。ブルースは知り合いの不動産業者が何人かいるので、彼らにコンドミニアムを見せて、売りに出す相談をするつもりだった。でも不動産市場はしばらく冷え込むはずだとポリーに断った。ネルソンの車は、ドイツ車の輸入をしている友人に頼めば、適正価格で売ってもらえるだろう。

ブルースとポリーはコーヒーを飲みながら、あたりを行き交う人々を眺めた。彼女は言った。

「ネルソンの告別式は土曜日になりました。いらしていただくことは難しいですよね」

ブルースは気が滅入る告別式に出席するために西海岸まで行かずにすませる方法をいくつか考えてあったが、説得力のある言い訳をしなければならない段になって、完全に言葉を失った。進んで引き受けた役目ではなかったが、彼はカー一家の現場での代理人になっていたし、家族に必要とされていた。「もちろん行きます」となんとか確信を込めて言うことができた。

「詳細が決まり次第、お伝えします。両親にとっても、ありがたいことです。情報を求めて必死になっていますから」

それは待ちきれないですね、とブルースは心の中で思った。彼女の両親にとって、自分が行くことにどんな意味があるというのだろう。会ったこともないし、告別式が終わったら二度と会うことのない人たちなのに。

「もちろん行きますよ。サンフランシスコですか？」

「サンフランシスコの東のダブリンです」

「大勢集まるでしょうか？」

「どうでしょう？　地元に友達はいますし、スタンフォード大学の仲間もいますが、みんな散り散りになってしまいましたから。弔辞をお願いすることはできないでしょうか？」

ただでさえ気が重かったのが、ますます憂鬱になった。しかしブルースは、すばやく返事ができた。「それは無理だ、ポリー。まえにもやったことがあるけど、冷静さを保つことができなかった。申し訳ない」

「わかります。気にしないでください」

「警察はネルソンの原稿のことを話しませんでしたね」と彼は言った。

「そうなんです。どう思いますか？」

「ネルソンが書いた本は、読む必要があると思います。でも読むのはあなたではなく、僕でもない。ネルソンとは何のつながりもない人が読むべきだと思います」

「どうすればいいですか？」

「原稿をマーサー・マンという作家に送ってください。彼女は島にいた人間ですが、あなたの弟さんとは知り合いではなかった。今は、オール・ミスで教えています。信頼できる女性ですよ。彼女に読んでもらって、彼女のボーイフレンドと共有してもらう。彼も作家で、元ジャーナリストです。そのあとで、僕が彼女たちから話を聞きます」

　ポリーは、何でもブルースの言うとおりにするというように、肩をすくめた。「原稿が警察を犯人に導くと思いますか？」

「警察はあまり頼りにしないほうがいいと思います。難事件だし、警察はすでにもっと都合のいい仮説を立てている。嵐のさなかに外に出ていった被害者のせいにしようというわけです。適当に書類を作って、僕たちの電話をかわして、時間が過ぎるのを待つ。そしてある日、捜査が行き詰まったとあなたに知らせてくるでしょう。すでに行き詰まっていますから。そして、事件ファイルは開いたままにするけど、あとは奇跡を待つしかない、と言うでしょうね」

　ポリーはうなずいた。「残念ですけど、私もそう思います」

「原稿が犯人に導いてくれる見込みは薄いと思うけど、今のところは、唯一の手がかりです。それと、かなりよくできたわれらがイングリッドの人相書きと」

「ブルース、彼は何か理由があって殺されたはずです。ネルソンに敵はいませんでした。優しい人で、人生を楽しんでいて、虫一匹殺せない人でした」。少し声が震え、涙ぐんだ。

　ブルースは折りたたんだ紙を彼女に渡した。「これがマーサーのオックスフォードの住所です。

彼女は原稿を受け取ったらすぐに読むと言っています」

ポリーは涙を拭いてうなずいた。「ありがとう、ブルース。何から何まで」

二人は空港のセキュリティ・ゲートまで歩き、ハグをして別れた。

## 8

火曜日、嵐の八日後、ブルースは午前中ずっとベイ・ブックスで待っていたが、約束していた建設業者は現れなかった。保険会社の損害査定人にも再度調査に行くと言われていたが、彼も他の場所で忙しくしていた。

ダウンタウンの店舗は、ほとんどがまだ休業している。だめになった商品を掘り出してゴミ収集コンテナに投げ込んでいるところもあれば、鍵をかけて電気を消している店もある。人通りはほとんどなかった。島の住民の多くは戻ってきているが、買い物を楽しむ余裕はない。観光客は消え、数か月は戻ってこない。数年かもしれない。

水曜日、別の建設業者も現れなかった。ブルースは歩いて自宅に帰り、ジーンズに着替えて、島に戻ってきたマイラとリーの家に出向いた。二人はのんびりとしたペースで働き、瓦礫やゴミを歩道の端に出していたが、ブルースが到着すると、二人とも日陰に椅子を置き、飲み物を注いで彼の作業を監督した。ブルースは、湿ってカビがはえた絨毯や濡れた本など、重い物を運ぶ役目を引き受けた。彼が重労働で汗をかいているあいだ、彼女たちは飲みながら、ハリケーン・レオを体験した恐怖についておしゃべりをしていた。ブルースは汗だくになったところで、休憩して何か飲みたいと頼んだ。

涼しい屋内に入り、三人は書斎に集まった。マイラは音を消してあったテレビの前を通り過ぎようとして恐怖に凍りついたように立ち止まり、「冗談でしょう」と言った。彼女がテレビから離れると、画面では気象予報士が大西洋上の熱帯低気圧を指さしていた。ハリケーン・オスカーが到来するのはまだ何日も先だが、予想進路のひとつでは、こちらに真っ直ぐ向かっていた。

「もう耐えられない」とリーは言った。

木曜日の朝には、ハリケーン・オスカーは少し近づき、こちらに睨みをきかせていた。予想進路の範囲がわずかに狭まっていた。またしてもこの島が直撃される可能性がある。

この日の午後、ブルースは車でジャクソンビルに出て、アトランタ行きの飛行機に乗り、そこでサンフランシスコ行きの便に乗り換えた。

# 9

彼がダウンタウンにあるフェアモント・ホテルのエレガントなリージェンシー・バーにいると、彼女が歩いて入ってきた。ノエルは、一か月にわたって留守にしていた。ヨーロッパへ行ってスイスの友人やフランスの家族に会い、フロリダの夏の暑さから避難していたのだ。島がハリケーンに襲撃される様子を彼女は慄然として見ていたが、帰ってこないほうがいい、今できることは何もないから、とブルースに言われ、しぶしぶ従った。

まるでモデルのように美しい、と思いながら、ブルースは彼女を抱きしめてキスをした。この一か月、彼女がジャン＝リュックと過ごしたことも気にはならなかった。ノエルと彼は長年の知り合いで、ブルースが登場するよりずっと前から付き合っていた。その関係はこれからも変わらないだろう。彼女にはどちらの男性も必要で、二人とも彼女を敬愛していた。

二人は飲み物を注文し、ネルソン・カーの話をした。ネルソンはノエルにとっても大好きな友達だった。ブルースはネルソンの死とそれが殺人だった可能性や、ポリーの訪問など、これまでの経緯についてノエルに話した。ブルースの考えでは、これは間違いなく殺人事件であり、ボブとニックも同意見だった。ノエルはそれを聞いてショックを受けた。ブルースはまた、ネルソンの小説とUSBメモリの話をした。

ブルースとノエルの間に秘密はない。お互いに他の相手と寝ることを受け入れるオープン・マリッジでは、隠し事は必要ないからだ。二人は信頼し合っていたし、何事も包み隠さず相手に話していた。

ノエルは、マーサーが最初に原稿を読むのはいい考えだと思う、と言った。誰も彼女を疑いはしない。「マーサーと二人きりで過ごすことはできた？」

「いや。彼女は新しいボーイフレンドのトマスとずっと一緒だったからね。君も気に入ると思うよ。キュートな青年だ」

「早く会いたいわ。そしてあなたは、旅行の計画を立てているのよね。聞かせてちょうだい」

「ああ。明日は告別式だから、日曜の朝に車で出て、ナパまで小旅行をしよう。山でロドニーとランチをする。新しいワイナリーがあるんだ。君も感激したランスのカベルネ、覚えている?」

「もちろん」

「あのあと彼と手紙をやりとりするようになって、遊びにいくと約束したんだ。そのあと、オレゴンまで北上して、ウィラメット・バレーで新しいピノを味見する。どう思う?」

「すばらしいと思う。島から出られるのが嬉しいみたいね」

「ああ。それに君が帰ってきてくれて嬉しい。島はメチャクチャになっているし、しばらく留守にしても、状況はあまり変わらないと思う。本当に気が滅入るよ、ノエル。もとどおりになるには何年もかかる」

「私たちは大丈夫。ネルソンは本当に気の毒だった」

「そうだな。明日は、きちんと見送ってやろう」

# 第五章――「秘薬」

## 1

ハリケーン・オスカーのあと、さらに二つの嵐が島に接近した。どちらも初めのうちは恐ろしげに見えたが、不発に終わった。二つとも大西洋の上空で勢いを失い、北に方向転換して、嵐を追跡する人が関心を持たない地域へ進んでいったのだ。警戒されていたハリケーン・オスカーは、バハマ諸島に大雨を降らせてから焦点を失い、ただの熱帯低気圧になってゆっくり遠ざかっていった。オスカーが去ったあと、衛星写真は数週間ぶりに晴れた空を映し出していた。ようやくシーズンが終わったのかもしれない。

八月終わりには、島は賑わいを取り戻したが、ルーティンは以前とは変わっていた。早朝にはホテルの従業員ではなく物資と建設作業員が到着した。一日中、橋の上の東向きの車線では、ディーゼル・トラックやFEMAから来る追加のトレーラーハウス、瓦礫除去のための重機が運び込まれていた。西向きの車線は、はち切れそうになっている本土の埋立地に嵐で壊れたものを運ぶ大型車の流れがずっと続いている。

学校の新学期の始まりは二週間延期になり、次に一か月遅れると発表された。ダウンタウンの店舗やカフェはぽつぽつと営業を始めた。

八月三十一日の土曜日、レオの襲撃から四週間近くたって、ベイ・ブックスは賑やかなパーティーで再開を祝った。パーティーは午後から夜まで続き、子どもたちのためにはピエロや物語の読み聞かせ、大人たちのためにはキャビアやシャンパンが用意され、ジャズ・バンドが演奏し、午後遅くには二階のベランダでバーベキューとブルーグラス・コンボの演奏が始まって、樽二つ分のビールがふるまわれた。

二十三年以上にわたって営業を続けてきた書店は、サンタ・ローザのダウンタウンの中心的存在となっていた。ブルースは毎朝九時に自らドアを開け、早い時間に訪れた客にコーヒーとペストリーを提供した。夜は毎晩十時まで、他の店舗がとうに店じまいをしたあとまで営業を続けた。日曜の朝は、自家製のビスケットと、ニューヨーク、ワシントン、シカゴ、フィラデルフィアから取り寄せた新聞が用意され、二階のカフェでは空席を見つけられないことが多い。ベイ・ブックスは頻繁に作家を迎え、さまざまな文芸イベントを主催しているが、会場が満員になることは保証されているようなものだ。二階の書棚はキャスターがついていて、奥に寄せると、百人分の席が用意できる。ブルースはその場所を主に作家の朗読会のために使っていたが、他にも読書クラブや子どもの会、講演会、学生のグループ、美術展、小規模なコンサートに使われている。何かの集まりがない日は珍しいくらいだ。

書店が営業を再開し、擦り切れた絨毯や本の重みでたわんだ書棚、あちこちに整然と積まれた書籍に囲まれた温かい雰囲気にひたることができて、常連客は心を慰められた。ベイ・ブックスは無傷で嵐をくぐり抜け、再び客を迎えている。日常は続いていくのだ。島民は最悪の時期は過ぎ去ったことを実感した。

## 2

捜査が遅々として進まないことは、関係者の誰も驚かなかった。ブルースは何度か試してやっとバトラー警部を電話でつかまえ、近況を聞いたが、新しい情報はほとんどなかった。照合すべき指紋は多数あり、その作業が続いているが、報告すべき重要な事実はない。ヒルトンからようやく返答があったが、嵐の前にイングリッド・マーフィの名で宿泊していた客はいないという、こちらも予想どおりの結果だった。さらに言うなら、その名前の人間が米国国内のヒルトン・ホテルに泊まったことは一度もないらしい。防犯カメラの映像は、失われたか破損されたと思われるが、ヒルトンは引き続き探している。バトラーが提供できる情報はそれだけだった。少なくともブルースに話せることはないらしい。公にできない情報を持っていることをほのめかしたが、バトラーの態度はあいまいで、相変わらず、どこかうさんくさかった。ブルースとポリーは電話で相談した。当局から何の連絡もなく、彼女はフラストレーションを感じていた。

ブルースは警察署長のカール・ローガンとも話をしたが、彼は無関心だった。いつものとおり、地元警察と州警察の間には軋轢があり、事件は州の管轄になったため、ローガンにできることはほとんどない。そのほうが好都合だと彼は思っているようだった。その上、仮設の本部から警察署を運営しなければならないので、関係者はみんないらだっている。二度目の電話でローガンは言った。「おい、ブルース、これ以上の進展がないことは、君にもわかるだろう」

「君は殺人事件だと思っているのか、カール？」とブルースは尋ねた。

「私がどう思うかは関係ない。犯罪だったとしても、解決されることはない。少なくともバトラーには解決できない」

「犯罪だったとしても、だって？」とブルースは電話を切ってからぶつぶつ言った。八月終わりになると、ブルースは独り言が増えていた。探偵仲間の二人が島から出ていってしまったからだ。ボブはメイン州の湖のほとりで紅葉が始まるのを待っている。ニックは大学に戻って女子学生を追いかけながら、ベニスに行って勉学に励むまでの日々をめいっぱい楽しんでいる。

## 3

ベイ・ブックスが営業を再開する前の日に、マーサーとトマスはコテージへ行って被害の程度を確かめようと島に来ていた。コテージではラリーが待っていて、建物の破損箇所を簡単に説明した。被害は比較的軽かった。屋根は新しくしたほうがいいが、今のままでも二、三年は十分にもちそうだ。雨樋と雨戸と窓を一つずつ、網戸を一つ、ラリーがすでに交換していた。彼が保険会社の損害査定人と会い、ビーチまで続くボードウォークの建て直しを引き受けてくれる業者も見つけていた。全体として見れば、コテージはほとんど無傷で嵐をくぐり抜けていた。北に半マイルほど行ったところでは四階建ての賃貸コンドミニアムが半壊し、間もなく取り壊されようとしている。

そこに泊まっていた観光客が一人亡くなっていた。最終的に十一人になったレオの被害者の一人だ。マーサーとトマスは車で島を回り、ハリケーンの爪跡をまざまざと見せつけられた。それほど大勢の人が亡くなったとは、信じ難いことだった。カミーノはのんびりしたリゾート地で、観光客にとっても、引退後の生活を楽しむ人々にとっても、理想的な楽園だ。突然、不慮の死を遂げることになるとは、誰も考えもしない。だが、マーサーの祖母のテッサも、ビーチから一マイルも離れていないところでボートが嵐に巻き込まれて死んだのだ。

ブルースはマーサーに、再開を祝う書店に立ち寄って、大勢集まる客のために著書にサインしてほしいと頼んでいた。彼女とトマスはダウンタウンのデリカテッセンでランチをすませ、サンタ・ローザの町を散策した。嵐の前の日々にしていたように。

## 4

日曜のブランチは、ベランダで催された。ノエルがすべての準備を整え、南仏を巡る買い物旅行の土産話を楽しげに話した。午前中は曇っていたが、息が詰まるような暑さは一時的におさまっている。この日は九月一日だった。わずか四週間前には彼らは同じ場所に集まり、マーサーの新しい小説の成功に乾杯していた。ネルソンはまだ生きていて、レオの脅威はまだ遠いところにあった。

そのときに来ていた面々は、今回は招待されなかった。これから微妙な問題について話し合うことになっているからだ。四人はノエルがヴォクリューズのどこかの奥地で見つけてきた丸いガラスのテーブルを囲み、チョコレート・ワッフルと鴨肉のソーセージを食べながら、書店が再開し、もとどおりの生活に戻りつつある喜びを味わった。

ネルソンの小説については、何も文章に書かないようにとブルースは釘を刺していた。報告は口頭で行われた。

マーサーが話し始めた。「五百ページ、十二万語、難解なところもあって、ミステリーなのか、サスペンスなのか、SFなのかもよくわからない。あまり私の趣味じゃなかった」

「どちらかというと僕の趣味ですね」と言って、トマスが話を引き継いだ。マーサーより彼のほうがはるかにこの本を気に入っていることがすぐに明らかになった。「基本的な話の筋をお話しします。まず、後ろ暗い企業があります。何人かの悪人が所有する民間企業で、全国で低価格の老人ホームを経営しています。施設の数は三百ほどです。それも、よく広告を見るような高級な介護付き住宅や退職者向け住居ではありません。どこかへ行ってもらいたい祖父母を押し込むような、陰鬱な場所です」

「この島にも二つある」とブルースは言った。

「高級なところも二つほどあるわ」とノエルが付け足した。「何と言っても、ここはフロリダだから」

「老人ホーム、介護施設、高齢者向けグループホーム、何と呼んでもかまいませんが、東海岸から西海岸まで、全国で一万五千か所以上はあります。全部で百五十万床ほどですが、ほとんど満床で、常に需要があります。入居者の多くはさまざまな種類の認知症を患っていて、状況をまったく理解していません。重度の認知症患者が身近にいたことはありますか？」

「まだない」とブルースは言い、ノエルも首を振った。

トマスは続けた。「僕の叔母は、十年前に悪化しましたが、まだかろうじて息をしています。ベッドに寝たきりで、痩せ衰えて、栄養チューブにつながれて、今日が何曜日かも、まったくわからない状態です。五年前から一言も発していません。家族は何年も前から生命維持装置を外したいと思っていますが、法律は死ぬ権利を認めていません。それはともかく、叔母は老人ホームで最期を待っている五十万人のアルツハイマー患者の一人です。介護の質はあまり良くないこともありますが、それでもかなり費用がかかります。平均すると、老人ホームは入居者一人あたり月に三千ドルから四千ドルを高齢者向け医療保険制度に請求しています。実際のコストはそれよりはるかに安くて、薬が数種類、ベッド、チューブで投与する栄養剤くらいですから、かなり儲かるビジネスです。急成長中のビジネスでもある。アメリカには六百万人のアルツハイマー患者がいて、その数は急速に伸びています。治療法の研究に何十億ドルも投じられていますが、今のところは見つかっていない。ネルソンの小説に出てくる悪徳企業は、将来的な需要の伸びを期待して拡張しています」

「ここまでの話は、フィクションじゃないわ」とマーサーは言った。

「ネルソンは老人ホームの話を書いていたということ？」とブルースは尋ねた。

「ちょっと待ってください」とトマスは言った。「ご存知のとおり、これは悲惨な病気で、徐々に悪くなりますが、患者がどれくらいの時間をかけて衰えて死んでいくかを予測することはできない。普通は数年かかります。僕の叔母の場合は、さっき言ったように、十年以上も生きています。まったく意識がなくなって反応しなくなっても、管につながれたまま、長期にわたって命をつなぐこともある。その間ずっと、月に三千ドルの費用を請求できる。老人ホームの運営者には、患者をできるだけ長く生かし続けたいという経済的な動機があります。まったく反応しなくなった患者であっても、心臓を動かし続ければ、金が入り続けるわけですからね。これは莫大な規模のビジネスです。昨年、アルツハイマー患者にかかる高齢者向け医療保険制度（メディケア）と低所得者向け医療費補助制度（メディケイド）で、連邦政府は三千億ドル近い額を支出しました」

「その小説に筋はあるの？」ブルースは机を指先で叩きながら尋ねた。

「ここからよ」とマーサーは言った。「これはリーガル・サスペンスだと言っていいと思う。でも女性の登場人物の描かれ方には残念な点が多いわね」

「僕が書いたんじゃないよ」とトマスは笑いながら言った。「僕はただ内容を報告しているだけだから。それはともかく、主人公は四十歳の企業弁護士、男性です。彼は母親がアルツハイマーを患って、老人ホームに入れざるを得なくなるのですが、彼女は入所後も徐々に悪化して、やがて意識がなくなります。家族は悩み、死ぬ権利について議論します」

「徹底的に議論する」とマーサーは言った。「嫌になるほど延々と続くの。これは私の意見だけど」

「君の意見は、教養のある人間による文芸評論だ」とブルースは言った。「ここでは必要ない」

「あなたは本を売ることしか考えていないのね」

「それのどこが問題なのかな、お嬢さん?」

「話を続けますよ」とトマスは言った。「弁護士の母親は、体重が九十ポンドになるまで痩せ細りますが、心臓は動き続けます。ずっと動き続けるんです。あるときは、脈拍が一分間で三十回にまで落ちるのですが、弁護士が注意して見ていると、少しずつ確実に上がり始めて、三十二回になり、三十五回になるんです。四十回まで上がってそこでキープされているのを見て、弁護士は医師たちに質問し始めます。すると、脈拍がこのように上がるのは珍しいことではあるものの、前例がないわけではない、と言われます。彼の母親はまったく反応がなく、その点では改善が見られないのですが、心臓が動き続けているので、死ぬことはありません。それから何か月も脈拍は四十と五十の間を行き来して、彼女は生き続けます」

トマスはちょっと休み、鴨のソーセージをかじってコーヒーをひと口飲んだ。ブルースも食べながら質問した。「それで、その話には、どんな背景があるの?」

「誰も知らないダクサピンという薬があります。もちろん、架空の薬です。これは小説ですからね」

「了解」とブルースは言った。

「ダクサピンは市販されていません。登録されて、商品名もありますが、決して承認はされない薬です。合法とは言えないけど、完全に違法でもない。薬とも呼べないようなものです。興奮剤でもないし、精神安定剤でもない。二十年ほど前に中国の研究所で偶然発見されて、アメリカの闇市場だけで売られています」

またひと口、ソーセージをかじった。ブルースは待ってから訊いた。「それで、ダクサピンの用途は？」

「延命です。心臓の鼓動が続くようにする効果があります」

「それが本当なら、奇跡の薬じゃないか？　ぜひ投資したいね」

「市場は限られていますよ。科学者や研究者がその仕組みを理解しているかどうかは明らかではありませんが、延髄を刺激する効果があります。脳の中の心筋を制御する部分です。でも、いわゆる脳死の患者にしか効果がありません」

ブルースとノエルはちょっと考え込んだ。そしてブルースが言った。「ちょっと整理させてくれ。脳活動はほとんどなくても、心臓を動かし続けられるということ？」

「そうなの」とマーサーは言った。

「副作用は？」とブルースは尋ねた。

「失明と激しい嘔吐だけですが、それも中国で偶然発見されたことです。重度の認知症で心拍が徐々に上昇している患者のための臨床試験は行われません。必要ありませんからね」

ブルースは微笑んでいた。「つまり、その後ろ暗い企業は、後ろ暗い中国の研究所からダクサピンを買って、末期の認知症患者に投与して、延命して、何か月か長く政府から給付金をもらえるようにしているということか」

「だからフィクションは面白い」とトマスは言った。

「ああ、面白いな。小説の中では、それでどれくらいの額を稼いでいるんだ？」

「その悪徳企業が所有する三百の施設は、合計で四万五千床あって、そのうちの一万床はアルツハイマー患者が使用しています。その全員が、毎朝、栄養チューブに入れるかオレンジジュースに混ぜて、ダクサピンを投与されています。この薬は、ビタミン剤かサプリメントに見えるようにパッケージされています。老人ホームの入居者はたいてい毎日何種類かの薬を与えられていますから、ビタミン剤が一つ増えても誰も気にしません」

「スタッフも知らないの?」とノエルは訊いた。

「小説では、知らないことになっています。少なくともこの架空の話の中では、〝迷ったら、薬を増やせ〟という風潮があります」

「金の話に戻そう」とブルースは言った。

「どれくらい稼いでいるかは、はっきりしません。というのは、誰でもいつかは死にますからね。だからその薬の治験は行われなかったんです。ある患者はダクサピンの影響で六か月ほど命が延びるかもしれないし、別の患者は二年かもしれません。ネルソンが描いた架空の世界では、平均は十二か月です。そうすると、患者一人当たり四万ドルほど多く稼げます。そして、年間に死亡する患者を五千人とすると、二億ドルの余分の支払いを政府から受けていることになります」

「その企業の年間収益は?」

「三十億ほどです」

ノエルが質問した。「命を延ばす薬なのに、違法なの?」

マーサーが答えた。「これも小説の中の話だけど、悪者たちは、自分たちは何も違法なことはしていないという立場をとっているの。でも善人たちは詐欺だと言っている」

「話の筋に戻ろう」とブルースは言った。「筋があれば、の話だけど」

「ああ、そうですね」とトマスは笑いながら言った。「そう、企業弁護士は突然、良心に目覚めて、高給の仕事を捨てて、哀れな母親を生かし続けた悪徳企業を訴えます。そして何度か殺されかけて、やがては裁判で大々的に勝利して、悪者たちを破滅させます」

「ありきたりだな」とブルースは言った。

「本当にそう」とマーサーは言った。「半ばまで読んだところで結末がわかってしまった。こんな小説が本当に売れるの？」

「ああ、彼の本はよく売れたよ。ネルソンは才能があったけど、ちょっと手を抜きたがるところがあってね。彼は女性読者のために小説を書いていなかったと思う」

「本を読む人の半分以上は女性でしょう？」

「六十パーセント」

「私は女性読者を大事にする。でも女性小説（チック・リット）とは呼ばないで」

「僕はそんなことは一度も言ったことがない」

ノエルが口をはさんだ。「じゃあ、話を本に戻しましょう。その小説がネルソンの死の原因になったと思っているわけでしょう？　それはちょっと無理があると思うけど」

トマスは言った。「僕も二週間前から調べていますが、このストーリーと少しでもかかわりのありそうな話はまったく見つかりません。ネルソンは、認知症患者や老人ホームのベッドの数、大金がかかっていることなんかについては、かなり正確なことを書いているのですが、薬の話を裏付ける情報はまったく出てきません。完全なフィクションかもしれませんね」

「じゃあ、誰が彼を殺したの？」とノエルは訊いた。

会話がしばらく途絶え、全員が食事に集中した。マーサーが沈黙を破った。「警察がどう考えようと、これは殺人だったと私たちはみんな確信しているのよね？」

みんながブルースのほうを見た。彼は軽くうなずき、自信ありげに微笑んだ。

「僕もそう思います」とトマスは言った。「でもこの本が役に立つかどうかは、ちょっとわかりません。彼の一作目の『スワン・シティ』は、武器密売の話でした。今回の小説よりずっと出来がよかったと思います。二作目の『ザ・ランドリー』は、ウォール街の弁護士事務所がラテンアメリカの独裁者のために何十億という麻薬密売の金のマネーローンダリングをしていた話でした。三作目の『ハード・ウォーター』は、核兵器のパーツを売るロシアの悪党の話です。どれも今回の小説より恐ろしい敵をつくりそうな題材です」

「でも僕の記憶では、彼の小説が現実の犯罪を暴くようなことはなかった」とブルースは言った。

ノエルが訊いた。「ネルソンは過去に製薬会社とかかわりはあった？」

ブルースは首を振った。「なかったと思う。彼のクライアントは、先進的なソフトウェアを海外に販売するハイテク企業だった」

「小説の最後はどうなるの？」とノエルは訊いた。

「悪者たちは捕まって、罰金を払わされて、刑務所に送られます。ダクサピンが消えて、高齢者たちは死に始めます」

「ひどい結末ね」

「同じ意見の人がいてよかった」とマーサーは言った。「私も結末は好きじゃなかった。始まりの部分も、真ん中の部分も」

「この小説は、これからどうなるの？」とノエルは訊いた。

「彼の遺族が売ろうとするはずだ」とブルースは言った。「けっこうな額で売れると思う。ネルソンはファンが多かったし、作家は死ぬと株が上がることが多いから」

「覚えておくわ」とマーサーは言った。

ブルースはくすくす笑い、またコーヒーを注いだ。彼はトマスを見て言った。「老人ホームのビジネスには、悪徳業者もかかわっているはずだ。弁護士事務所も、看板やテレビ広告で、虐待事件を引き受けると宣伝している」

「入居者はとても弱い立場にあるから」とノエルは言った。

トマスは言った。「大手の事業者が八つあって、合わせてベッド数の九十パーセントを占有しています。六つは株式公開企業で、二つは私企業です。質の高いケアを提供しているところもあれば、規制当局や裁判所を相手に常にトラブルを起こしているところもあります。ほとんどの州では、老人ホーム相手の訴訟は儲かります。ここフロリダではとくにそうです。お年寄りが多いし、ハングリーな弁護士もたくさんいますからね。お年寄りの放置や身体的虐待の話が書かれているブログをいっぱい見つけました。出版物もあります。カリフォルニアの弁護士たちが出版している『高齢者介護と虐待』という年四回発行の出版物です。それでも、メディケイドとメディケアのおかげで非常に儲かるビジネスなので、参入しようとしている企業はたくさんありますし、高齢者介護にかかる費用は爆発的に増えると予想されています」

「それは心強いこと」とノエルは言った。

ブルースは言った。「僕をそんなところに入れる心配はしなくてもいいよ。おむつをする時期が来たら毒薬を飲むと、前々から決めているから」

「何か他の話をしましょう」とマーサーは言った。

## 5

ニックは図書館にいると言ったが、背後で音楽が流れているのが聞こえた。彼は秘密を守ることを誓わされてから、ネルソンの最後の小説を要約するブルースの話を熱心に聞いた。ニックはネルソンの前の三作品を読み直したばかりだったが、著者が殺されるほどの情報を明かしているものはないと考えていた。

ブルースの話が終わると、ニックは言った。「ネルソンは、老人ホーム業界のことなんて、まったく知らなかったと思います」

「僕もそう思う」

「だから情報提供者がいたはずです。内部告発者が彼を見つけたのでしょう。おそらく、彼の作品を読んで感銘を受けていた人です」

情報提供者？　またしてもブルースはニックに先を越されていた。

「なるほど。聞かせてくれ」

「最初の三作品には何もなかったと思いますよ、ブルース。となると、問題は四作目です。そして、ネルソンが自分は詳しくない分野の話を書いたのは、誰かがストーリーを持ち込んできたからだと思います。内通者です。その人間を見つける必要があります」

ブルースは、こいつはまだ二十一歳だった、と思った。二十一歳にしては本をたくさん読んでいるけど、まだまだ若い。「それで、どうやってその人間を見つけるんだ？」

「きっと向こうから近づいてきますよ。ネルソンが彼に何か約束していたかもしれません。利益の一部を分けることになっていたとか、前金を払って、終わったら残りを払うことになっていたとか。すごいスクープを握っていて、その情報を誰かに提供した人間は、報酬がほしいと思うのではないでしょうか？」

「その人間は、どうしてネルソンみたいにＦＢＩのところへ行かなかった？」

「わかりません。ネルソンはＦＢＩに騙(だま)されたんでしょう？」

「五百万ドルもらったという話だよ。もっと期待していたけど、向こうの提示額を受け入れたらしい」

「でも、取引に満足していなかったんですよね。それに、その報酬は課税されるでしょう？」

「そうだ」

「じゃあ、その情報提供者は、何かしらの理由でバッジを持っている人間には近づきたくない、でも情報は暴露したいし、報酬をもらいたいと思ったのかもしれません。それでネルソンと取引をした。でもネルソンは殺されてしまった。だから、金を求めて嗅ぎ回っていますよ」

「でも金はない。本は出版社に売れていないから」

「そのことは知らないかもしれません。この先、売ることになるんでしょうか？」

「たぶんね。でも秘密の読者たちによると、あまり出来は良くないらしい」

「その読者たちは、僕の知っている人ですか?」

「その質問には答えられない」

「どうして僕は読ませてもらえないんですか?」

「君はこれからベニスに行って、一学期間、しっかり勉強するからだ」

「読ませてくださいよ。僕が解明してみせますから」

「考えておくよ。出発はいつ?」

「来週です。警察は本のことを知っているんですか?」

「わからない。彼のコンピューターは警察が持っているけど、ネルソンのことだから、起動することさえできないかもしれない」

「警察は一所懸命にやっていますか?」

「聞かなくても想像できるだろう?」

「そうですね。すみません。店が営業再開したのをオンラインで見ましたよ。おめでとうございます。もう、あの店が恋しくなっていますよ」

「営業はしているけど、まったく売れていないよ。地元の人たちは本のことなんか考えていないし、観光客は消えてしまったし」

「それは残念です、ボス。ベニスから絵葉書を送りますね」

「僕たちも遊びにいくかもしれない。ベニスの運河をまだ見たことがないから」

「ぜひ来て、僕を元気づけてください」

「わかった」

二時間後、ブルースとノエルがベランダでワインを飲んでいると、ニックがまた電話をかけてきた。「こんどはどうした?」とブルースは言った。

「最新の陰謀説について考えていたんです。ネルソンの殺人事件が州警察によって解決される可能性はないと考えていいですか?」

「おそらく」

「それなら、FBIのところへ行けばいいと思います。契約殺人は連邦法違反行為です。そこそこ有名な作家が契約殺人で命を奪われたと知ったら、FBIは飛びつきますよ」

「今度は弁護士になったつもりか?」

「いえ、でもルームメイトの一人がロースクールにいるんです」

「彼は最寄りの裁判所がどこにあるか知ってる?」

「たぶん知らないでしょう。でもいいやつですよ」

「そうだろう。ニック、僕は先週、顧問弁護士と話をしたけど、彼は道に迷わずに裁判所に行けると思う。たぶんね。その彼が、地元の警察とFBIは衝突しやすいし、縄張り争いが始まったらなかなか終わらないから、気をつけたほうがいい、と言っていた。だから、数週間は待って、捜査の行方を見守るようにとアドバイスされた。そのころには君は海外にいて、他のことに没頭しているだろう」

「そうでしょうね。ところで、電話したのは、別の理由があるんです。ご存知のとおり、僕はこういうことが大好きだから、ネットサーフィンにかなりの時間を注ぎ込んでしまうんですけど、たまたま見つけたのが、四十年にわたって有名な事件の捜査を続けて、今は引退したスーパー探偵のインタビュー記事だったんです。殺人事件が専門の、元ＦＢＩ捜査官です。その記事の中で彼は、警察があきらめた大きな犯罪の解決を専門にしている謎の企業で働いていたこともあると漏らしているんですよ。僕はさらに調べて、その会社を見つけました。あなたが必要になるかもしれないと思って」

「どうして僕が必要になると思うんだ？　ネルソンは僕の家族じゃない」

「あなたのことを知っているからですよ。何としてもネルソンを殺した犯人を見つけようとしているのがわかります。あなたにとって大事なことだからですよ、ブルース」

「わかった、わかった。それより、勉強しなくていいのか？」

「ハハハ。今学期はしません。本も開きません。少なくとも教科書はね。お願いだからネルソンの原稿を読ませてくださいよ」

「考え中だ。イタリア語は上達したか？」

「ピッツァとビール（ビッラ）は注文できます」

「それなら大丈夫だな」

## 6

島に来て一週間が過ぎたころ、そろそろ出発しようとマーサーは思った。コテージの無事は確かめられたし、必要な修理はラリーに任せておけばいい。観光客がいなくなり、ビーチは無人だった。いつもは人がいないほうがいいと思っていたが、今は虚しく憂鬱な気持ちになるだけだ。砂浜を散策する人々はもういない。島は難破船のようにぼろぼろで、海辺の幸福な暮らしは何か月も何年も先まで戻ってこないだろう。マーサーは恋しかった――波打ち際ではしゃぎ、砂遊びをする子どもたちの笑い声。「おはよう」と愛想よく声をかけてくる人々。マーサーに挨拶をしたいとリードを引っ張っている犬たち。嵐によってアオウミガメの産卵周期が乱され、ひとりで長い散歩をしていても、海から上がった亀が残した跡を見つけることはできなかった。瓦礫はたっぷり落ちていた。海岸の清掃には長い時間がかかるだろう。北に向かって歩いていくと、被害を受けたコテージやコンドミニアム、家族経営のモーテルなどが見える。洪水保険をかけていなかったか、補償額が十分でなく、清掃や再建に着手できないオーナーも多いと噂で聞いた。

マーサーは、ひとまずは島をあとにして、半年たったら戻ってこようと心を決めた。そのころには状況がよくなっているかもしれない。あるいは、一年先か。

彼女とトマスはコテージのデッキで小さなディナー・パーティーを開いた。招待客はブルースとノエル、マイラとリーだけ。ボブ・コブは涼しい土地を求めてまだ旅行中だった。詩人のジェイ・アークルルードは電話に出なかった。エイミーは子どもたちの世話で忙しい。夏は終わり、仲間は散り散りになる。嵐のあと、以前の暮らしは二度と戻ってこないのではないかと彼らは心配していた。ベイ・ブックスもこのごろはがらがらで、作家たちはそれを見て不安になっている。

翌日の早朝、マーサーは車に荷物を積みながら、島をあとにすることを思って気持ちが浮き立っていた。オール・ミスで教鞭をとり、小説を書き始めるのが楽しみだし、トマスはビーチでの暮らしに退屈していた。島の住民ではない二人は、爽快な気分で走り去った。半年後に戻ってくれば、嵐の爪跡は消え去り、島はもとどおりの楽園になっているかもしれない。

## 7

弟を埋葬して一か月が過ぎたころ、ポリー・マッキャンは彼の遺言執行者としての任務を果たすために島に戻ってきた。他に用事もなく、空っぽの書店でぶらぶらするのも飽きたブルースは、彼女を空港で出迎え、二人でジャクソンビルにある州の科捜研に向かった。

ウェズリー・バトラーは他の緊急の仕事の合間を縫って二人と三十分ほど会うと約束していたが、それは十分すぎる時間だった。紙カップ入りのコーヒーを飲んでも、ミーティングは十分ですませられるような内容だった。

捜査は順調に進んでいるとバトラーは言ったが、具体的な内容はほとんど話さず、新しい情報はまったくなかった。分析された指紋は、ブルース、ニック、ボブ・コブ、それにネルソン自身のものと一致したが、それは予想されたことだ。誰とも一致しない指紋が二人分あった。一つは毎週水曜日の午後に掃除に来ていた家政婦のマリア・ペーニャのものだろう。彼女に指紋を提供するよう説得しているが、不法滞在者のため、協力的ではない。イングリッド・マーフィや彼女に似たブロンド女性についての目撃情報はなかった。ヒルトン・ホテルの防犯カメラの映像は失われてしまった。近所に何十軒もある賃貸コンドミニアムのデジタル記録を洗っているが、よく言われるように、干し草の山の中にある針を探すような作業だった。ネルソンのハードドライブを破ることはできていない。その暗号化システムには、エキスパートたちもお手上げだった。

バトラーは一度としてネルソンが取りかかっていた最後の作品について何か知らないかとポリーに尋ねようとしなかった。ミーティングは彼自身と彼の努力の話に終始し、捜査官としての彼の無能ぶりを露呈しただけだった。車で走り去るとき、州の捜査は終わったも同然だとブルースとポリーは確信していた。バトラーと彼の〝チーム〟はネルソンの死を事故と判断したのだろう。彼らが犯罪を解決する見込みはゼロだ。

ブルースは言った。「小説の概要を聞きました」

「マーサー・マンから?」

「はい」

「彼女はUSBメモリを返送してくれました。では、聞かせてください」

## 8

二人はブルー・フィッシュで昼食をとった。ジャクソンビルにあるブルースのお気に入りのシーフード・レストランだ。まだ時間が早かったので、店の一角にある静かな席を選ぶことができた。ウェイトレスがポリーにハーブティーを、ブルースにソーヴィニヨン・ブランのグラスを運んできた。彼はカニのサラダを、彼女は生のマグロの料理を注文した。

彼女は言った。「コンドミニアムの評価額は九十万ドルでした。ローンはありません。私は大家の真似事をしている暇がないので、売ろうと思っています」

「僕もそれがいいと思います。でも市場が回復するまでに一年かそこらはかかるかもしれない」

「他の不動産はありません。現金は八十万ほど――預金証書や国債、当座預金などです。ネルソンは遺言書で私の息子たちに一人十万ドルずつ信託財産にして残していました。他に甥や姪はいません。本人から何も聞いていなかったから、嬉しい驚きでした」

「残りは誰が?」

「私、母、父のあいだで三等分されます。遺産は三百万ドル未満なので、相続税の心配をする必要もない。ただし、事を複雑にしている要素が一つあって、それが面倒を引き起こすかもしれません。ネルソンは何でもややこしくする人だったから」

「隠した金があるとか?」

「どうしてわかったんですか?」

「彼の本に共通するテーマだからね。必ず誰かが海外口座に金を隠している。現実世界でも彼は国際取引に精通している弁護士だった。だから驚きませんね。元妻から隠していたんですか?」

「そのようですね。内部告発をして報奨金をもらったとき、シリコンバレーの新しいハイテク企業の株を十万ドル分買ったんですが、シンガポールの幽霊会社を通して買っているんです。妻と彼女の弁護士には見つかりませんでした」

「あなたはどうして見つけたんですか?」

「二年前に弟が父にこっそり話していたんです。でも弟の離婚関係の書類を見ても、株のことはまったく書かれていませんでした」

「今はいくらぐらいになっているんですか?」

「八百万」

「いい投資だ」

「すばらしいですね。それをどうすればいいでしょう?」

「弁護士が必要ですね」

「ここジャクソンビルの法律事務所に依頼しました。弁護士は、彼の元妻とやりとりする必要があるだろうと言っていました。でも本当に感じの悪い人で。二人目ともすでに離婚をして、三人目と一緒に暮らしています」

「それでもかなりの額が手元に残るでしょう?」

「残りの全額です。現行法では税金がかかりませんし」

「おめでとう」

「そうですね」と彼女が小声で言い、料理が運ばれてきた。

ブルースは言った。「ごめんなさい。無神経でした。おめでたいことなんか一つもない」

彼女は微笑み、目をそらした。マグロ料理には手をつけず、ハーブティーをひと口飲んだ。

「何だか納得がいかないんですよ。そのお金は十一年前に投資されたもので、サリーという元妻は取引にかかわっていません。彼女はまったく知らなかった投資です。ネルソンは、正しい株を選んで彼女から隠しておくだけの分別があったんです。そうしなければ、彼女があっという間に取り崩してしまったでしょう。離婚では、弟より彼女のほうが多くの現金と資産を手に入れました。それなのに、またあの不愉快な女性に連絡して、さらに数百万払うと言わなくちゃならないなんて」

「それはやめたほうがいい」とブルースは確信を込めて言った。「株は今のまま置いておいて、そのことは黙っておくことです。そして遺産を検認して、整理して、時間がたつのを待つんです」

「真面目に言っていますか？」

「大真面目です。僕も海外に資産を隠すことについてはちょっと知識があります」

「ぜひ教えてください」

ブルースはソーヴィニヨン・ブランをひと口、ゆっくりと飲んだ。空っぽのダイニング・ルームをさっと見回してから話し始めた。「僕は時々、稀覯本や貴重な原稿の売買をしています。たまに、出どころがちょっとあやしいものを買わないかと持ちかけられることがあって、そのような場合、売り手は海外で取引をしようと言うことがあります」

「それは違法なことですか？」

「グレーゾーンだと言っておきましょう。もちろん、稀覯本でも、どんな本でも、盗むことは違法です。そんなことは、僕は一度もしたことがない。絶対にそんなことはしない。でも、古い本を見て、これは盗まれたものだと断言することもできない。これは盗品かと売り手やブローカーに尋ねることもしない。答えはノーに決まっているからです。疑わしいと思って、手を出さないこともある。最近、この業界では窃盗が横行しているから、かなり慎重にやっています」

「とても興味深いお話ですね」

「だからやっているんですよ。この業界が大好きなんです。書店の仕事で忙しくしているし、それで生計を立てていますが、大きく儲けられるとすれば、それは古い本の売買です」

彼女はマグロを分厚く切り、切ったものを皿の上でつつき回した。ブルースはカニのサラダにとりかかり、二杯目のワインを頼んだ。

彼女は言った。「とても興味を惹かれました。実際の取引の例を聞かせてもらえませんか？」

ブルースは笑って言った。「それは無理だけど、架空の話をしましょう。僕の知人のフィラデルフィアのディーラーから連絡があったとします。彼の依頼人は、裕福な両親が亡くなって、遺品の整理をしている。亡くなったご老人は稀覯本の蒐集家で、依頼人はそのうちの何冊かを手にしています。本は宝石と同じで、持ち運びしやすいし、目録に記載されないことがある。故人の家から持ち出すのも簡単です。たとえば、依頼人がジェイムズ・ジョイスの『ユリシーズ』の初版本を持っているとします。めったに見られないような美本で、ダスト・ジャケットもついています。彼はその本の写真を何枚か送ってきます。オークションにかければ五十万ほどの値がつきますが、オークションは注目を集める。依頼人はできるだけ人目を引きたくないと思っています。そこで僕たちは交渉し、三十万で合意したとします。僕はカリブ海のどこかでディーラーと落ち合う。彼は本を持ってやってくる。僕は老舗の銀行の新しい口座に金を振り込む。全員がハッピーです」

「その本はどうなるんですか？」

「この架空の話では、本は同じ場所の別の老舗の銀行の金庫に預けたままにします。そして僕は一年くらい待ってから、興味を持ちそうな買い手に打診します。時間を味方につける。人の記憶は薄れるし、当局は関心を失う」

「私には不正に聞こえますけど」。彼女はようやく生のマグロをちょっとだけかじった。

「そうかもしれないし、そうじゃないかもしれない。依頼人は遺品の目録にその本を入れたかもしれない。僕には知りようがありません」

彼女はまたひと口食べ、お茶を少し飲み、ふいに話に退屈したような顔をした。「つまり、あなたなら、この株をネルソンの遺産に入れないということですか？」

「僕ならどうするかは、わかりません。そのことを知っている人は？」

「私と父だけです」

「お父さんは、体の具合が悪いんですね？」

「かなり深刻です。一年ももちません」

ブルースはワインを飲み、四人のビジネスマンが隣のテーブルに案内されるのを見ていた。そして声を一オクターブほど落として言った。「僕なら、そのままにしておきます。でも僕の場合、普通の人より大きなリスクを負うことが多いかもしれない」

彼女はまたひと口食べ、お茶を少し飲んだ。「ブルース、どうしたらいいのか、私にはわかりません。こんな仕事、引き受けたくなかった」

「ほとんどの遺言執行者はそうです。報われることが少ない仕事だから」

「あなたにお願いできませんか？ あなたはこっちにいるし、裁判所も、弁護士たちも、弟のコンドミニアムも近いし、あなたのほうが、こういうことに詳しいから」

「こういうこと？ 海外口座や契約殺人ですか？ いや、僕はお断りしますよ、ポリー。お手伝いできることは引き受けます。でも、ネルソンがあなたを選んだ理由があるはずです。それに、ほとんどの仕事は弁護士がやってくれますよ。隠してある株を別にすれば、彼の遺産は単純です」

「単純なことは何もない気がします。弟の死には」

「あなたなら大丈夫ですよ」

「警察の言うとおりにして、調査を終了したほうがよくないでしょうか？　未解決の殺人事件のことで気をもんで、時間や精神的エネルギーを無駄遣いすることに意味がありますか？　ネルソンは死にました。それは受け入れるしかありません。もう彼はいないんです。どうして死んだかが問題ですか？」

「もちろんです」

「どうして？」

「彼は殺されたからですよ、ポリー。僕たちは、それをほうっておくことはできない」

「僕たち？」

「はい。ネルソンのことを知っていた人たち、彼の家族や友人です。どこかの誰かがプロを雇って弟さんを殺させたんですよ。あなたが何もしないで西海岸に帰りたいと思っているとは信じられない」

「私に何ができるんですか？」

「わかりません。今のところは、警察が捜査を打ち切るか、事件ファイルを閉じるのを待ちます。そのあとまたランチをして、どうするかを決めましょう」

# 9

九月の終わりには、ブルースはすでに薄々気づいていたことを数字で裏付けることができた――ベイ・ブックスの売り上げは、一年前の同時期に比べて五十パーセントも落ちている。例年は、売り上げの四十パーセント近くを観光客が占めていたが、最近のカミーノ・アイランドに観光客の姿はない。地元に忠実な客はいるものの、まだ片付けをしている人や財布の紐をかたくしている人が多い。ブルースは年末までの作家のイベントをすべてキャンセルし、パートタイムの従業員二人を一時解雇し、アンティーク店を閉めるようノエルを説得して、二人で国外に脱出した。

ミラノへ飛び、列車でヴェローナへ行って、旧市街を散策し、庭園や美術館、ピアッツァやレストランに足を運んだ。それから車でドロミーティの奥まで入り、スロベニアの国境から二十マイルのところにある家族経営のひなびた宿に四泊した。昼間はハイキングをして山々の壮大な眺めを楽しみ、疲れると山を降りて、ふんだんにふるまわれるラディン料理――煮込みだんごやシユニッツェルなど――を地元のワインやグラッパ、自家製のシュナップスと一緒に堪能した。

ロッジで過ごす最後の日の午後、二人はパティオで分厚いキルトにくるまって丸くなり、ホットココアをすすり、太陽が山々の後ろに沈みゆく光景を眺めた。

「帰りたくないな」とブルースは言った。「フロリダはまだ暑いし、木の枝にゴミが引っかかってるし」

「どこに行きたいの？」とノエルは訊いた。

「わからない。あの店はもう二十三年もやっているし、小売業はきつい。僕たちはもう一生働かなくてもいいくらいの貯金が海外口座にある」

「あなたはまだ四十七歳よ、ブルース。それに、あなたは仕事をやめられない。引退したら気が変になってしまうわ」

「ああ。僕はずっと稀覯本の売買を続けるし、君はずっとフランスのアンティークの売買を続ける。でもそれは、どこにいてもできることだ。島が嵐から復活するまでには何年もかかるし、もとどおりになるまでじっと待っているのもつらい。だから、生活を変えることも考えてみよう」

「わかった。あなたはどこに行きたいの？」

「家は手放したくないけど、書店のほうは迷っている。気候がいい時期は島で暮らして、そのあと北に行くのはどうだろう？　半年は海で、半年は山で暮らすのは？　ニューイングランドの小さな町でもいいし、西海岸でもいいかもしれない。わからないけど、いろいろ見て探すのは楽しそうだ」

「ヨーロッパは？　この景色、すばらしいでしょう？」

ブルースはしばらく考えてから言った。「ヨーロッパでは君は別の男のものだ。僕は離れていたい」

「状況が変わりつつあるのよ、ブルース。悪い知らせがあるの。ジャン＝リュックが癌を患って、回復の見込みはなさそうなの」

彼女はブルースの表情をじっと見ていたが、彼の気持ちは読めなかった。同情ではない。彼女のフランス人のボーイフレンドに彼は何の思い入れもないからだ。安堵でもない。ブルースは彼女と恋に落ちたときからルールを知っていたからだ。彼女とジャン゠リュックは、ブルースが登場するよりずっと前から付き合っていたし、フランス人の彼女は、二人の男性と付き合うことにためらいはなかったが、お互いに何事も包み隠さず、すべてを明らかにすることが条件だった。彼女はジャン゠リュックとは結婚できなかった。年上の裕福な女性と結婚しているからだ。彼の妻は二人の関係を知っていたし、それはブルースも同じで、二十年近くにわたって二組のオープン・マリッジは大きな波も立たずに続いてきた。ドアは開かれているから、ブルースのほうがツアーでやってきたお気に入りの作家たちと時間を過ごすことも自由だった。

「残念だ」と彼は言った。

「そんなこと言わないで」

「何と言ってほしいの？」

「何も言わないで」

「それも困るな。いつ知ったの？」

「今年の夏。嵐の直前だった。膵臓癌（すいぞう）。ブルース、あと数週間の命なの」

「君は行くの？」

「いいえ。彼は自宅にいて、ヴェロニークがちゃんと世話をしている。私にできることは何もない。私たち、もうお別れを言ったのよ、ブルース。お別れを言ったの」。声がかすれ、目に涙を浮かべた。

「もっと早く言ってくれればよかったのに」と彼は言った。

「どうして？　もう時間の問題なの。先週、ヴェロニークと話して、急激に衰えていると聞いたわ」

ブルースはふいに罪悪感に襲われた。ノエルを独り占めしたくなったからだ。他の男と彼女を共有し、嫉妬したり、彼女はどちらの男と一緒にいたいのだろうと考えたりすることに疲れていた。自分が選ばれると思っていたが、確信は持てずにいた。

「私たちはもうすぐ中年よ、ブルース」

「僕を一緒にしないで。それはいつから始まるの？」

「五十歳。専門家によるとね。五十から六十五」

「そのあとは？」

「シニアになるらしいわ」

「気が滅入るな。それで、何が言いたいの？」

「私が言いたいのは、私たちも少しは大人になって、私たちの結婚にあらためてコミットするべきではないか、ということ」

「一夫一婦制に？」

「そう。お遊びは終わりにして、信頼し合うことを学ぶべきじゃないかと思うの」

「僕は君を信頼しなかったことはないよ、ノエル。君が何をしているかはいつでもわかっていたし、僕も自分の冒険についてはオープンだった」

「お遊びも、冒険も、もうおしまいにしてもいいと思わない、ブルース？　私はあなたを愛している。もう他の人と共有したくない。あなたは私を愛している？」

「もちろんだ。いつまでも変わらず」

「それならルールを変えましょうよ」

ブルースは大きく息を吸い、またホットココアをすすった。ノエルが一対一の関係にしたいと急に言い出したのは彼女のボーイフレンドが死にかけているからだと指摘したくなったが、それは口にしないことにした。ノエルを失いたくない。二十年前から変わらず彼女を敬愛している。美しく、優雅で、おおらかで、上品で、知的な彼女を。

だが昔からのプレイボーイが、歳をとって引退することはあまりない。プレイボーイは得てして死ぬまであきらめないものだ。

彼は慎重に言葉を選びながら言った。「わかった。新しいルールについて話し合うことにしよう」

彼女はうなずいたが、簡単にすむ話でないことはわかっていた。

二人は翌朝の遅めの時間に出発し、ゆっくりとベニスに向かった。美しい村々で休んで昼食をとり、空室が見つかった小さなホテルに泊まりながら。

# 第六章 ――「作戦」

## 1

マーサーが三年前に懐かしのカミーノ・アイランドに戻ってきたときは、小説を書き上げるために長期有給休暇(サバティカル)をとった作家という触れ込みだった。彼女は祖母のテッサが建て、今も家族が所有しているコテージに腰を落ち着けた。そして書店に何度も足を運び、リーとマイラ、ボブ・コブ、アンディー・アダムを始めとする仲間たちと知り合いになり、ほどなく島の〝文芸マフィア〟の一員になった。ブルースは、彼ら全員がリーダーと認める存在だった。

小説の執筆はほとんど進まなかったが、みんなの前では順調に進んでいるふりをした。執筆は芝居の一部だった。それは策略であり、本当の動機に気づかれないように張っている煙幕だった――じつのところは、マーサーは謎のセキュリティ会社からかなりの報酬をもらっていた。その会社は、盗まれた貴重な原稿を必死で探している保険会社に雇われていた。莫大な額の金がかかっていて、とくに保険会社は大きな痛手を負う危険にさらされていた。そしてセキュリティ会社は、調査の結果、ブルース・ケーブルという人物が原稿を島のどこかに隠していると考えるに至った。

その考えは的中した。しかしセキュリティ会社が知らなかったのは、ブルースはマーサーと出会ったその日から彼女を疑っていたことで、彼女がどんどん接近してきて、ついには彼の寝室にまで潜り込んできたときには、これは敵の手先だという確信を深めた。マーサーの存在に脅かされ、ブルースは原稿を急いで海外に移し、その後、巨額の身代金と引き換えに原稿を元の所有者に返した。

つまり、手の込んだ計画は失敗したわけだが、最終的には関係者みんなが満足のいく結末を迎えた。誰よりもハッピーだったのはブルースだが、原稿の所有者であるプリンストン大学の図書館は、値を付けられないほど貴重な原稿を取り返すことができた。保険会社は被害を被ったが、もっと大きなダメージをまぬがれた。実際に原稿を盗んだ犯人グループについては、語るべきことは少ない。三人は今も刑務所にいる。一人は死亡した。

ブルースはセキュリティ会社の巧妙な計画に舌を巻いた。見事というほかない計画で、実際、もうちょっとで成功するところだった。あと一歩で自分を破滅させるところまでいった人間のことをもっと知る必要があるとブルースは考えた。マーサーにプレッシャーをかけると、彼女はしぶしぶ電話をかけ、両者を引き合わせてくれた。作戦を指揮していたのは、イレイン・シェルビーという凄腕の女性だった。ブルースは何としてもその女性と会おうと心に決めた。

## 2

その建物は、ワシントン・ダレス国際空港のそばの明るく輝く真新しい高層ビル群の中にあった。首都ワシントンから西へ二十四マイルのバージニア北部にまとまりなく広がる町並みの一部だ。地下駐車場にレンタカーを駐車した瞬間からブルースは監視されているような気分になった。受付では写真を撮られ、全身スキャナーにかけられ、顔の特徴を永久に記録に残すためにカメラをまっすぐ見るよう指示された。エレベーターへ案内されながら、壁に案内板でもないかと探したが、見つからなかった。この建物のオフィスをリースした人たちは、入居者の名前を宣伝したくないようだ。

四階でエレベーターを降りると、警備員が待ちかまえていた。笑顔もなく、愛想の良い挨拶もなく、意味のある言葉も発しない。何やらぶつぶつ言って、身ぶりで進むべき方向を示すだけだ。デスクがいくつも並んでいるところもないし、秘書室らしいものもない。ブルースがエレベーターを降りてからイレイン・シェルビーのオフィスに入るまで、警備員以外の人間の姿は見なかった。

イレインがデスクから立ち上がり、笑顔と握手でブルースを迎えると、警備員がドアを閉めた。

「あなたにボディーチェックをされそうな気がしますよ」とブルースは言った。

「前に屈んで」と彼女は命令口調で言い、ブルースは声をあげて笑った。彼女はソファを指し示しながら言った。「笑っていいのよ、ケーブル。正々堂々と闘って、あなたは私たちに勝ったんだから」

二人は低いテーブルのそばに座り、彼女はコーヒーを注ぎ始めた。

「でも原稿は取り戻せたでしょう」と彼は言った。「みんなハッピーだ」

「あなたが言うのは簡単よ」

「見事な計画でしたよ、シェルビーさん」

「かたくるしいことはやめましょう。私はイレイン、あなたはブルースでいい？」

「僕はかまいません」

「見事だったとあなたは言うけど、私たちの業界では、あれは失敗と呼ぶの。残念ながら、失敗はそれほど珍しいことじゃない。私たちが引き受けるのは難しい案件ばかりだから、百戦百勝というわけにはいかないの」

「報酬は必ず支払われるんでしょう？」

「当然よ。マーサーは本当に愛すべき人よね」

「僕も大好きですよ。最高の女性で、すばらしい作家だ」

「結局、あなたたちはベッドまでたどり着いたの？」

「ああ、僕はそういうことは他言しない主義なんですよ、イレイン。そんな話をするのは、プロ意識に欠けることだと思います」

「あなたは若い女性作家を追いかけ回しているという悪い評判が広まっているけど」

「どうして悪い評判なんですか？　すべて同意の上ですよ。自由に生きている女性たちが、旅先で楽しみたいと思っている。僕はできるだけ要望に応えようとしているだけです」

「それは私たちも承知しているわ。そう見込んでの計画ですもの」

「もうちょっとで成功するところでした。あなたのアイデアだったんですか？」

「私たちはチームで仕事をしているの。ここでは単独行動を取る人は誰もいないわ。あれも共同努力だった」

「わかりました。この会社のことを話せる範囲で教えてください」

「あなたは私たちを雇いたいそうね」

「興味はありますが、もっと詳しく知る必要があります」

彼女はコーヒーを飲み、脚を組み直した。ブルースは気づかないふりをした。「そうね、他に説明しようがないから言うけど、私たちはセキュリティ会社なの」

「名前はありますか？」

「ないわね」

「じゃあ、いずれ支払いの段になったら、小切手の宛名には何と書けばいいんですか？」

「アルファ・ノース・ソリューションズ」

「それはまた、特徴がない名前ですね」

「〝ベイ・ブックス〟はあなたが考えた名前？」

「そうです。うちの名前のほうがずっと魅力的だ」

「私たちの名前を気に入ることが重要なの？」

「重要ではないですね」

「先に進んでいい？　あなたは話を聞きにきたんでしょう？」

「そうです。お願いします。すみません」

「とにかく、私たちは企業や個人にセキュリティを提供する仕事をしているの。保険会社や他のクライアントのために犯罪を調査することもあるし、連邦政府の仕事を請け負ってセキュリティ関連の問題についてコンサルティングをすることもある。世界中で仕事をしているけど、本部はここよ」

「どうしてここなんですか？」

「それが重要なの？」

「いや、重要ではないかもしれませんね。ただ、ここは何もないところで、四方八方に八車線の道路が延びているだけだから」

「便利なのよ。ダレス空港はすぐそこだし、私たちはよくあちこちに飛んでいくから。従業員はほとんどみんな元ＦＢＩか元ＣＩＡで、このエリアが拠点なの」

「あなたは？」

「ＦＢＩに十五年。盗まれた芸術品の回収が主な仕事だった」

「盗まれた原稿も」

「他にもいろいろ。送っていただいた資料には目を通しました。なかなか興味深い読み物だったわ。メールを避けたのは賢明ね。地元警察の捜査は、あまり進んでいないの？」

「ほとんど進展がありませんね、残念ながら」

「私たちが引き受けたら、かなり高くつくのはわかっている？」

「もちろん。お手ごろ価格を求めていたら、ここには来ませんよ」

「わかりました。じゃあ、廊下の先まで歩いていって、私の同僚のリンジー・ウィートと会うことをすすめます。うちで殺人事件の捜査を担当している人間の一人で、五年前までは、FBIの優秀な捜査官だった。この分野で最初のアフリカ系アメリカ人女性の捜査官の一人でもあるのよ」

「どうして彼女やあなたはFBIをやめたんですか？」

「理由は、金と政治。ここの給料はFBIの四倍くらいで、私たちのほとんどは組織内の政治や性差別にうんざりさせられていたの」。彼女は立ち上がってドアのほうを示した。

ブルースは彼女のあとについて無人の廊下を歩いた。デスクに向かっていたミズ・ウィートは立ち上がり、満面の笑みで二人を迎えた。互いにラストネームは言わず、ファーストネームだけで自己紹介をした。彼女は五十歳くらいで、イレインと同じようにすらりとしたスタイリッシュな女性だった。先ほどと同じようなソファやテーブルなどが置かれた空間に案内し、コーヒーはどうかと尋ねたが、全員が辞退した。

ブルースはまた雑談から始めるのは遠慮したいと思った。「あなたは古い殺人事件が専門ですか？」

リンジーは微笑んだ。「最近の事件でも、古い事件でも、どちらでもかまわないわ。私は殺人課刑事から始めたの。ヒューストン、シアトル、タンパで五年。私の履歴書はかなり分厚いけど、よかったらお見せしますよ」

「もしかしたら、あとで拝見するかもしれません」。ブルースはすでに、ここにいる人たちは極めて有能であるという事実を受け入れていた。そんな人たちを自分が三年前に出し抜いたことがちょっと誇らしくなった。

　リンジーは尋ねた。「ＦＢＩの支局の人間とは話をしましたか？　契約殺人なら、連邦捜査局の管轄になる可能性が高いけど」

「そういう話は聞きました。でもＦＢＩとは話していません。じつのところ、どうやって話をすればいいのかもわかりません。僕は一介の本屋で、法律のことはよくわからないから」と言ってイレインに微笑むと、彼女はあきれた顔をした。

「では、あなたも資料を読んだんですね？」とブルースはリンジーに訊いた。

「ええ」

「あまり突っ込んだ話をする前に、料金についてはっきりさせておきたいと思います。安くはないことは承知していますし、僕たち——つまり、ネルソンの姉で彼の遺言執行者である女性と僕は、それなりの額をお支払いする用意がありますが、限度はあります。ネルソンは僕の友人だったから、彼のために正義を果たしたいけど、そのために出せる額には限りがあります。お姉さんも同じです」

「遺産の中身は？」イレインは訊いた。

「それが複雑でして。現金と資産を合わせて二百万ドルほどで、借金はありません。でも何年も前に海外に隠した資産があります。元妻が手を出せないようにするために。それが企業の普通株で、八百万ほどの価値があるから、合計で一千万ドルほどです。州と連邦の今年の控除額は一千百万ドルちょっとだから、相続税は一切かからない。元妻は弁護士をつけて、いくつか前の結婚でだまされたと憤慨しているらしいけど、ネルソンの姉は、二百万ほど渡せば彼女をなだめられるだろうと考えています。要するに、遺産は十分にあって、小切手を切る用意はあります。僕たちが知りたいのは、すべてが終わるまでにいくらかかるかということです」

「このビジネスでは、成功が保証されるわけではないの」とイレインは言った。

「わかっています。事件を解決できる見込みは薄い」

「三十万」とリンジーは言った。「それですべてカバーされます。全額を前金でいただきます。一時間ごとの料金も、月々の請求もない。経費は込みです」

ブルースはうなずき、瞬きもせずにリンジーのきれいな目をまっすぐ見返した。ポリーの予想は五十万だったが、彼女はカリフォルニアの人間だ。ブルースは二十万くらいなら嬉しいと思っていたが、三十万と聞いてたじろいだりしない。半額は自分が払い、半額は遺産から支払われる。自分には払う余裕があるし、にやにやしながら自分を見ているミズ・シェルビーもそれは承知している。彼女が知らないのは彼が受け取った身代金が隠されている場所だけだ。

ブルースは、金のなる木でも持っているような顔で肩をすくめた。「取引成立です。あとは、引き換えに僕たちは何をもらえるのかを教えてもらえますか?」

「うまくいけば、犯人をお渡しします」と言ってリンジーはにっこりした。

# 3

イレインはブルースと握手をして席を外した。ブルースはリンジーのあとについて廊下を歩き、広々とした部屋に入った。壁四面のすべてにスクリーンがあり、長いテーブルにラップトップやさまざまなデバイスが置いてある。二人は向かい合わせに座り、彼女はファイルを開いた。「この女性から始めましょう」と言って彼女が何かのボタンを押すと、コンピューター生成画像のイングリッドの似顔絵が二つのワイドスクリーンに現れた。

リンジーは言った。「もちろん、私たちはこの女性を知らないし、彼女が何者なのか目星を付けてもいませんが、これから探します」

「何を探すんですか？」

「プロの殺し屋です。私たちが把握している殺し屋は何人かいますが、なかなか実体がつかめない人種ではありません。毎年集会があるわけでもないし、名簿があるわけでもないから」

「プロの殺し屋たちの名前を知っているんですか？」

「もちろん。ＦＢＩが何年も前から目をつけている殺し屋たち。昔はマフィアが縄張り争いで殺し合うのがほとんどでしたが、今は名前が知られている殺し屋が何人かいます」

「どうして？　どこからその情報を得るんですか？」

「主に情報提供者です。密告者、裏切り者。ほとんどの契約殺人は、頭の悪い犯罪者が、わずかな金で依頼人の配偶者か夫の愛人を殺すもので、たいていは家族の問題です。ビジネスのもめごとも珍しくありません。ほとんどのヒットマンは捕まって、科学捜査によって有罪になります」

「いいヒットマンは、どうやって見つけるんでしょうね？」

「そうね、信じられないかもしれないけど、オンラインで探すこともできますよ。でも、そうやって見つけた相手は、信用できません」

「なるほど。不誠実なヒットマンですか」

「そういうことです。たとえばあなたがビジネス・パートナーを消したいと思ったら、まずは地元の私立探偵に相談するのがいいでしょうね。以前からの知り合いで信頼できる人に。その探偵は、刑務所から出て社会の主流から外れたところで生きているような人間を知っているでしょう。あるいは、元警官や元陸軍特殊部隊員（アーミー・レンジャー）を知っているかもしれません。武器の扱いに長けた人です。使用される武器は、十中八九は銃。六十パーセントのケースで情報が漏れて、警察に垂れ込みがあり、殺人が実行される前に全員が逮捕されます」

「でも僕たちが相手にしているのは頭の悪い犯罪者ではない」とブルースは言った。彼はこの会話を楽しんでいた。

「そのとおりです。この業界で〝達人〟と呼ばれているプロの殺し屋が何人かいます。めったに捕まらないし、高額の報酬を得ています」

「どれくらい？」

　リンジーがボタンを押し、イングリッドが画面から消えた。五つの名前が縦に並んだ表が現れた。それぞれの名前の横に没年があり、右端に金額が記されている。最高額は二百五十万ドル。

最低額は五十万ドル。リンジーは言った。「この数字はどれも信頼できるものではありませんが、十年前に引退したヒットマンが長文の暴露記事を犯罪実話のオンライン・マガジンに寄稿しました。もちろん、匿名で。最初の三つの殺人は、自分が実行したと彼が認めたもので、事件の詳細を知っていることから、ＦＢＩも彼が現場にいたと納得しました。残り二つの殺人は、他の筋から得た情報です」

「その男はどうして引退したんですか？」とブルースは尋ねた。

「六十五歳になって、年金が受け取れるようになったから、と本人は言っていました。ユーモアのセンスがある人で。最後の仕事で想定外のことが起こって捕まりそうになったと彼は書いています。十代の少年が邪魔に入って、弾が当たってしまったんです。ヒットマンは良心が目覚めて、グロック銃を置くことにしました」

「それで、この五つの殺人事件はどれも未解決ですか？」

「そうです。どれも捜査継続中の事件です」

「つまり、僕たちが調べている事件も、解決できる可能性はかなり低いということですね」

「そうですよ。それはご理解いただいていると思っていましたが」

「はい、よく理解しています」。ブルースはリストの数字を見ていた。「報酬は悪くないですね」

「平均的な仕事は一万ドルくらいですけど、さっきも言ったように、平均的なヒットマンは頭脳明晰ではない。たいていは、誰かが口を滑らせて捕まります。それに、報酬を払う側の人たちも、それほど頭が良くないことが多いですね。離婚話でもめているときに配偶者が急に殺されたら、警察にいろいろ質問されるのは当然ですから」

「被害者は、どれも知らない名前ですね」

「フロリダの人はいませんし、離婚がらみのものはありません。ほとんどは、ビジネスのもめごとですね。最後の事件は相続問題でした」

「他のプロの殺し屋の写真や似顔絵はありますか?」

　リンジーがキーをいくつか叩くと、コンピューター生成の別の似顔絵が画面に現れた。男性、四十歳、白人、低い鼻、丸くて小さな目、ふさふさした髪。ただのスケッチだ。彼女は言った。

「四年前、この男はガルベストンのマリーナから立ち去るところを目撃されました。直後、ヨットが炎上しました。三人が死亡。死因は火傷ではなく、頭を銃で撃たれていました。おそらく、ビジネスがらみのトラブルでしょう」

「この似顔絵もひどいな。こんな顔の男はごまんといる」

「確かに。でも幸い、これは私たちが担当したケースではありません」

「似顔絵をどうやって手に入れたのか、聞いてもいいですか?」

「私たちはコネがたくさんあります。法執行機関の内部にも外部にも」

「それは心強い。じゃあ、僕たちが探している女性は、殺しの達人なのかな」

　リンジーがキーを叩き、イングリッドが再びスクリーンに現れた。「それはどうでしょう。彼女は多くの人に姿を見せています。あなたの友人と何度も寝て、外でランチやディナーをして、人に見られている。達人レベルの殺し屋には珍しいことです。普通は、誰にも見られないように仕事をしますから。とは言っても、公衆の面前で堂々としているほうが、人目につかないこともあります」

「選択の余地がなかったのかもしれない。ボブと寝ることで標的に近づくことができたわけだから」

「ネルソンとも寝た可能性はありますか？」

「さあ、どうでしょう。彼は独身で、そばにいた。彼女は美人で、すごい体で、動機はほかにあったわけだけど、喜んでベッドに飛び込むような女性だった。こんなことは、よくあるんじゃないですか？」

「そうでもないですね。スパイ活動の世界ではそれほど珍しいことではありませんが、私たちは見たことがない。エリート諜報機関は昔から人を誘惑する術を身につけた美しい女性をリクルートしていました。ご存知のとおり、男性は誘惑にやすやすと屈してしまうことがありますから」

「そうらしいですね。でも今回の場合は、モサドの仕業というわけじゃないですよね？」

「それは考えにくいですね。訓練を受けたスパイならホテルの周りで監視カメラに映るような危険を冒さないでしょうから」

「女性の殺し屋は、少ないですか？」

「ゼロですね、私の経験では。イングリッドが第一号になります」

「彼女はどうやって実行したのでしょう？」

「あなたがまとめたものを読んで、真実にかなり近いんじゃないかと思いました。彼女は島に仲間と一緒にやってきた――たぶん男でしょう。カップルをよそおって、ネルソンの自宅に近いコンドミニアムを借りた。借りられるところは、たくさんあるでしょうから」

「ざっと百万軒くらいは。フロリダですからね」

「そして彼女はお友達のボブに接近し、彼を通じてネルソンと出会った。嵐が来たのは彼女にとって好都合だった。おかげで、捕まる可能性がほとんどなくなったから。そして彼女は消えた」

「見つかる可能性はない？」

「わずかな可能性はあります。ＦＢＩにいる友人たちと会って話をしてきます。イングリッドのことを教えたらみんな興奮して、プロの殺し屋のリストに加えると思いますよ。あまり長くないリストですから。それからどうなるかはわかりません。いかがわしい世界だから、金欲しさに情報を売ろうとする人間が出てくる可能性はあります。見込みは少ないけど、何かを知っていて、金が必要な人間がいるかもしれない。期待はしませんけど」

「彼のコンピューターについては、どんな推理をしていますか？」

「彼を殺したあと、彼のハードドライブを持たずに彼女が立ち去るとは思えません。とは言っても、持ち去るだけでは、警察に大きな手がかりを残すことになります」

「交換したということ？」

「私はそう推測しています。役に立つ情報は何も入っていない、でも厳重に暗号化されているハードドライブと交換する。そうすれば、警察は歯が立たない」

「となると、彼のデスクトップの仕様を知っていたことになりますね」

「もちろん、これも推測でしかありませんが、私はそうだと思います。彼女と仲間は、ネルソンのコンドミニアムに侵入していたと思います。ホーム・セキュリティはありましたか？」

「はい、警報システムがありました。防犯カメラが玄関と裏のパティオにあって、どちらも嵐で破壊されましたが、事前に作動しないようにしてあったのではないかと警察は考えています」

「彼のコンピューターはどこにありますか？」と彼女は訊いた。

「警察署です。来週、他の身の回り品と一緒に引き渡されます。ポリー・マッキャンが警察に引き取りにいくことになっています。僕は捜査から閉め出されたけど、それはどうでもいい」

「来週のいつですか？」

「水曜日」

「私も行きたいですね」

「来てください。僕が案内しますよ」

「ハードドライブはぜひ見せてもらいたいですね。犯人が残していったダミーなら、それは手がかりになります。役に立つかどうかはわかりませんけど。本物のハードドライブなら、情報の宝庫になるかもしれない」

「アクセスできれば、ですが」

「ええ。でも、あなたのメモには、お姉さんがUSBメモリのパスコードを持っていると書いてありましたよね？」

「そうです」

リンジーは訳知り顔で笑った。「それさえあれば大丈夫。うちの人間ならハードドライブに入れます」

「お手上げですね。そういう話は、まったくわからない」

「私もそうですよ。そういうことは専門家に任せましょう」

「じゃあ、USBメモリも必要ですね？」

「もちろん。私は小説を読みたいし、それを使ってネルソンのハードドライブに入ります」

「たぶん、あまり情報は見つからないですよ。彼は秘密主義で、インターネットを信頼していなかった。クラウドは大嫌いで、オンライン・ショッピングは絶対にしなかったし、メールには重要なことは何も書かなかった。ソーシャル・メディアに見向きもしなかったし、買い物はたいてい現金で支払っていた。だからネルソンは、ほとんど足跡を残していなかったんじゃないかな」

「コンドミニアムは、売りに出ているんですね？」

「はい。磨き上げて、ペンキを塗り直して、空っぽにして、新品同様にしました。警察は三週間前に現場保存を解除しました。でも今は市場がかなり低迷しています」

「それから、ポリー・マッキャンとのミーティングをセッティングしてもらえますか？」

「喜んで。他にすることもありませんし。島では、誰も本を買わないし、退屈で死にそうです」

## 4

その中年男は、疲れきったような顔とぼさぼさの髪がベテラン記者らしかった。彼が書店に立ち寄ったとき、ブルースは退屈そうな顔をしてデスクの前に座っていた。男は勝手にそばの椅子に座り、自分は『ニューズウィーク』の仕事をしているフリーランスの記者だと言って、それを証明するかのように名刺を投げてよこした。ブルースは名刺に目を落とした。ドナルド・オースター。住所はワシントン。

オースターは、売れっ子小説家ネルソン・カーの死についての記事を書こうとかぎ回っていた。足で稼ぐ調査はひととおりすませている。遺言検認裁判所のファイルも読んだが、得るものは少なかった。資産と負債の目録は数か月先まで提出されない。サンタ・ローザ警察のカール・ローガン署長にしつこく情報を求めているが、まったく進展がない。州警察のウェズリー・バトラー警部ともコンタクトをとったが、継続中の捜査であるため話せることは何もないと言われた。

「殺人事件の捜査は、犯人が見つかるまでは継続中に決まっているじゃないですか」とオースターは笑って言った。

ブルースは慎重に言葉を選びながらネルソンと島での彼の生活、彼の小説について話したが、犯罪現場や事件については何も話さないようにした。ネルソンが死んだ数日後、彼がハリケーンのさなかに死んだことについて、いくつかの新聞に短い記事が掲載された。ある出版関係のオンライン・マガジンには警察が捜査中であると書かれているが、具体的な情報は明かされていない。ジャクソンビルの日刊紙は、短い死亡記事と、それより少し長い捜査についての記事を掲載した。オースターより前にブルースにコンタクトをとってきた記者はいなかった。

「彼が執筆中の小説はありましたか？」とオースターは尋ねた。

「わからない」とブルースは答えた。「でもたいていの作家は、いつも何かに取りかかっている」

「サイモン&シュスターで彼を担当していた編集者と話しましたが、その人は、カーは新しい出版社を探していて、何か重大な作品に取り組んでいたと言っていました」

「たぶん、まだ探しているところだったと思う。僕が知る限りでは、死んだとき、ネルソンはどことも契約していなかった。新しいエージェントも探していたよ」

「彼の過去のこと、弁護士時代については、どれくらいご存知ですか?」

「君はどれくらい知っているの?」

オースターはまた苦笑した。「かつての同僚を見つけ出しましたけど、何しろ十年前のことだからと言って、あまり話してくれませんでした。彼の元妻もトライしましたが、手強い女性ですね」

「僕は会ったことがない」

「彼のことを〝売れっ子作家〟と呼ぶのは妥当だと思いますか? しょっちゅう使われる言葉ですけど、彼の本は本当に売れていたんですか?」

「売れていたよ。長編小説は三作とも『ニューヨーク・タイムズ』と『パブリッシャーズ・ウィークリー』のリストに入った。本を出すたびに、売り上げは前作を上回っていた。僕はもっと書くようにすすめていたけど、彼は旅行やスポーツ・フィッシングやビーチでのんびりするのが好きだった」

「売り上げ部数は、それぞれ数十万部ですか?」

「そうだろうね。数字はオンラインで見つかるはずだ」

「見ましたけど、ああいう数字は正確ではないと聞いたもので。あなたも彼の本を売りましたか?」

「売ったよ。ネルソンにはファンがついていた」

「彼は殺されたと思いますか?」

「君が記事に書きたいようなことは、僕は言わない。州警察が捜査をしている――言えるのはそれだけだ」

「なるほど。彼の姉のポリー・マッキャンとは知り合いですか？」

「ああ」

「僕と話をするように彼女に言ってもらえませんか？　二度も電話を切られたので」

「それは無理だ。そんなによく知らないから」

オースターはいきなり立ち上がり、ドアに向かった。「また来ます。何かわかったら電話してください」

期待するなよ、と思いながら、「もちろん」とブルースは言った。

## 5

夏の暑さがようやくおさまるころになっても、退屈な日々が続いていた。ワシントンDCへ行った翌週、ブルースはリンジー・ウィートとポリー・マッキャンをベイ・ブックスに迎えた。最近改装した一階のオフィスの初版本の部屋で三人はミーティングを始めた。部屋の壁には著者のサイン入りの初版本が何百冊も並んでいる。土曜の朝で、二階のカフェで始まる読み聞かせの時間に子どもを連れてきた若い母親たちで店は珍しく混んでいた。普段なら、ブルースもそこでカプチーノをすすりながら彼女たちとおしゃべりを楽しむが、目下のところは話し合わなければならない重要な問題がある。

ポリーは前日に科捜研でウェズリー・バトラーと会い、またしても無益な進捗(しんちょく)報告を受けていた。進展はほとんどない。実際、ポリーは新たに得た情報を一つも思い出せないほどだった。バトラーは彼女にネルソンのラップトップとデスクトップ、携帯電話、革のブリーフケース二つを引き渡した。鑑識班はネルソンが使った暗号化コードを解読できなかったと彼は認めた。そして、彼が執筆中だった小説について何か知らないかとポリーに質問することは、今回も思いつかなかったようだ。彼の言うことすべてが、次に何をすればいいかわからないし、事件を解決することにあまり関心がないことを示していた。バトラーはさらに、ブルース・ケーブルには、たびたび連絡してきて捜査に首を突っ込むのはやめてもらいたいと強調した。

ブルースはこの知らせを聞いても動じなかった。彼としては、州警察がすることに興味はないし、すでに時間を無駄にし過ぎたと思っていた。

リンジーはポリーからUSBメモリを受け取って自分のラップトップに差し込み、暗号化パスコードを入力して、データを本社の技術者に送った。そしてメモリをブルースに渡し、原稿を今夜みんなで読めるように三部印刷してほしいと頼んだ。ネルソンの最後の傑作長編小説を読むべきときが来たと三人は同意したのだ。トマスとマーサーがまとめた十ページの要約は役に立ったが、今はストーリーを最初から最後まで読む必要がある。

一時間後、リンジーのオフィスから電話があり、暗号を解読する手順を知らせてきた。彼女がネルソンのデスクトップにコードを入力すると、二つのハードドライブは、さらにもう一層の暗号によって守られていることがわかったが、誰も驚かなかった。リンジーの予想どおり、イングリッドはネルソンを殺害する前後に本物のハードドライブ二つを盗み、別のものと差し替えたのだ。彼女とその仲間たちは、完成した小説を保存したＵＳＢメモリとパスコードをポリーが持っていることを知りようがなく、警察はネルソンのコンピューターにログインできず、捜査はそこで終わると思っていただろう。

ネルソンのラップトップについては、パスコードはなく、一切のアクセスがブロックされていた。リンジーはそれをオフィスに持ち帰って技術者たちに見せると言ったが、アクセスできる見込みは薄いと思っていた。

三人は二時間にわたってブラックコーヒーを何杯も飲みながら、ネルソンのノートやメモ、さまざまなファイルを次々と見ていった。ランチタイムになると、ブルースはテイクアウトを頼み、全員が彼のオフィスで作業を続けた。届いたサンドイッチとアイスティーを持ってきた店員に、今朝は客が来たかとブルースは訊いた。

「子どもたちだけですよ」と彼女は笑いながら言った。

リンジーは、他の二人から依頼を受けたプロフェッショナルとして、話し合いの方向性の舵(かじ)をとる役目を引き受けていた。ブルースとポリーは彼女を信頼して従うことに何の異論もなかった。食事をしながら彼女は言った。「お話ししたいアイデアがあるの。オフィスで私が同僚と話し合った計画です。まず、ネルソンは人生のどの時点でも、老人ホームに興味を示したことはなかったことについて、皆さんは同意見だった。つまり、誰かが彼にアプローチしたと考えていいでしょう。小説のネタになる話を知っている人物、内部の人間です。情報提供者、告発者と呼んでもいいでしょう。もっとも、作家に情報をこっそり伝える人間をＦＢＩは告発者とは呼びませんが、私の言っていることはわかっていただけると思います。その人物は何かしらの理由で警察には情報を持っていかず、ネルソンを見つけました。彼の本を読んで、ネルソンはフィクションという形式を利用して悪人や悪事を暴いていることを知ったからです。もちろん、罪人たちを守るために名前はすべて変えています。とにかく、私たちの成功は、この告発者を見つけることにかかっています」

ブルースはサンドイッチを食べながらうなずいていた。この話は以前にも聞いている。ニック・サットンは何か月も前に情報提供者が関与していると推測していた。

リンジーは話を続けた。「その人物が簡単に私たちを見つけられるようにする必要があります。たぶん、その人物は遺言検認ファイルを見ているでしょう。すべて公開されてオンラインで見られますから。そして、私たちとコンタクトをとる方法を探しているでしょう。私たちの計画の第一段階は、ブルースをネルソンの著作権管理者に指名することです。第二段階は、小説を出版社に売り、その事実が報道されるようにすることです。ブルース、これはあなたの専門分野で、カリフォルニアにいるポリーよりあなたのほうがうまく進められると思います」

ブルースは言った。「イングリッドが島に戻ってきたら困るな」

「彼女のことは忘れていいでしょう。二度と現れないと思います」

ポリーは言った。「それについては、私たちは以前にも話しました。何か月も前に。ブルース、ネルソンの著作権の管理をあなたにお願いしたのを覚えている？」

「もちろん覚えている。僕がどうして断ったかは覚えている？」

「あまり。あのころのことは、よく覚えていなくて」

「とても理にかなっていると思います」とリンジーは言った。「あなたはエージェントや出版社を知っているし、いい条件で出版契約を結ぶことができるでしょう。それに、彼のバックリストをどうすべきかについても、知識がある」

「バックリスト？」とポリーは聞き返した。

「彼の過去の作品だ。どれもペーパーバックになっている」とブルースは答えた。

「今後も印税収入がありますか？」とポリーは訊いた。

「ああ、もちろん。新作が出たら、さらによく売れる。遺産はまだ数年先まで印税を稼いで、そのあとは少しずつ減るだろうね」

「映画化は？」とリンジーが質問した。

「ネルソンの以前の作品の映像化権は売れたけど、実際には製作されなかった。ほとんどのベストセラーは映画会社やテレビ局の関心を集める。でも、悪者たちの興味を引きたくはないな。ネルソンは何か理由があって殺されたことを前提にしているわけだよね？　彼の本を売り込む役をやったら、僕が頭を一発か二発殴られることになるかもしれない」

　リンジーは手を振ってブルースの意見を払いのけた。「彼らはもう戻ってきませんよ。危険を冒してまたこんな仕事をするとは考えられません。そもそも、あまりに馬鹿げた犯罪です。ネルソンが本を出すことを止めようとして、もう書き上げていたことも知らずに実行したわけで、結局は何の意味もなくて、本は出版されることになりました」

　ポリーは言った。「出版できるくらい出来がいい小説だということを前提にしているわけですね？」

「そうですよ」とブルースは答えた。

「言ったでしょう、ブルース。こういうものは、私は読めないんです。何度も読もうとしたけど、どうしても興味が持てなくて。この先何年も彼が残した作品にたずさわっていくなんて、考えられない。他の遺産だって私の手には負えないのに。だからぜひあなたに引き受けてもらいたいの」

「わかった。それが引き受ける理由の一つ」とブルースは言った。「もう一つの理由は、われわれが存在するのではないかと想像しているけど確かではない、情報提供者なる人物を引き寄せるため」

「そのとおり」とリンジーは言った。「これは計画の重要な要素だと私たちは考えているの」

「〝私たち〟とは？」

「私の同僚よ、ブルース。私のチーム。これが私たちの仕事、あなたにお金をもらってやっている仕事です。私たちは罠を仕掛けて、フィクションを創作して、適切な人材を配置して、すべてがうまくいくことを期待する。三年前と同じです。見事な計画だったってあなたも言っていたでしょう」

「見事だったけど、うまくいかなかった」

「三年前に何があったの？」とポリーは訊いた。

ブルースはにっこりして言った。「その話は夕食のときまでとっておこう」

店員が原稿の分厚い束を三つ持って入ってきた。それぞれ四インチもの厚さがある。彼はそれをブルースのデスクにどさっと置き、ＵＳＢメモリを彼に渡してから部屋を出た。

リンジーは言った。「さあ、目の前の仕事に取りかかりましょうか」

ポリーは言った。「私はできれば読みたくない。要約を読むだけでも苦痛だったのに」

ブルースは言った。「残念ながら、読むしかありませんね。二人とも私の自宅に行って、ポーチか、ベランダか、ハンモックか、好きなところで読んでください。ノエルがいますし、二人が行ったら喜びますから」

「あなたはどこで読むの?」とポリーは訊いた。

「ここで読みますよ。僕は読むのが速いし、客が迷い込んできたときのために、店を見ていなくちゃいけないから」

## 6

『パルス』についての批評は、称賛と批判が入り混じっていた。夕暮れ時にベランダに集まった三人の疲れた読者たちは、カクテルを飲みながら意見交換をした。ブルースは、もうすぐ読み終わると言ったが、速く読み進めるために斜め読みしたところも多いと認めた。ストーリーは面白く、夢中になって読んでいると彼は言った。リンジーは、自分は文芸評論家にはほど遠く、ノンフィクションや伝記が好みだと断りながらも、ストーリーは面白い、ただし、文章はあまりうまくない、と感想を述べた。ポリーは五百ページの原稿の山の五合目にも達しておらず、読み終える自信がないと言った。

「この本をどこかに売っていただけそうですか?」と彼女は訊いた。

「もちろん」とブルースは答えた。「ネルソンの実績を考えれば、どこかの出版社が契約してくれるはずです。大衆受けするし、読み出したらやめられない」。ポリーはすでにブルースがネルソンの著作権管理者になることを前提に話していることに気づいた彼は、次に「いくらで売れそうですか？」と訊かれるのを待ったが、彼女は訊かなかった。

ノエルが白ワインのボトルを持って現れ、みんなのグラスに注ぎ足した。彼女が座って話し合いに参加することには誰も反対しないし、彼女にはすべて話してあるとブルースは他の二人に伝えてあったが、ノエルは夕食の準備のためにその場を離れた。

ブルースは言った。「僕はこれを読みながら、どこまでが本当の話だろうと何度も考えさせられた。死の床にある高齢者の命を延ばす薬は実在するのか？　患者は昏睡状態で、いずれにしても死期が近いから、副作用があるかどうかもわからない薬なんて本当にあるのか？」

リンジーは言った。「突拍子もない話だけど、今のところは事実だと想定しましょう。ネルソンは何かしらの理由で殺害されたのだから、他に理由が見つからないうちは、この小説が原因だと考えることにします」

「そうなると、情報提供者がいたという説が有力ですね」とポリーは言った。「この話をネルソンが知っていたとは考えにくいですし。私もこの二か月、インターネットで探しましたけど、このシナリオに似たような話は、ひとつも見つかりませんでした」

「私も同じです」とリンジーは言った。「これが事実だったら、かなり厳重に隠蔽（いんぺい）されていますね」

「何十億ドルもの価値がある秘密だ」とブルースは言った。

「では、推理してみましょう」とポリーは言った。「あなたはネルソン・カーで、三つのベストセラー作品を書いている。医薬品や医療にかかわる作品を書いたことはない。情報提供者があなたにアプローチする。おそらくは製薬会社か老人ホームで働いているその情報提供者が、あなたと話をしたいと言う。悪者たちの悪事を暴露するために」

ブルースは言った。「そして、その人物は報酬を求めている。あえて危険を冒すからには、その見返りが欲しいと思っている」

「どうしてFBIのところに行かないの？」とポリーは訊いた。

「それが犯罪かどうか、確信がもてないから」とリンジーは言った。「人を殺すのではなく、延命のための薬だから」

「でもそれは詐欺ですよね？」

「それはわからない。法廷で争われたことがないし、誰も聞いたことがない問題だから。情報提供者も、告発して何か成果があるかどうか、確信がない。でも彼には良心がある。彼は脅えている。仕事を失いたくない。そこで彼はネルソン・カーにアプローチしようと考える。彼が尊敬する作家に」

ブルースは言った。「そしてネルソンが探り始めて、いろいろと余計な質問をした。悪者たちは、これは問題かもしれないと気づいて、彼のことを監視していたのだと思う。そして、彼が何をしようとしているかがわかると、パニックになって、彼を抹殺することにした」

「本当に馬鹿なことしたものね」とリンジーは言った。「考えてみて。すでに彼はハリケーンのさなかに不審な状況で死んだと報道されている。書き終えたばかりだった最後の小説は、これから出版されようとしている。著者が殺されたことを知ったらマスコミがどんな大騒ぎをするか、想像できる？　殺人を指示した人物が何よりも避けたかったのは、注目を集めることでしょう。それなのに、本は売れまくり、さらに大勢の人が殺人事件のことを探り始める。誰か知らないけど、本当に馬鹿なことをしたものね」

「同感です。でもそれは何者なの？」とポリーは訊いた。

「それを私たちが解明する」とリンジーは言った。

「計画を聞かせてもらいたいな」とブルースは言った。

「私たちがお金を払っているんですからね」とポリーが言った。

リンジーは楽な姿勢で椅子に座り直し、サンダルを脱ぎ捨てた。ワインをひと口すすり、味わった。ノエルが戸口に現れ、あと五分でディナーの用意ができるから、手を洗いたい方はどうぞ、と言った。

リンジーがようやく口を開いた。「最初のうちは、二つの角度から攻めようと思っているの。一つ目は、すでに話し合った通り、ブルースが著作権管理者になってこの小説を売って、著者が死んだことが、できるだけ大きな話題になるようにすること。それによってネルソンの情報提供者を引き寄せられることを期待する。二つ目、老人ホーム業界に潜入する。八つの事業者が、老人ホームのベッドの総数の九十五パーセントを占有している。六社は株式公開企業で、株主に対して責任を負っているから、ほとんどの場合は規則を遵守するし、トラブルを起こさない。残りの二社は私企業で、どちらも悪徳企業なの。しょっちゅう訴えられているし、衛生規範違反、ずさんな会計、お粗末な設備などなど、問題が多いことで知られている。私ならこの二社が運営するホームには、自分の身内は絶対に入れたくない。どちらも数十億ドル規模の企業よ。そこに私たちが潜入するの」

ブルースとポリーは話の続きを待ったが、しばらくしてブルースが言った。「〝潜入〟と言った？」

「そう。私たちには、その手段がある。ブルース、私たちは政府機関じゃない。ご存知のとおり、人によっては〝グレーゾーン〟と呼ぶ方法で情報を収集できる。法律を犯すことはしないけど、〝相当な理由〟とか、令状とか、そういう法律の細かな点に縛られてもいない」

ポリーは言った。「ごめんなさい、何の話をしているのか、よくわからないんだけど」

「夕食をとりながら説明するよ」とブルースは言った。「でも、リンジー、君たちは僕たちに雇われているわけだから、法の網をかいくぐって違法な活動をしているかどうかは教えてもらえるね？」

「していないわ。私たちはグレーゾーンの範囲を承知している。それはあなたも同じよね、ブルース」

## 7

ノエルは腕のいいシェフで、彼女のロブスター・ラビオリは好評を博した。夕食の話題にのぼったのは、洪水保険だった。あるいは、洪水保険に加入していなかったために、島の住民の多くが、被害は保険適用外であると言い渡されていることだ。ハリケーンの直後には救助隊や援助団体が駆けつけて、とても心強かったが、時間がたつにつれて彼らは次の被災地に移動していった」

ブルースは自分のワイングラスを満たし、皿を少し押しのけた。「さて、ポリー、覚えているかどうかわからないけど、三、四年前に、貴重な直筆原稿がプリンストン大学のファイアストーン図書館から盗まれる事件があった。値段が付けられないほど価値のあるものだと考えられていたけど、二千五百万ドルの保険がかけられていた。プリンストンは、保険金は要らない、原稿を取り戻したい、と言った。保険会社も小切手を切りたくなかったから、原稿を探し出そうと決めた。そしてリンジーの会社を雇った」

リンジーは微笑み、黙ってブルースの話を聞いていた。

「その当時、僕は稀覯本のディーラーとして、その世界にどっぷりとはまっていた。うさんくさいところがある世界だから、僕は盗まれた稀覯本を扱っているという疑いをかけられたこともある。実際はどうなのかと訊かれても答えないし、答えたとしても、フィクションをまじえるかもしれない。僕のお気に入りの作家たちみたいに」

ノエルが言った。「その物語は話さないほうがいいんじゃないかしら、ブルース」

「すべては話さない。とにかく、事の成り行きで、一部の人は僕がプリンストンの原稿を持っていると疑うようになった。繰り返すけど、実際はどうなのかと訊かないでくれ。そして、リンジーの会社で仕事をしている非常に有能な工作員が、入念な計画を練って僕の家と職場と友人グループに潜入してきた。僕に接近して情報を探り出す計画だった。彼らはマーサー・マンに照準を合わせて、彼女に十分な額の報酬を提示した。彼女は金に困っていたから、いい標的だった。それに、彼女は昔からこの島とは縁が深かった。マーサーは、お祖母さんの海辺のコテージにやってきて、半年ほどそこで暮らして長編小説を書き上げるつもりだと言った。それはよくできた話で、説得力があったし、計画はとてもうまく進んだ。ある時点までは。マーサーは僕たちの愉快な仲間になって、このテーブルを一緒に囲んだことも何度もある。僕たちはマーサーが大好きだった。今もそうだ。すばらしく才能のある作家だよ」

「彼女は原稿を見つけたの？」とポリーは訊いた。

「いや、でもかなり核心に近づいて、ＦＢＩを送り込んできた。ちょっと遅過ぎたけどね。ほんのちょっとだけ。その後、金銭的な取引が行われて、原稿は最終的にプリンストンに戻された。最後はみんながハッピーだった」

「その物語は、そこでおしまい」とノエルが言った。

「そう、ここでおしまいだ」

「その話を聞いて私は感心するべき？　安心するべき？」とポリーは訊いた。

「感心するべきだ」とブルースは言った。「リンジーの会社は安くないけど、それだけの価値がある仕事をしてくれる」

# 8

ジャン＝リュックは、感謝祭の前の週にとうとう息を引き取った。ノエルは平静に受け止めているように見えたが、ブルースは彼女をそっとしておくことにした。ノエルが深く悲しんでいるとしても、ブルースは知りたくなかった。数日間は、彼女はいつもより物静かだったが、毅然とした態度を保ち、長年の恋人のことは口に出さなかった。ブルースはニューヨークで仕事があり、一週間ほど島を離れた。

離れている時間が長くなればなるほど、島から脱出することを考えるようになった。島はぼろぼろで、隣人たちは疲れ切った顔をしている。レオの襲来から三か月半が過ぎていたが、時間がたつにつれて復興には何年もかかることが明らかになってきた。その現実を日々見せつけられている——修理か建て直しが必要なフェンス。枝に瓦礫が引っかかったままの老木。雨漏りがするが、業者が忙しくて修理に来ない屋根。被害がひどすぎて修理ができず、放棄された家屋。ゴミが詰まって水が流れなくなった排水路。ＦＥＭＡのトレーラーハウスでいっぱいの市営公園。その周りに置かれたローンチェアに座って何かを待っている困窮者たち。そばの林の中では、さらに困窮した人々が今もテント暮らしをしている。

書店を閉じて一年間の休暇をとろうかとブルースは考えていた。ノエルとどこかエキゾチックな場所へ逃避して、今まで読まずにいた名作の数々を読むほかは何もしない日々を過ごすのだ。借金はないし、貯金はたっぷりある。みんなには長期休暇をとると言って、島が完全に復活して観光客が戻ってきたら営業を再開すればいい。だがしばらくすると、そんな思いも過ぎ去っていった。ベイ・ブックスは島にとってなくてはならない存在だし、ブルースも書店がない暮らしは想像できない。それに、彼は従業員や客をとても大事にしている。

クリスマスはすぐそこだ。ホリデー・シーズンは、書籍の年間売り上げの三分の一を占めている。ブルースと従業員たちは、例年より店の飾りつけを派手にして、営業時間を延長し、値引きや景品を増やし、パーティーをいくつも企画することにした。書店が島の人々を盛り立て、もとどおりの生活が戻りつつあることを見せなくてはならない。

十二月、ブルースはほとんどの時間をデスクに向かって過ごし、『パルス』に手を入れていた。彼は以前から他の作家の作品を編集する作業を楽しんでいて、数え切れないほどたくさんの人気小説を読んできたため、ところどころ文章に手を入れて磨き上げるのは得意だった。だが作品全体に手を加えるのは初めての経験だ。こんなチャンスは二度とないかもしれない。ブルースはタイピストに金を払って原稿をきれいに打ち直してもらい、出来上がった原稿をボブ・コブに読ませた。ボブは文章にもストーリーにも感心しなかったようだが、彼はもともと自分以外の作家を過剰に批判することが多い。ニックがベニスから帰ってきていたので、ブルースは原稿を印刷してナッシュヴィルにいる彼に送った。ニックはそれを二日で読み終えて、これは売れますよ、と言った。

一月の第一週、ブルースは遺言検認弁護士と一緒に裁判所へ行き、ネルソンの著作権管理者に正式に任命された。老判事は、そんな役目があることを初めて知ったと言いながらも、喜んで任命書に署名してくれた。

翌日、かつてネルソンを担当していたサイモン&シュスター社の編集者に長編小説の原稿を送った。その編集者とは一か月前から話をしていて、原稿を送ることも知らせてあった。ネルソンはあるとき、何かしらの理由でその編集者に不満を持つようになったのだが、今となっては、それは問題ではない。ブルースは、著作権管理者として、高額の契約を求めているわけではなかっない。

た。それほど価値が高い小説ではないし、本のプロモーションができるわけでもなく、続編が書けるわけでもない死んだ作家の作品に莫大な額を払う出版社はない。それに、金は問題ではない。ネルソンの遺産は、ポリーと彼女の両親にとっては思いがけない収入で、彼らは欲深い人々ではない。

編集者には伝えていないが、ブルース自身は、高額の契約は望ましくないと思っていた。高額であれば、大きな注目を集める。「殺人」という言葉が出れば、なおさら話題になるだろう。ブルースは、注目を浴びることを望んでいない。イングリッドはまだどこかにいるし、彼女でなくても、他の誰かの注意を引くことになる。リンジー・ウィートは、ネルソンの殺害を命じた者たちはあまり頭が良くないし、再び攻撃することはないと確信していたが、彼女自身は人目につかないように活動していて、名前もあまり知られていない。一方、ミスター・ケーブルは裁判所で任命され、彼に関する詳細な情報がオンラインで公開されている。

一週間後、編集者から電話があり、ハードカバー、電子書籍、ペーパーバック、海外版権を含むすべての権利を二十五万ドルで買うというオファーを受けた。その金額はこの本の価値の半分ほどで、ブルースがやり手の文芸エージェントなら、即座に断って、オークションにかけると脅しただろう。だが、やり手のエージェントではなく、この取引から得るものは何もないブルースは、一日考えた末に三十万ドルを要求し、同意を得た。

実際、それは理想的な契約だった。相続人たちにとっては十分だが、必要以上の注意を引かない額だ。ブルースは何時間もかけて練ったプレスリリースを編集者にメールで送った――

人気サスペンス作家ネルソン・カー氏の絶筆となった小説を、長年にわたって同氏の作品を出版してきたサイモン&シュスターが獲得した。来年刊行予定の長編小説『パルス』の初版発行部数は十万部になると見込まれている。カー氏の既刊の三作品、『スワン・シティ』、『ザ・ランドドリー』、『ハード・ウォーター』は、いずれもサイモン&シュスターより出版され、ベストセラーとなった。担当編集者のトム・ダウディ氏は次のように述べた。「ネルソンの最新作の出版権を取得できたことは大きな喜びですが、私たちは今も彼の早すぎる死を惜しんでいます。この作品の構想は彼が何年も前から練り上げてきたもので、彼の大勢のファンに楽しんでいただけるものだと私たちは確信しています」

フロリダ州カミーノ・アイランド在住のネルソン・カー氏は、昨年八月、ハリケーン・レオの襲来時に不審な状況下で死亡した。フロリダ州警察は今もその死について捜査を続けている。友人で書店主のブルース・ケーブル氏がカー氏の著作権管理者に任命され、サイモン&シュスターとの契約を仲介した。ケーブル氏のコメントは得られなかった。

遺族はカー氏の死に関する情報に相当額の懸賞金を支払うとしている。

# 第七章――「偽装」

## 1

待ち伏せ攻撃のためにリンジー・ウィートが選んだ服装は、ルーズフィットのジーンズ、白いスニーカー、ベージュのブラウスとネイビーのジャケットだった。普段から身なりに気を使っている女性にとって、ドレスダウンすることは苦痛だったが、かなりカジュアルな格好のつもりが、チキン・ビスケットを求めて朝から集まってきた店の客の中では着飾り過ぎているように見えた。

ヴェラ・スタークが店に入ってきた瞬間、リンジーはすぐに彼女だとわかった。何か悪いことでもしたかのように、神経質そうに店内を見回している。二十六歳、黒人、既婚、三児の母、四年前からグリン・バレー老人ホームで用務員として働いている。夫はトラックの運転手だ。一家は人口三千六百のケンタッキー州フローラの町境のすぐ外にある公園のこぎれいなトレーラーハウスに暮らしている。

リンジーが一時間前に彼女の携帯電話に電話したとき、彼女は子どもたちを母親の家に預けたところだった。当然のことながら、ヴェラは警戒心を示し、知らない人間とは話したがらなかった。リンジーは偽名を使い、十分だけ時間をくれたらお礼に五百ドルの現金を払い、コーヒーとビスケットをおごると約束した。

リンジーは満面の笑みと力強い握手で彼女を招き寄せると、テーブルをはさんで向かい合った。リンジーも黒人だという事実は、相手の緊張をいくらか和らげる効果があった。ヴェラは再び辺りを見回した。トラブルに巻き込まれると確信しているようだ。彼女の兄は刑務所に服役中で、家族は警察と厄介事を起こした過去があった。

リンジーは封筒を渡して言った。「これがお金。朝食は私のおごりよ」

ヴェラは封筒を受け取ってポケットに押し込んだ。「ありがとう。でもお腹は空いてない」。彼女がビスケットをめったに断らないことは、体型を見れば明らかだった。「あんた、警察か何か?」と彼女は訊いた。

「ぜんぜん違うわ。私はルイビルの弁護士事務所の仕事をしていて、ケンタッキー州内の老人ホームを調査しているところなの。入居者の放置や虐待で、私たちはいくつもの訴訟を起こしている。あなたも知っていると思うけど、グリン・バレーはあまり評判がよくないわ。だから内部情報を必要としているの。情報を提供してもらえたら、お礼はするわ」

「あたしにはこの仕事が必要なの。たいした稼ぎじゃないけど、ここらじゃ仕事は少ないから」

「あなたが厄介な立場になることはないわ。約束する。違法なことは何もしないから。ただ、訴訟をこちらに有利に進めるために、内部にいる人の目が必要なの」

「どうしてあたしなの？」

「あなたじゃなかったら、他の人を探すだけよ。今後三か月、毎月二千ドルをお支払いするわ」

今のところ、リンジーは足跡を残していなかった。ヴェラが突然逃げ出し、車で職場に直行して上司にこのミーティングについて話したとしても、リンジーを見つけることはできないはずだ。彼女はこのみすぼらしい町から消え去って、二度と戻ってこない。しかしヴェラはお金のことを考えていた。彼女は十ドルちょっとの時給で週に四十時間働いている。手当は何もつかない。夫はレイオフされようとしている。家族は毎週の給料でぎりぎり食いつなぐ生活をしていて、一回でも給料がなかったら、たちまち困窮することになるが、助けてくれる人は誰もいない。

そのことを知っているリンジーは、さらに一押しした。「楽に稼げる仕事だし、何も悪い事をするわけじゃないの」

「悪い事みたいに思えるけど」

「私が保証する」

「あんたのことを信頼しろっていうの？　いま初めて会ったのに？　突然電話してきて、ビスケットをおごるって言ったんだよ、あんた」

「それだけじゃない。かなりの額のお礼をするわ」

「それで何をしろっていうの？　スパイになれって？」

「まあ、そのようなことね。私を雇っている弁護士たちは、老人ホームでの虐待が専門なの。そんな訴訟が起こっていることは、あなたも知っているわよね」

「法廷に立つなんて、あたしは絶対にお断りだよ」

「そんなことはお願いしないわ。それはあなたの仕事じゃない」

「じゃあ、その弁護士たちが訴訟を起こして、グリン・バレーが破産したらどうなるの？　あたしはどうしたらいいの？　さっきも言ったけど、ここらじゃ他に仕事はないんだよ。あたしは最低賃金で働いて、おまるを洗ってんの。そんなこと、好きでやってると思う？　でもそんな仕事でもしなきゃ、子どもに食べさせることができないんだよ」

リンジーは、引き際を心得ている。だめならリストの次の名前に進むだけだ。彼女は降参したというように両手を上げてみせた。「お時間をいただいてありがとう、スタークさん。お支払いはすませたわ。じゃあこれで」

ヴェラは言った。「月に三千を五か月間、合計で一万五千ドルを現金で。あたしの手取りの年収より多い。最初の一か月分は前金で」

リンジーは微笑み、ヴェラの目をのぞき込んだ。つらい生活を続けてきた彼女はガードが堅く、頭の回転が速い。静かな声でリンジーは言った。「取引成立ね」

ヴェラも微笑んで言った。「まだあんたの名前も知らないよ」

リンジーが取り出した名刺には、正確な情報はほとんど書かれていなかった。名前はジャッキー・フェイヤール。電話番号はプリペイド式の携帯電話の番号だ。弁護士事務所の所在地は、百ほどの会社が登記しているルイビルの中心地の住所だ。「事務所には電話しないで。そこにいることはめったにないから」

「前金はいつもらえる？」とヴェラは訊いた。

「明日よ。メイン・ストリートのフード・センターで待ち合わせしましょう。青果コーナーの前で、今日と同じ時間に」

「あそこで買い物したことはない。白人が行くところだから」

「たまには行ってみるのもいいんじゃない？　ミーティングは五分ですむわ」

「わかった。どんな情報を探せばいいの？」

「まずは重度の認知症患者の名前ね。ベッドから起き上がれない人たち」

「それなら簡単よ」

## 2

フローラの町の反対側では、リンジーの同僚のレイモンド・ジャンパーという男が、白人労働者が集まる酒場に入り、カウンターの前のスツールに座った。「白人のみ」の看板は撤去されて久しいが、その方針は今も継承されている。黒人にはホンキートンクと呼ばれる安酒場があり、白人にはビアホールがある。この町のナイトライフにおいては、今も人種隔離政策が続いている。ジャンパーはビールを注文し、客の観察を始めた。二人の大柄な若い女性がビリヤードをしている。その一人が標的――ミス・ブリタニー・ボルトンだった。二十二歳、独身、子どもはなし、高卒、現在はここから一時間のところにあるコミュニティ・カレッジの夜間クラスを受講しており、両親と一緒に暮らしている。二年前から彼女はセレニティ・ホームというフローラの施設で働いている。「高齢者向け共同住宅」として宣伝されているが、実体は低級な老人ホームで、運営している会社は、ずさんな経営の長い歴史がある。

　ジャンパーは、二人がビリヤードというゲームをめちゃくちゃにしながらノンストップで笑ってしゃべっているのをしばらく眺めてから、ビールを二本買ってぶらぶら歩いていった。彼は三十二歳、離婚歴あり、ビリヤードにはちょっと自信があった。女性たちにおかわりをすすめ、世間話をしながらさりげなくゲームに入れてもらった。一時間後、彼らはブース席に座ってナチョスを食べ、ピッチャーで頼んだビールを飲んでいた。ここでの支払いは必要経費になる。彼が女性たちに話したストーリーは、次のとおりだった――自分はレキシントンの弁護士事務所に雇われて事故の調査をするためにこの町に二日ほど出張できている。退屈で誰かとおしゃべりがしたい気分だったから、せまくるしいモーテルの部屋を抜け出して最寄りの酒場に来た。二人の女性はどちらも彼を警戒していないようだった。とくにブリタニーは、彼の誘いを待ち受けているように見える。

　彼女の友達のエイプリルには、しつこく電話してくるボーイフレンドがいた。午後九時ごろにようやく彼女は「もう行かなくちゃ」と言って立ち去り、ジャンパーを彼が今夜連れて帰りたいとはまったく思わない、がっしりした体つきの若い女性と二人きりにした。彼が仕事について尋ねると、彼女はとうとうと話し始めた。ひどいところで働いているのよ、老人ホームなんだけどね、と。ジャンパーが非常に興味をそそられた様子で質問を重ねると、アルコールが回ってきたブリタニーは仕事にどれほど嫌気（いやけ）がさしているかについてだらだらと話し続けた――その老人ホームはつねに人手が不足している。なぜなら看護師と経営者を除いて、用務員や調理士、清掃員などのスタッフに最低賃金をわずかに上回る額しか払っていないからだ。放置された入居者がどんな状況に置かれているかは悲惨すぎてあまり話したくない。ほとんどは家族にも忘れ去られていて、同情はするものの、とにかくうんざりしている。自分にはもっと大きな夢がある。大きな病院の看護師になりたい。将来性のある、ちゃんとした仕事がしたい。ケンタッキー州フローラから遠く離れたどこかで。

ジャンパーは、自分は老人ホームにおける高齢者の放置の問題を専門とする弁護士事務所の仕事をよくしているのだと説明してから、彼女が勤めている老人ホームの名前を尋ねた。二人はさらにビールを飲み、店を出る段になると、ジャンパーはこれから長い電話をしなければならないからと言い訳して、電話番号を交換するだけで彼女と別れた。

翌日、彼は職場にいるブリタニーに電話し、話をしたいと言った。仕事が終わったあとでピザの店で落ち合い、彼はディナーを再びおごった。ビールを二杯ほど飲んだところで彼は言った。

「セレニティは中西部で五十の介護施設を所有しているけど、業界での評判は最悪なんだ」

「まったく驚かないわね」と彼女は言った。「あのホームが大嫌いだし、上司たちも大嫌い。同僚のほとんども嫌いだけど、それはたいした問題じゃない。たいていは三か月でいなくなるから」

「その施設は訴えられたことはある?」

「それはわからない。私も働き始めて二年しかたっていないから」。彼女はビアマグを置き、目元を拭った。彼女が泣いていることに気づいてジャンパーは驚いた。「大丈夫?」

彼女は首を横に振り、紙ナプキンで頬を拭いた。彼は誰かに見られていないかと辺りを見回したが、誰も見ていなかった。会話が途切れ、彼は彼女が何か言うのを待った。

「あなた、弁護士事務所で働いていると言ったわね」

「常勤しているわけじゃないけど、コンサルタントとして仕事をしている。主に老人ホーム関連の案件で」

「話を聞いてもらってもいい？」と彼女は言ったが、それは質問ではなかった。「これは誰も知らないけど、みんなに知らせるべきことなの。いい？」

「いいよ」

「私が勤務しているフロアに、女の子の入居者がいるの。私と同じ歳で、二十二だから、女の子とは呼べないんだけど」

「老人ホームに二十二歳の女性が？」

「そうなの。彼女は子どものときに、ひどい自動車事故にあって、四歳のときから脳死状態なの。かろうじて自分で呼吸はできて、栄養チューブで生かされているけど、ずっと前からまったく意識がなくて、体重は百ポンドもない。どんな状態か、想像できると思うけど、本当にかわいそうなのよ。家族は引っ越して、彼女のことは忘れてしまったみたいだけど、無理もないわよね。お見舞いにきたって、彼女は意識がないんだし。目を開けることもできない。それはともかく、私の同僚に、ジェラードという男がいるの。たぶん四十歳くらいで、もう何年も勤めているベテラン。おまるの管理責任者になって喜んでいる負け犬よ。うちの入居者たちのことが大好きで、いつも一緒に遊んだりゲームをしたりしているの。最低賃金で何の手当もない仕事で満足しているなんてどうかと思うけど、それがジェラードなの。もう十五年も勤めていて、あそこが大好きでしかたがないみたい。でも、彼が辞めない理由はほかにあるみたいなの」

間があった。「理由って?」とジャンパーは訊いた。

「セックス」

「セックス? 老人ホームで?」

「意外だろうけど」

「そういう話は聞いたことがある」とジャンパーは言ったが、それは嘘だった。

彼女は新しい紙ナプキンでまた頬を拭き、ビールをひと口飲んだ。「ジェラードは、あの女の子の部屋によくいるの。どうもあやしいと何か月か前に思ったんだけど、彼には何も言わなかった。あそこじゃ誰も信用できないし、みんなクビになるのを恐がっているの。だからあるとき、自分の担当フロアを離れて食堂にお昼を食べにいったんだけど、途中でジェラードとすれ違ったから、嘘をついて、ウエンディーズに行くけど何か欲しいものはあるかって訊いた。彼は何もいらないと言ったわ。十分後に戻ってみたら、女の子がいる部屋のドアに鍵がかかっていた。それはルール違反で、めったにないことなの。でも彼女の部屋は隣の部屋とつながっていて、間にバスルームがある。私は反対側のドアの鍵を開けたままにしておいたんだけど、ジェラードはチェックしなかったみたい。だからバスルームのドアからのぞいてみたら、あいつ、女の子の上にまたがって、レイプしていたのよ。私は悲鳴をあげようとしたけど、声が出なかった。何か武器になるものを見つけて彼に殴りかかろうと思ったけど、動けなかった。そこから離れたのも覚えていないし、何も覚えていないんだけど、気がついたら女子トイレにいて、トイレに座っていた。泣きやむことができなかった。もう、ぐちゃぐちゃだった。吐きそうだった。何も考えられなかった。泣くことしかできなかったの」

彼女はまた涙を拭った。

「その日は、なんとかあのヘンタイと顔を合わせずに過ごした。女の子の様子をみにいって、体を洗ってあげた。今も毎日そうしているわ。彼女の膣を綿棒で拭ったから、彼が残したものの検体がとれたと思う。それは今も持っているの。かわいそうに、あの子はそこに寝ているだけで、何にもできない。このことを誰かに話したかったの。私の両親に話そうかとも思ったけど、話しても何かできるわけじゃないし、どうすればいいかもわからないと思う。弁護士に相談することも考えたけど、あの人たち、何か恐くて。自分が法廷で証人席に座って、弁護士に怒鳴られて、嘘つき呼ばわりされるなんて、想像できない。だからしばらくは何もしなかった。あるときはマネージャーのオフィスに行って何もかも話そうかと思ったけど、私、あの女が耐えられないの。いつでも会社を守ろうとするから、信用できない。一週間後にまたジェラードが女の子の部屋に入っていくのを見たから、つけていったの。彼に指を突きつけて、『その子に手を出さないで』と言ってやった。子犬みたいに震え上がって逃げていったわ。臆病なやつなのよ。とにかく、それから時間がたって、今こうやってあなたに話している」

レイモンド・ジャンパーはこの悲劇的な話に興味をかき立てられていたが、戸惑ってもいた。想定外の展開だ。彼はリンジー・ウィートとワシントンDCに拠点を置く彼女の謎めいた会社に雇われ、従業員を買収して、入居者に関する秘密情報と、可能であれば、薬物を手に入れようとしていた。ブリタニー・ボルトンは、彼らが最初に接触したセレニティ・ホームの従業員だった。ところが今、ブリタニーは彼に大きな秘密を打ち明けている。筋書きから外れた出来事に、彼は面食らっていた。「話はそこで終わり?」と訊いた。

「じつは、最近明らかになったことがあるの」とブリタニーは言った。「その女の子、妊娠しているのよ。十八年前から脳死状態で、チューブにつながれて生かされてきた彼女が、今、妊娠している」

「それは確かなの?」

「ほぼ確実よ。私は毎日彼女の体を拭いているんだけど、たぶん、妊娠六か月くらいだと思う。他には誰も知らない。彼女が出産したら、簡単なDNA検査で犯人はジェラードだとわかるはず。彼女の同意があったはずはないから、会社が払う賠償金は……」

「数百万ドル」

「私もそう思った。数百万ドル。そして彼は刑務所に入れられる、そうよね?」

「そうだろうね。おそらく、かなり長い間」

「あの男、ほんとにぞっとする」

「会社は保険に加入しているから、すばやく静かに決着をつけるだろうね」とジャンパーはビールを飲みながら言った。「すごい訴訟になるな」

「勝ちは決定ね。私、老人ホームでの虐待について、オンラインで何千件も調べたの。それで何がわかったと思う、レイモンド?」

「何かな?」

「これほど確実なケースは他になかった。そして、私が鍵を握っている。だから分け前が欲しいの。私は目撃者で、彼の精液を持っている。それよりも何よりも、私はこの仕事とこの町から抜け出したいの。私に陰部を触らせたがる九十歳の男の体を拭くのはもうたくさん。老人の垂れ下がった皮膚も、もう見たくないのよ、レイモンド。おまるも、床ずれも、家族にも見捨てられて何の楽しみもない人たちを励ますのも、もうたくさん。抜け出したいの。そして、これが脱出のためのチケットになる」

ジャンパーはうなずき、すでに乗り気になっていた。「わかった。それで、どんな計画を立てたの？」

「計画はまだないけど、どこかの弁護士が、私の情報を買ってくれると思う。あなたを雇っている弁護士たちはどう？」

そんな人たちは存在しない、とジャンパーは思った。「ああ、きっと飛びついてくると思うよ。事実がそろっていれば、だけど」

「事実？　私を疑っているの？」

「いや、でも妊娠はまだ確認されていない。ジェラードのＤＮＡも検査していない」

「事実はそろっているわ、レイモンド。私を信じて。私は告発者のようなものだと思う。自分が持っている情報を売ろうとしている内通者よ。それって、間違っていると思う、レイモンド？」

「間違っていないと僕は思う」

二人ともピザをかじり、頭を整理しようとした。さまざまな問題があり、シナリオがあり、未知の要素がある。大きな賭けになるだろう。ジャンパーはピザをビールで流し込み、シャツの袖で口元を拭ってから言った。「これは何か月も何年もかかるかもしれない。僕は協力するよ。でも今はもっと急を要する仕事がある。僕を雇っている弁護士たちは、セレニティの情報を必要としているんだ」

「どんな情報？」

「今はまだはっきりしていないんだけど、彼らは重度の認知症患者に関する情報を求めている。寝たきりの気の毒な人たち。遠くへ行ってしまって、もう戻ってこない人たち。俗になんと呼ばれているんだっけ？」

「〝ノンレス〟とか〝植物(ベジ)〟とか、無反応(ノンレスポンシブ)の人たちは、いろんなニックネームで呼ばれている。何と呼ばれても本人は気にしないから」

「そんな人がセレニティにもいる？」

「そんな人たちでいっぱいよ」

「その人たちの名前を教えてもらうことはできるかな？」

「それは簡単よ。知っている人も多いし。今は入居者の数が百二十三人に減って、ほとんどの人の名前を言えるわ」

「どうして減ったの？」

「バタバタ死んでいくからよ、レイモンド。そういうところなの。でもすぐまた満員になるわ。ああ、早く逃げたい」

「重度の認知症の人は？」

「たくさんいるし、どんどん増えている。私のフロアは十九人の入居者がいるんだけど、そのうちの七人は、もう何年も言葉を発していない。チューブで栄養を与えられているの」

「チューブには何が入っているの？」

「どろどろした液体。お年寄りのミルクね。毎日四回、合計で二千キロカロリーくらい供給しているの。たいていは食事に薬を混ぜてあげている」

「その人たちに投与されている薬のリストを手に入れるのは大変かな？」

「これって違法なの、レイモンド？　私に違法なことをさせようとしている？」

「もちろん違うよ。入居者がどんな薬を投与されているかを君が知っていて、ビールを飲みながら僕に話したとしても、法律を破ることにはならない。でもファイルをコピーして僕に渡したら、面倒なことになるかもしれない」

「その情報を使って何をしようとしているの？」

「いずれは法廷に持ち込むけど、訴訟に君がかかわることはないよ」

「情報と引き換えに報酬はもらえるの？」

「ああ。これから数か月、毎月二千ドルずつ現金で払う」

「時給十ドルで私が稼いでいる額より多いわ」

「引き受けてもらえる？」

「そうね、たぶん。でも私が面倒に巻き込まれることはないって約束できる？」

「何も約束できないよ、ブリタニー。でも君が慎重に動けば大丈夫だ。セキュリティは厳しい？」

「冗談でしょ？　入居者がスタッフにレイプされているのよ。明日、薬局に行って好きなものを持ち出しても、誰も気づかないわ。まあ、人が欲しがるような薬はないからだけど、マネージャーがドアをロックすることも忘れていることが多いし。警備員は一人だけで、それも認知症患者として施設に入っていてもおかしくないような年寄りだし。そうよ、レイモンド、セレニティでは、セキュリティは優先事項じゃないわ。セキュリティにはお金がかかるし、あの会社が考えるのは利益のことだけだから」

ジャンパーは彼女の話を楽しんでいた。彼がピザの上から手を差し出した手を彼女が握り、二人は握手を交わした。

## 3

グリン・バレーは、バークリー・ケイヴという企業が所有する九十の老人ホームの一つで、その企業もまたノーザン・ヴァージャーという企業が所有していた。その上にさらに、複数の州にまたがって、いくつもの企業が層になっている。ありがたいことに、二年前に連邦政府によって行われた調査により、意図的に複雑にした所有構造の中心にいるのは、フロリダ州コーラルゲーブルズの投資家グループだということがわかっている。彼らはフィッシュバック・インベストメンツというダミー会社を通して、二十七の州に散らばった二百八十五の老人ホームを所有し、運営している。あからさまに私利私欲を追求する会社で、財務データをどこまで公開するかをめぐって規制当局との争いが絶えない。データの改ざんで何度も捕まっているが、そのたびに適当な会計士補に責任を押しつけ、金をつかませて解雇している。コンプライアンス実績は惨憺たるものだ。傘下にある施設は、全国で最も重大な違反行為を重ねており、訴訟は日常茶飯だった。

さらにひどいのがセレニティ・ホームのチェーンで、こちらもバハマ諸島に拠点を置くいかがわしいグループが所有し、島には行ったこともない投資家たちによって運営されている。親会社のグラッタン・ヘルスシステムズは十五の州で三百二の老人ホームを運営している。収益を見る限りでは、経営状態は上々のようだ。『フォーブス』誌のかなり手厳しい記事によれば、グラッタンの昨年度の総収益は三十億ドル以上で、税引き後の純益は十一パーセントだった。この会社は、営業しているすべての州で、粗悪な設備、三流の医療、不十分な職員数など多数の深刻な問題を起こし続け、槍玉に挙げられている。訴訟もひっきりなしで、法曹界の情報誌に掲載された記事によれば、グラッタンの施設をつけねらい、提訴することに専念している全国的な法律事務所が二つある。グラッタンは訴訟をいつでも目立たないよう速やかに示談で解決していたが、ケアの質を改善する努力はほとんどしていない。入居者は高齢で能力が限られているため、賠償金はさほど多額ではない。取材された弁護士の次のような言葉が引用されている。「われわれの依頼人のほとんどは体力的にも精神的にも大変な訴訟に耐えられないことをグラッタンは承知しています。彼らは決して法廷には近づかず、必ず示談で解決します」

記事では、グラッタン側のコメントは得られていなかったが、それが会社の方針のようだ。記事によって描き出されたのは、サウス・セントラル・ヒューストンにある高層ビルの最上階に身を潜めるうちにミイラ化した組織の姿だった。

リンジー・ウィートはグラッタンを訴え続けている二つの弁護士事務所の両方に話を聞きにいったが、有益な情報はひとつも得られなかった。どちらの事務所も、提供できる情報が少ないのは、長年にわたって訴訟を繰り返しても開示された情報はほとんどないからだと認めた。リンジーは認知症患者に処方されている薬物の名前を知りたいと言ったが、どちらの事務所でも拒否された。賠償金と引き換えに弁護士事務所はいくつもの秘密保持契約を結ばされているため、入居者の情報はグラッタンによって守り続けられているのだ。

## 4

ヴェラ・スタークとブリタニー・ボルトンの二人の配役に成功し、計画はシナリオどおりに進んでいた。ただひとつの予想外の展開はレイプの訴えで、リンジーとレイモンドはこの問題をどう扱うべきか考えあぐねていた。

偽装のため、リンジーはフローラから北へ一時間行ったところにあるレキシントンの郊外で、まったく特徴のない小さな家を借りていた。書斎に折りたたみのテーブルを並べ、壁に地図を貼って、司令室として使っている。一番大きな地図はケンタッキー州の高速道路網の拡大図で、州のあちこちに色つきの画鋲（がびょう）が刺してある。州内にフィッシュバック・インベストメンツの施設は十三か所、グラッタンは十九か所ある。

最初の二人の情報提供者が結果を出せば、リンジーはチームを連れて他の町に移動する必要がなくなるかもしれない。だがヴェラとブリタニーがおじけづいたら、あるいは、何かしらの理由で挫折したら、また場所を選ぶところから始めなければならない。これまでのところ、ヴェラは十八人の認知症患者の名前を提供していた。寝たきりになり、栄養チューブを挿入され、まったく無反応になっている患者たちだ。現在、フローラのグリン・バレーには百四十人の入居者がいる。セレニティも同程度の規模で、そこにいるブリタニーは二十四人の患者を特定していた。

リンジーの下で働くエキスパートたちは、どちらの会社も、ケンタッキー州内の施設にいる無反応患者の割合は全体の二十五パーセント程度だろうと予測していた。また、彼女が法的な問題について相談しているアドバイザーは、レイプ事件をあらゆる角度から検討した末に、明白な結論に達していた——これは大規模な訴訟であり、負けるのは難しいが、扱うのも難しいだろう。レイプ犠牲者の家族が提訴する必要があり、無秩序で混沌とした訴訟になる。大金によって被害者家族の悪感情はかなり和らげられるかもしれないが、非常に手がかかる訴訟であることに違いはない。さらには、望まれていない赤ちゃんの問題もある。被害者の家族や親戚の中に安定した結婚生活を送っている夫婦は一組もいないため、醜い内輪もめが勃発する可能性が高い。

しかし、少なくともリンジー・ウィートと彼女が率いるプロジェクトにとっては、どれもあまり重要な問題ではなかった。彼女にとっての優先事項はヴェラ・スタークおよびブリタニー・ボルトンと信頼関係を築き、なんとかして問題の薬物を入手することだ。ラボはその到着を待っている。

リンジーは一月の寒い土曜日の朝にフローラのメイン・ストリートの外れにあるコインランドリーでヴェラと会った。混んでいたため、そこで話をすることはできなかった。ヴェラは折りたたんだ黄色い紙をリンジーにさっと渡し、「四人分よ」と言った。

リンジーは、証拠が残るメールでは連絡しないでと釘を刺していた。電話は待ち合わせのセッティングだけに使う。

彼女はヴェラに礼を言い、フローラをあとにして、車でハロズバーグという小さな町に移動した。午前十時ちょうどにレイモンド・ジャンパーがオムレツ・ショップに入ってきて彼女の向かいの席に腰を下ろした。ウェイトレスがコーヒーを注ぎ、二人はメニューを眺めた。

五十代はじめの魅力的な黒人女性が三十代はじめのハンサムな白人男性と同席している。それは何の問題もないはずのことだし、実際、問題はなかった。でもいつもより他人の視線を感じるのはなぜだろう？　二人とも地元民の目は気にしないことにした。

レイモンドは言った。「ヴェラとは何か進展はありましたか？」

リンジーはメニューをテーブルに置いて言った。「新たに名前が四つ。そっちは？」

「三つ増えて、二十四になりました。ブリタニーはこれで全部じゃないかと思うと言っていました。きのうの夜、バーで彼女と会いました。彼女はビールとナチョスとピザが大好きなんです」

「ヴェラは、薬局を襲撃する心の準備がまだできていないと思う。ブリタニーはどう？」

「それについては話し合いました。彼女は日常的に栄養チューブを扱っているけど、栄養剤と薬は別の人が準備するそうです。その二つを混ぜてシリンジに入れたものを渡されて、彼女がそれを栄養チューブに挿入する。薬は見たことがないけど、液体のものと、錠剤を砕いたものと、カプセルを開いて中身を出したものがあるんじゃないかと言っていました。薬局のセキュリティは厳重ではないから中に入るのはかまわないけど、そこで何を探せばいいのかはわからないと言っていました」

「やってみる気はあるの？」

「わかりません。そのことについて話したら、口頭で患者の名前を教えることと、薬を盗むのとは別物だから、彼女は迷っています。もちろん、彼女は訴訟の話に夢中になっています。僕は適当に話を合わせて、彼女の準備ができたらいつでも弁護士に相談すると言っておきました」

「訴訟のことであなたがブリタニーの相談に乗っているのは、とてもいいと思うわ。信頼と親近感が生まれるから。でもそれは彼女の訴訟ではないと注意しておいて。最重要証人にはなるかもしれないけど、彼女に大金を受け取る権利はないから」

「彼女はいろんなものを読みまくっているんですけど、どこかで読んだらしいんです。告発者が和解金の二十パーセントを受け取ることもあるって。そんな話、聞いたことがありますか?」

「ケースバイケースで、報奨金には大きな幅があるわ。彼女には、その話を続けさせておいて。それから、中身が入ったシリンジを持ち出すのが大変かどうかも聞いておいて。私たちのほうで、栄養剤と水分だけで薬が入っていないものを用意するわ。彼女がそれとすり替えて患者に投与すれば、問題はないはず。うちのラボの検査技師たちは、それで薬を特定できるはずだと言っているわ」

「どんな薬が入っているんですか?」

「あなた、時間はある? 長いリストになるわよ。高血圧のための利尿剤やベータブロッカー。床ずれや感染症を予防する抗生物質——寝たきりの高齢者は床ずれになりやすいし、命にかかわることもあるの。皮膚の健康を維持して床ずれと闘うためのプロテインのサプリメント。メトホルミンか、他に百種類くらいはある糖尿病治療薬。血栓予防のためのワルファリン。甲状腺の薬。認知症治療薬のアリセプト。抗鬱剤。まだまだたくさんある」

「何年も昏睡状態なのに抗鬱剤を投与されているの?」

「よくあることよ。メディケイドとメディケアに承認されているから」

「老人ホームは、薬を売る商売をしているんですか?」

「それはちょっと違う。医薬品とその価格は厳しく規制されているから。でも承認された薬は、使用される可能性が高い」

ウェイトレスがようやくやってきてコーヒーを注いだ。リンジーはオムレツを注文し、レイモンドはパンケーキを頼んだ。ウェイトレスが立ち去るのを待って彼は言った。「きのうの夜、ブリタニーは興味深いことを言っていました。彼女が〝ノンレス〟と呼んでいる無反応の患者が、あの施設では最高のケアを受けているそうです。毎日時間どおりに栄養を与えられ、最高の薬を投与されている。ベッドは清潔に保たれているし、スタッフは気を配っている。他の患者のケアはかなりずさんで、虐待さえあるのに、ノンレスは違う」

「その人たちのほうが、価値が高いからよ」とリンジーは言った。「長生きすればするほど、入ってくるお金が多くなる」。レイモンド・ジャンパーはただのフリーランスの調査員で、ネルソン・カーの名前を聞いたこともなければ、今回の作戦の裏に誰がいるかについても、まったく知らされていなかった。彼は時給百ドルで仕事を請け負っているだけで、よけいな詮索はしないほうがいいと承知していた。

リンジーは言った。「ブリタニーにシリンジをすり替えてもらいたいの。未使用のものを一本持ち出してもらえないか、訊いてみて。そうすればメーカーと型を確認して、彼女に新しいものを持って帰ってもらうから。それは犯罪ではないわ。それから栄養剤の名前を調べられないか、訊いてみて。私たちのほうでシリンジに入れて彼女に渡して、本物と交換してもらう。彼女にすり替えてもらうの。誰かに気づかれることはないと思うわ」

ジャンパーは顔をしかめて首を振った。「どうかな、ちょっと時間がかかるかもしれない。彼女はまだ心の準備ができていないから。そちらの女性はどうですか？」

「彼女も準備ができていないわ。ブリタニーのほうが、見込みが高いと思う」

「では、僕がなんとかします。彼女と寝ることになるかもしれないけど、なんとかしますよ」

「頼んだわよ」

ジャンパーの携帯電話が振動し、彼はポケットから引っ張り出した。リンジーも自分の電話を手にとり、二人とも十分ほどメールに返信していた。料理が運ばれてきてようやく二人は電話を置き、ジャンパーが言った。「質問していいですか？」

「いいわよ」

「どうして老人ホームをハッキングして欲しい情報を手に入れないんですか？　セキュリティはゆるいし、まともなハッカーなら一晩でできる仕事です。僕の友達にも何人かいますよ」

「理由は単純。違法だからよ」と言ってから、リンジーは思った。善人ぶったことを言ったものの、実際にはハッキングをしたことはあるし、これからもするだろう。彼女たちが使っているハッカーが破れなかったセキュリティはない。しかし、ハッキングをしない本当の理由は、彼女たちが探している謎の薬の名前が患者の記録に記されているとは思えないからだ。

# 第八章――「潜入」

## 1

三月初旬の暖かい風が吹く日、ブルースは自分のデスクでコーヒーを楽しみながら、店に届いた郵便物を開けていた。書店を始めてから二十四年近くたった今も、毎日自分でしていることだ。彼は週三回届くたくさんの新刊書の箱も自分で開けないと気がすまない。印刷されたばかりの本の匂いや手ざわりが大好きで、一冊一冊を置く最適の場所を見つけることが何よりも楽しかった。売れなかった本は定期的に箱に詰めて出版社に送り返していたが、こちらは敗北感を味わわされる憂鬱な作業だった。

郵便物の中に淡いレモンイエローのシンプルな封筒があった。宛先の住所はサンタ・ローザのメイン・ストリート、ベイ・ブックス。ラベルにすべて大文字でタイプされている。差出人の住所はない。消印はテキサス州アマリロ。一見したところではただの迷惑郵便物で、ブルースはもう少しでゴミ箱に捨てそうになったが、開けてみると、無地の黄色い紙にタイプライターで文面が打ってあった――

この件について私が最後に話した人間はネルソンでした。彼がどうなったかは、ご承知のとおりです。私たちは話し合うべきだと思いますが、いかがでしょうか。

手紙に添付された黄色いインデックスカードにもメッセージがあった――クレイジー・ゴーストという匿名のチャットルームがあります。料金は月二十ドル、クレジットカード払い。私のアドレスは〈3838Bevel〉。

ブルースは手紙とカードをデスクに置き、二階のカフェへ行ってコーヒーカップをすすいだ。カップを拭き、またコーヒーを注いで、窓の外の景色を眺めた。店は無人だから、話し相手はいない。オフィスに戻った。オンラインで探してみても何も見つからず、レジ係のところへ行ってサイトについて質問した。パートタイムで働いているタトゥーを入れた二十歳の若者は、三分もたたないうちに画面から目を上げて言った。「ちゃんとしたやつみたいですよ。海外のプライベートト・チャットルームの一つですね。シンガポールかウクライナだと思います。こういうの、たくさんあるんですよ。入力したメッセージは五分から十五分で消去される。料金は月二十ドル」

「君ならそれを使う？」とブルースは尋ねた。

「給料が安すぎて僕は無理ですよ」

「ハハハ。聞きたいのは、プライバシーを完全に守りたいときは、どうするかということだけど」

「手話を使いますね。まじめな話、インターネットにプライバシーはないと思っているから、どうでもいいことしか書きません。テキスト・メッセージなら、もうちょっとプライバシーがあると思いますけど」

「でも君なら、このサイトを使うことに不安はないということ？」

「たぶんね。またマネーローンダリングをやっているんですか？」

「ハハハ」。二十歳の若造にこんな口の利き方をされるとは。敬意がゼロだ。

ブルースはサイトへ行き、クレジットカードで支払いをして、〈3838Bevel〉に挨拶した。


**こちらベイ・ブックス。誰かいるか？　メッセージは受け取った。〈050BartStarr〉。**

十五分たっても応答がなく、ブルースのメッセージは消去された。三十分後にもう一度やってみたが、結果は同じだった。仕事に集中することができなくなり、ブルースは初版本の部屋をうろうろして忙しくしているふりをした。三度目に返信が来た。


**こちらベヴル。フォークナーの最後の長編小説は？**

**自動車泥棒。**

**ヘミングウェイは？**

**老人と海。**

スタイロンは?
ソフィーの選択。
ネルソンの最後の作品は、他のタイトルがあった?
知らない。
『パルス』はいいタイトルだと思う。
小説もけっこういい。このサイトは、どれくらいリスクがある?
コンピューターには詳しい?
いや、僕は原始人だ。
ここは安全だけど、あなたは悪い連中に目をつけられていると思ったほうがいい。
ネルソンをやったやつら?
そう。何も文章に書かないで。電話も盗聴されているつもりで。
ものものしいな。
相手が物騒だから。ネルソンを見ればわかる。今日はこれで。また明日の午後二時に。

ブルースが画面をじっと見つめていると、入力した文字がすべて消えた。永遠に消えたのだと気づき、あわてて覚えていることをメモした。彼は店を出て、歩いてワイン・バーへ行き、炭酸水を注文してから雑誌を読んでいるふりをした。ノエルにはしばらく話さないでおこうと彼は心に決めた。これはネルソン・ミステリーの中の重要な瞬間になるかもしれないし、そうではないかもしれない。

いや、重要に違いない。

翌日の二度目のやりとりでは、あまり進展はなかった。ブルースは質問した——


どうして手紙を？

話がしたいけど、話しても大丈夫か、わからないから。

ネルソンのこと？

そういうこと。

話をしたいなら、話をしよう。これは探り合いをしているだけだ。

そのほうが安全だと思う。

誰が彼を殺したか、知っているのか？

見当はついている。

どうして誰かに話さない？

そのほうが安全だから。間違いない。また死体が出た。

誰が死んだか、きいてほしいのか？

ケンタッキーの若い女性。

どう反応すればいいのかわからない。

もう終わりにしよう。また明日同じ時間に。

ブルースはこのやりとりを印刷しようとしたが、印刷できないサイトだとわかり、急いでやりとりを書き写した。

翌日、ベヴルは現れなかった。その次の日も同じだった。心配させたくないので、ノエルには話さなかった。

## 2

二日後、ブルースはワシントン・ダレス空港へ飛び、空港の近くのホテルの部屋へ行った。三時間後に車で到着したニック・サットンは、女の子を連れていた。ニックは一人で来るとブルースは思っていたが、彼女は邪魔をしないし、近くに家族がいるからと言ってニックは彼を安心させた。

ベニスの大学での一学期をのんびり過ごしたニックは、ウェイクフォレスト大学での最後の数週間をぼんやりと過ごしているところだった。卒業を間近に控えて、気分は落ち込み気味だという。ブルースはあまり同情する気になれず、そろそろ腰を上げてちゃんとした仕事を探せとはっぱをかけていた。夏休みのあいだは書店のアルバイトをして、犯罪小説を読んだりビーチで女の子を追いかけたりして過ごす暮らしはもう卒業したほうがいい。ニックはフィクションを書くことを本業にしたいと思っていた。それも昔ながらの作家みたいに、多額の印税の前払い金(アドバンス)をもらって、一日数ページのゆったりしたペースで執筆をしながら、長い昼休みをとって酒をたっぷり飲むような生活がしたい。彼の夢はヘミングウェイやフォークナーやフィッツジェラルドのように若いうちに有名になり、放蕩にふけることだったが、文学的野心はひとまず置いて、売れるミステリーを書こうと計画していた。ニックには才能があるとブルースは思っていたが、彼の勤労意欲の低さについては今から心配だった。

二人はすぐにホテルのバーに行ってサンドイッチを注文した。女の子は連れてこなかった。ブルースは、ほとんど進展のない州の捜査の状況をかいつまんで話し、アルファ・ノース・ソリューションズの協力を得て犯罪を解決するために自分が払った努力について説明した。ニックは、警察が失敗のうちに終えようとしている捜査を前に進めるために秘密主義のセキュリティ会社を雇ったのはすばらしい考えだと言った。

ブルースがニックと話をしようと思ったのは、これまでのところ、彼の直観がほぼ百パーセント当たっていたからだ。それに、彼はまだ二十一歳で、ブルースよりはるかに現代テクノロジーに通じている。

ブルースは〈3838Bevel〉との二回のやりとりを書き起こしたメモを見せた。

「これは大きな前進ですね」と言って、ニックは満足そうに微笑んだ。「僕たちが探していたのは、この男ですよ。すべてを知っていて、ネルソンとコンタクトをとって情報を流した男です。すばらしい」

「でも彼はまた沈黙してしまった。どうすればまた接触できると思う？」

「金ですよ。彼のそもそもの動機は金だったんですから。小説はいくらで売れたんですか？」

「三十万」

「その数字は報道されましたか？」

「いや、でも小説が売れたことは報道された。ベヴルは出版契約が結ばれたことを当然知っているはずだ」

「そしてベヴルは、ネルソンが約束した分け前が欲しいと思っている。だから、このまま消え去ることはないけど、こちらに近づきすぎるのも恐くてびくびくしているんでしょうね」

「じゃあ、こっちはどうしたらいいと思う？」

「待ちましょう。彼がコンタクトをとってきます。彼のほうがあなたを必要としているんですから。あなたの目的は、ネルソンの殺人事件を解決することです。失敗しても、この先の人生が変わることはありません。ネルソンは家族でもなかったわけだし。でもベヴルのほうは、ネルソンが約束した金を欲しがっている。それを手に入れれば、彼の人生は大きく変わります」

## 3

金曜日の朝九時ちょうどに、ブルースとニックは、アルファ・ノース・ソリューションズが身を潜めている名前のないピカピカの高層ビルに入っていった。エレベーターの前で待っていたリンジー・ウィートに、ブルースはニックを紹介した。ニックの色褪せたジーンズと履きつぶしたスニーカー、カラフルなTシャツ、ぼろぼろの肘当てがついた大きすぎるスポーツジャケットという格好を見て、リンジーはちょっと驚いたようだった。

「ニックはネルソンの友達で、遺体を発見したときに僕と一緒にいたんだ」とブルースは言い訳がましく言ったが、実際には、彼女がニックをどう思おうがかまわないと思っていた。彼女を雇っているのは自分なのだ。

二人はリンジーのあとについて彼女のオフィスに入った。ニックは興味津々で部屋を見回していたが、見るべきものはほとんどなかった。このオフィスを手がけたインテリアデザイナーは、色や温もりのまったくない空間を作るよう指示されたようだ。

彼らは小さな会議テーブルを囲み、コーヒーの準備をした。ブルースは雑談する気はなかったので、卒業後はどうするのかとリンジーがニックに質問したところで話を切り出した。「前置きは省略しよう。報告があるんだよね。さっそく始めよう」

彼女は微笑んだ。「そうしましょう」。そしてファイルを手に取り、読書用眼鏡を調節してから話し始めた。「私たちはケンタッキー州の田舎にある三つの老人ホームに潜入したの。一つはフィッシュバック、一つはグラッタン、一つはパック・ライン・リタイアメントが所有している。ご存知のとおり、フィッシュバックとグラッタンは私企業で、目も当てられないくらいひどいコンプライアンス違反を続けている。株式公開企業の中で最悪なのはパック・ラインで、これについては後ほど詳しくお話しします。私たちが最初に行ったのはケンタッキー州フローラ、人口三千の田舎町で、すぐに従業員二人のリクルートに成功した。一人目のヴェラ・スタークは、グリン・バレーというフィッシュバックの施設に勤めている。私は自分でヴェラにアプローチして、ゆっくりと引き入れたの。彼女は重度の認知症患者の名前を提供してくれた。無反応の患者で、スタッフには〝ノンレス〟と呼ばれているらしいわ。他にもひどい呼び名をいくつか教わった。患者の名前をもらったあと、彼女を説得して、患者にチューブで与えられている栄養剤や薬の種類を調べてもらうことになった。そこのホームは慢性的に人手不足だから、ヴェラは患者に栄養剤を投与する仕事を進んで引き受けるようになった。彼女がそれをしても、不自然ではないみたい。シリンジは、薬局で充塡されて勤務中のスタッフに渡されるのが普通だけど、セキュリティは厳しくない。ルールや手順が守られるとは限らない。彼女は新しいシリンジを持ち出して、私のところに持ってきた。私は同じシリンジを一箱注文した。そのシリンジに同じ栄養剤を入れて、ヴェラに渡して、本物とすり替えてもらうように頼んだの。二週間かけて、彼女は四人のノンレスに投与されるはずだった三ダースのシリンジをすり替えてくれたから、私たちは十分な数のサンプルを分析できた。結論を言うと、患者に投与されているものにあやしいものはなかった。グリン・バレーではね。ヴェラが知る限りでは、薬は栄養剤と一緒に、毎日三回か四回、投与される。彼女は、ノンレスは他の患者よりずっと手厚い介護を受けていると教えてくれた。十分なカロリーと水分、清潔なベッド、一時間に一回は体位を変える。そうやって生かしているわけ。

同じころに、私の同僚のジャンパーという男性は、セレニティ・ホームというところで用務員として勤めているブリタニー・ボルトンという若い女性にアプローチしたの。町の反対側にあるグラッタンの施設よ。ブリタニーの物語のほうが、はるかに複雑だった。彼女は虐待の訴訟の最重要証人になる計画を立てていたの。同僚の一人が、長いあいだ脳死状態の若い女性をレイプするところを目撃したのよ。ブリタニーはその女性が妊娠していると主張していて、おそらくそれは事実だと思う。ブリタニーも同じようにシリンジのすり替えをやって、七人の患者から四十以上のサンプルを持ってきてくれた。ここワシントンDCにいるうちの検査技師が分析した結果、患者に投与されているのは栄養剤と薬を混ぜ合わせたもので、血圧、糖尿病、認知症の薬、血栓を溶かす薬、血液を薄くする薬、血液を濃くする薬、そんな薬が勢ぞろいで、それにビタミン剤が加えられていた。それから、特定できないものが一つ見つかったの。食べ物でもビタミン剤でもない、謎の物質。ブリタニーがセレニティから持ち出した四十以上のサンプルのすべてにそれが入っていたの。うちの科学者たちは次々といろんな検査をしたけど、わからなかった。そこでジャンパーがまたブリタニーのところに行って、もっと情報を得るために薬局の中に入る必要があると言ったの。

これにはしばらく時間がかかると思って、私たちは三つ目の施設に進んだ。パック・ライン・リタイアメントという老人ホームで、フローラから一時間くらいのさらに辺鄙なところにある。私は二十歳の新婚で子どもがいる男性に接近した。パック・ラインは株式公開企業だから賃金水準が他より少しはましだけど、彼は時給十三ドルで働いている。お金が必要だから、私たちの仕事を引き受けてくれた。そして、五人のノンレスからサンプルを持ってきてくれたけど、どれも問題はなかった。あやしいものはなかったわ。

ブリタニーに話を戻すと、彼女はシフトを増やして、夜遅くまで現場にいられるようにした。私たちはこれまでにラボが特定した薬やビタミン剤のリストを渡して、彼女はそれを暗記したの。ほとんどの薬は、彼女がすでに知っているものだった。誰にもあやしまれることなく彼女は薬局に出入りするようになって、市販のアスピリンとか、せき止めドロップとか、バンドエイドとか、そういうものは持って出ても誰にもとがめられないと気づいたの。そして、人手不足の問題があるから、自分も栄養チューブのための栄養剤や薬を扱えるように勉強したいと彼女は上司に申し出た。しばらくして彼女はビタミンE3というものの瓶を持ち出すことに成功したの。よく見るようなカプセルに入っていて、一般的なサプリメントに見える。あなたがビタミンに詳しいかどうかはわからないけど、E3というビタミンは存在しない。だからこれはあやしいということで、うちのラボでありとあらゆる検査をした。結論を言うと、それはフラクサシルという誰も知らない薬物で、市場に出ていないものだった。それを承認しているところは一つもない。なぜなら、誰も承認を得ようとしなかったから。話によると、二十年前に中国の研究所で偶然作り出された何かの副産物で、中国国内で少数の人間がモルモットになって試験が行われた。でも、その薬は嘔吐や失明を引き起こすことがわかって、すぐに放棄されたの」

「いくら製薬会社でも、そんなものを宣伝するのは難しいだろうからね」とブルースは言ったが、誰も笑わなかった。

「どうやら製造するのは簡単な薬で、受注生産しているらしいの」

「それで、どんな効果がある薬なの？」とブルースは尋ねた。

「心臓がなんとか動き続けるようにするの。ほとんど脳死状態になっている人に限っての話だけど。薬は延髄に作用する。それは脳幹の下半分の脊髄とつながっている部分で、呼吸とか、心拍とか、嚥下(えんげ)機能とか、血圧とか、身体の不随意機能を制御している。かなり重要な部分ね」

ニックが言った。「嘔吐を引き起こすという副作用の説明はつきますね」

「そうね」

「そして、患者が失明していても誰にもわからない。患者は目も開けられないからね」とブルースが付け足した。

「そのとおり」

ニックは言った。「じゃあ、ネルソンは確かな情報をつかんでいたわけですね」

「それは確かね。彼はこの薬のことを知っていたし、その存在を知る唯一の方法は、情報提供者、グラッタンと深い結びつきがある人間から情報を得ることよ」

「やっぱりね」とニックは小声で言い、満足げな笑みをブルースに投げた。ブルースは力なく首を横に振った。

「それで、ブリタニーに何があったの?」とブルースは尋ねた。

リンジーはゆっくりとコーヒーを飲みながらブルースの顔を見た。「何があったか、知ってるの?」

「ああ、知ってる。問題は、君が僕に話すつもりだったかどうかだ」

「ええ、話すつもりだったわ。彼女は死んだ」

「オピオイド系鎮痛剤の過剰摂取だった、ケンタッキーの新聞によれば。それは信じる?」

「いいえ、信じられないわね。かなりややこしいことになってしまって、事件はまだ終わっていない。私たちの仕事は終わったけど、事態はますます複雑になってきた。どうやら薬局にはブリタニーが気づいていなかった監視カメラがあったらしいの。彼女はビタミンE3と一緒に他の医薬品も持ち出していた。鎮痛剤だったかもしれないし、そうではなかったかもしれない。私たちには確かめようがないの。薬局には強いドラッグも置いてあったけど、普段は鍵をかけて保管してある。ブリタニーがオピオイドを持ち出していたとしたら、私たちは知らなかった。施設内にはいくつかのカメラが設置してあるけど、映像を見ている人はほとんどいない。彼女の同僚にジェラードという男がいて、かなりの曲者なんだけど、彼がカメラにアクセスしていて、ブリタニーが急に薬局に関心を持つようになったことに気づいたようなの。目ざとい男なのよ。そして、いつか彼女を脅迫するのに使えるだろうと、映像を保存していたのね。彼とブリタニーは、いがみ合っていた。それから少したったときに、ブリタニーは彼が妊娠した患者と二人で部屋にいるところを目撃して、二人は大喧嘩をした。彼が女の子を妊娠させたのはわかっているし、弁護士に話すつもりだと彼女は言った。彼のほうは、彼女が薬を盗んでいるのを知っているし、証拠のビデオもあると言った。それで、彼はビデオを局長に見せて、ブリタニーはその場で解雇された。その二日後、妊娠した女の子は〝合併症〟で亡くなった。でもブリタニーは、ジェラードが薬を混ぜ合わせたものを彼女に投与して殺したのだと確信していた。女の子の遺体は直ちにオハイオ州にいる母親のところに送られて、すぐに埋葬されたの。訴訟の話は立ち消えになった。そのときに会社はブリタニーがE3を持ち出したことを知ったわけだけど、うちのラボはまだ分析を終えていなくて、私たちはその薬のことを知らなかった。ブリタニーも知らなかった。ジャンパーは彼女にしばらく町から離れたほうがいいと言って、私たちも彼女がどこか遠いところへ行く手配をすると申し出ていたの。私たちの提案について考えているときに彼女は死んだ」

「どんな死に方をしたの？」

「先週の土曜日の夜に彼女は混んだバーに行って、お酒をかなり飲んでいた。そのときに誰かが何かを彼女の飲み物に入れたみたいなの。その先のことは、私たちにはわからない。彼女の遺体はバーの裏手の溝の中にあった。公的な記録では、死因はオキシコドンの過剰摂取だけど、これはちょっと信じられない。彼女は友達と飲んで騒いでいたから、鎮痛剤を飲んだりしていないと思う。私の想像では、彼女の意識が薄れてきたところで誰かが彼女をつかまえて、大量の薬を注射して、放置したんだと思う」

「ネルソンを殺したのと同じやつらですね」とニックは言った。

リンジーはうなずいたが、何も言わなかった。ブルースは言った。「つまり、ある意味、彼女が死んだのは僕たちの責任だ」

「私はそうは思わない」と彼女は言った。「ネルソンの死が私たちの責任ではないのと同じよ。殺人を犯した人間は、知られたくない秘密があって脅えている。彼らはブリタニーがE3を盗んだことを知って、リスクを排除しなければならないと思った。彼らはネルソンが知っていることもわかっていたから、口封じをしたかった」

「申し訳ないけど」とブルースは言った。「僕はいくらかの責任を感じている。君たちは法律を破るようなことはしないと約束してくれたはずだ」

「聞いて、ブルース。私たちの仕事では、グレーゾーンで動くことが多いの。私たちはE3の瓶を盗んだわけじゃない。ちょっと借りて、返しただけ」

ブルースはいらいらした様子で大きく息を吐き、部屋を歩き回った。罪悪感にさいなまれているのは明らかだ。リンジーは、余裕のある笑顔で彼を見ていた。彼は受け入れるはずだ。他に選択肢はないのだから。

ようやくブルースは言った。「僕は納得できないよ、リンジー。悪いけど。その二人の若い女性が死んだのは、僕たちが、君はなんと言ったかな、〝潜入〟したせいだ」

「私たちは手を汚していないわよ、ブルース」と彼女は冷静な声で言った。まったく動じていない。「患者は何年も前から脳死状態だった。彼女がレイプされて妊娠させられたのは、私たちとは関係のないことよ。ブリタニーについては、彼女が殺されたことに私たちはかかわっていない」

「どうしてそんなことが言えるんだ？　すべての原因は僕たちじゃないか。君のシナリオでは、彼女が殺されたのは、秘密の薬を一瓶盗んだからだ。彼らがかなり神経質に守っているらしい秘密の薬だよ。そして彼女がＥ３を〝借りた〟のは、君の指示だ。君が彼女に報酬を払っていた。明らかに僕たちは関与している」

「彼女が不注意だったのよ、ブルース。ジャンパーは何度も彼女に注意したの。とくに薬局の周辺にある監視カメラには気をつけるように。彼女がビデオに映ってしまったから――」

「映ってしまったのは、君のために――僕たちのために盗みを働いていたときだよ。信じられないな。ニック、なんとか言ってくれ」

ニックは肩をすくめ、両手を上げて降参する真似をした。「僕はただの大学生ですよ。早くキャンパスに戻りたいな。どうしてここに連れてきたんですか？」

「力になってくれてありがとう」とブルースは腹立たしげに言った。

「どういたしまして」

リンジーは話の流れを修正しようとした。「私たちは関与していない。なぜなら私たちは罪を犯していないから。それに私たちがケンタッキーでしたことを私たちまでたどることはできない。最初に約束したとおり、私たちはとても慎重だし、とても有能なの。ブリタニーの扱いかたも適切だった。彼女が監視カメラを見落としただけ」

「彼女が殺されたのは彼女の責任だというつもりか」とブルースは言った。

「彼女がカメラに気づいていたら、おそらく今も生きているわ」

「まったく、信じられないよ」。ブルースはリンジーに背を向けて窓辺に立ち、ブラインドの隙間から外の景色を眺めながら話していた。

ニックはせき払いをしてから質問した。「彼女の死は捜査されているんですか?」

「一応ね。検死はあったけど、結果はどうだったか、私は知らない。クラブ・ドラッグの痕跡が見つかったら、これは事件だと警察は気づくわね」

「クラブ・ドラッグ?」とブルースは聞き返した。

ニックは言った。「ルーフィー、GHB、エクスタシー、スペシャルK――デートレイプ薬と呼ばれているやつですよ」

「ジャンパーが耳にした噂では、彼女がバーの外で何者かと一緒にいるのを見た目撃者がいるみたい。でもわからないわ。ケンタッキーの田舎町の警察は頼りにならないと思うし」

ニックは言った。「それはそうだ。フロリダ州警察の捜査は、まだ一塁にもたどり着いていない」

「とにかく私たちはブリタニーの死には関与していない」とリンジーは言い訳がましく言った。

「君は同じことばかり言っているけど」とブルースはブラインドに向かったまま言った。「誰を納得させようとしているの?」

「ねえ、ブルース、あなたの口調と態度に、私は混乱しているんだけど。確かに私たちはグレーゾーンに入ることを強いられることが多い。三年前、この会社の人間があなたと初めて会ったときのことを忘れたわけじゃないでしょう? 盗まれた原稿のことはどうなの? あなたはグレーゾーンどころか、白と黒の境界線を大きく越えていたわ」

「三年前に何があったんですか?」とニックは尋ねた。

「君とは関係のないことだ」とブルースはきつい口調で言った。

「訊いてみたかっただけですよ」

ブルースは急に振り返り、リンジーに何歩か近づいた。彼女を睨みつけ、まっすぐ指差して言った。「君の会社との契約を即刻解除する。調査を直ちに終了してくれ。払い戻しはいらない。今後、私やネルソンの遺族のための仕事は、一切するな。僕宛に解約通知書を送ってくれ」

「ちょっと待って、ブルース」

「行こう、ニック」。ニックはすぐに立ち上がり、ブルースに続いて部屋を出た。リンジー・ウィートは動じることなく、またひと口コーヒーを飲んだ。

# 4

車に乗り、ホテルに帰るまでの七分間、二人とも何も言わなかった。ホテルに入ってロビーを通り抜け、まっすぐバーに行くまでの間も、二人とも黙ったままだった。二人はコーヒーを注文したが、どちらも酒が飲みたい気分だった。ニックは何か言いたい気持ちを抑えてブルースが口を開くのを待った。

コーヒーが運ばれてきたが、どちらも見向きもしなかった。しばらくしてようやくブルースが目をこすって言った。「僕は間違っていると思うか？」

「いいえ。あの女性は、どこか好きになれないところがあったし、すべて包み隠さず話してくれているとは思えません」

「彼女はもう必要ないよ、ニック。それが彼女を切り捨てた理由のひとつだ。問題の会社の名前も、彼らの秘密の薬の名前もわかったし、情報提供者は僕とコンタクトをとってきた。秘密のやりとりについては、ミス・リンジーには話していない。僕たちはそれについて相談して彼女には話さないことにしたんだけど、何も話さなくてよかったよ。彼女がぜんぶ台無しにするか、また誰かが殺されることになったと思う。たぶん、次は僕だった。三年前も彼女たちのせいで、マーサーはもうちょっとで傷つけられるところだった」

「じゃあ、どうして彼女たちを雇ったんですか？」

「優秀だからだ。薬を発見したのは彼女たちだ。他の誰にそんなことができたと思う？　フロリダ州警察か？　ケンタッキーの田舎の連中か？　ＦＢＩにも無理だ。彼らはルールに従って捜査しないといけないから」

「三年前の話はしてくれるんですか？」

「一部は話すけど、一言でも誰かに漏らしたら、従業員割引で本を買えないようにしてやる」

「たったの二割じゃないですか。バーンズ・アンド・ノーブルなら四割ですよ」

「コーヒーを飲みながらできる話じゃない。酒が飲みたい」

「僕も」

　ブルースはバー・カウンターまで歩いて行ってビールを二つ持って戻ってくると、のどを鳴らしてぐびぐび飲んでから舌鼓を打った。「プリンストンからフィッツジェラルドの肉筆原稿が盗まれたのは覚えているか？　四年ほど前の話だ」

「もちろん。大ニュースでしたからね。誰かが身代金を払って、泥棒たちは原稿を返したんですよね」

「まあ、そんなところだ。盗まれた原稿は、カミーノ・アイランドにあった。説明すると、長い話になる」

「その話を聞くためなら、いくら時間がかかってもかまいません」

# 5

例年なら、カミーノ・アイランドは春休みの学生がフロリダに押し寄せる三月半ばに、にわかに活気づく。学生たちは海辺のホテルやコンドミニアムや貸別荘を占拠し、ビーチで飲んで踊り、陽気に騒ぐ。彼らは十九歳で、きつい勉学の日々に疲れ、鬱憤を晴らしたいのだ。お金はパパが出してくれる。これも大学生活の一部なのだとパパには言ってある。パパだって、遠い昔には、酔っ払い、日に焼けて過ごした一週間の思い出があるかもしれない。

だが島はまだ傷が癒えていないため、パーティーは南方に移動した。再開したホテルはいくつかあるが、島全体で工事が続いている。二万五千人もの若者が島のあちこちで馬鹿騒ぎすることほど復興の妨げになるものはない。まだ営業は再開していないことを島は静かに宣伝した——来年また来てください、そのころには準備ができていますから。

オール・ミスから解放されたマーサーとトマスは、犬とショートパンツを車に積んで島に向かった。ラリーはコテージの修理を終わらせてくれた。マーサーは教室から離れて一週間ほど島で過ごすことを楽しみにしていた。それに、レオのせいで台無しになって以来のブック・パーティーにも期待していた。何週間も前からブルースは「大規模な著者イベント」を彼女のために開催すると言い張り、嫌だと言っても聞いてくれなかった。『テッサ』のペーパーバック版が刊行されたばかりで、そのプロモーションのためにマーサーはまた過酷なスケジュールのサマー・ツアーに出発することになっていた。ブルースはベイ・ブックスをツアーの皮切りにして、費用の半分を持つよう出版社を説得した。

パーティーは土曜の午後のバーベキューから始まり、店の前の歩道と道路でブルーグラス・バンドが演奏した。気晴らしを必要としていた地元住民が大勢駆けつけ、その人数はどんどん増えていった。午後三時になるとマーサーは一階のテーブルの前で位置につき、大勢のファンを迎え入れた。周りには彼女の本が積み上げられていた。

マーサーは客とおしゃべりを楽しみながら、何十枚もの写真のためにポーズを撮り、たくさんのペーパーバックとハードカバーにサインし、何人かの赤ちゃんを抱き、腕を骨折した人のギプスにサインし、テッサを知っていたという人々の質問に答え、島の地元新聞の短いインタビューを受け、店の外まで行列ができる人気作家として大いに楽しんだ。

ブルースは、客に挨拶したり得意客にすすめる他の本を選んだりする合間に、トマスとボブ・コブと一緒にバルコニーに座ってテキーラをすすった。午後遅い時間になると音楽はレゲエに切り替わり、心地良い音楽と笑い声があたりに響いた。午後五時にはベニーズ・オイスター・トラックが到着し、店の脇の道路でスタッフが牡蠣の殻を開け始めた。どこからともなく樽二つ分のビールが現れ、その周りに人だかりができた。

よく晴れた春の日の心も晴れやかになるイベントだった。

六時になると、マーサーは二階に移動した。そこには朗読会のために折りたたみ椅子が百脚ほど並べられていた。三年前に島で短い休暇を過ごしたときにマーサーは同じ場所で作家のトークイベントに何度か参加した。その当時は本を出してツアーで全国を回り、大勢のファンを集めることができる作家たちをうらやましく思ったものだが、今は自分が演壇に立つ番が回ってきた。

リーとマイラはいつものとおり最前列に陣取り、孫の晴れ舞台を見にきたような誇らしげな笑顔でマーサーを見守っている。リーは感動のあまり今にも泣き出しそうな顔をしていた。彼女の隣はヴァンパイアものの本で大人気のエイミー・スレイターで、夫と三人の子どもを連れてきている。アンディー・アダムは隅のほうでダイエット・ドリンクを持って立ち、マーサーに微笑みかけた。憂鬱な詩人のジェイ・アークルルードは二列目で、いつものとおり場違いに見えた。彼はブルースに半ば強要されて出席したのだろうとマーサーは思った。彼の最新作は不可解な自由詩のコレクションの薄い本で、全国で千部しか売れていない。その半分はベイ・ブックスが売っていたので、ブルースに頼み事をされたらジェイは断れない。

レオに襲撃される前の古き良き時代のベイ・ブックスでは、週に何回も作家イベントが開催されていた。大勢のファンがいる人気作家のイベントなら、客を集めるのは簡単だ。だが、新人作家や、売り上げをなんとか伸ばしたいと思っている中堅作家の場合でも、大勢の客を集めるとブルースは保証した。そのために彼は友人や得意客に電話をかけ、甘い言葉で誘い、口車に乗せ、時には強引に呼び寄せた。彼にとって来場者が少ないイベントは圧倒的な敗北であり、なんとしても避けなければならないことだった。

ブルースはまた、マーサー・マンを作家として成功させると固く決意していた。彼女は尊敬する作家であり、大好きな友人でもある。そして、これまで成し遂げたことのないことを彼女と実現することをブルースは夢見ていた――彼女を文学界のスターにする。評論家たちを圧倒すると同時に本がベストセラーになる作家だ。自分の手でマーサー・マンを偉大な作家に育てる――それがブルース・ケーブルの野望だ。ノエルもマーサーのことを気に入っているが、この野望については彼女も知らない。ブルースは、マーサーには必要な才能があるが、十分な野心を持っているかどうかは、まだわからないと思っていた。

マーサーは会場の後ろのほうにいるブルースとトマスに微笑みかけてからトークを始めた。ここに戻ってくることができて嬉しい。それはいつもと変わらないが、今回は島の回復力に本当に感心している。前回の訪問からの半年で、この島は驚くほど復興していた。支援のために駆けつけた何千人ものボランティアと、何百もの非営利団体に感謝している。ここでマーサーは気分を変えて、島で過ごした夏の日々のことを話した――七歳から十九歳まで、毎年、愛する祖母テッサと一緒にここで過ごした。彼女の両親は離婚し、母は病気だった。一年のうちの九か月は、メンフィスで自分に無関心な父のもとで過ごした。ずっとテッサと一緒に暮らしたいと懇願したが、父は許してくれなかった。

トマスは誇らしい思いでマーサーを見つめ、話を聞いていた。彼は前年の夏に三十四か所を回る彼女のブックツアーに同行した。彼女が今話していることも、彼は幾度となく聞いている。だが彼女はツアーの最中に驚くほどの変身を遂げた。人前で堂々と話ができるところは変わらなかったが、最初のころは三十分もすると話題が尽きてしまっていたのが、同じ話を三通りに語って毎回聴衆を泣かせることができるベテランの話し手に成長した。ツアーが終わるころには、聴衆は一時間たっても、もっともっと彼女の話を聞きたいと願うようになっていた。

そしてトマスは、マーサーが大事に守っている秘密を知っていた。ほどなくみんなに知られることになる秘密だ。マーサーは今、次の小説に全力で打ち込んでいる。すでに半分書き上げたところで、すばらしい出来だ。これまでに彼女が書いたものの中でも群を抜いて優れた作品になるだろう。ブルースは、当然のことながら、トマスと酒を酌み交わしながらマーサーの次作についての情報を少しでも聞き出そうとした。それはマーサーから警告されていたことだ。だからトマスは、彼女は作品に取りかかっているが、内容については誰にも話していないとブルースに言った。

マーサーは会場からの質問を受け始めた。質疑応答は放っておけば何時間でも続くことが明らかになり、ブルースは七時半に話を打ち切って、マーサーに夕食を食べさせなければならないと言った。そして彼女に礼を言い、抱きしめて、次の小説を持って近いうちに再訪することを約束させた。聴衆は立ち上がって盛大な拍手を送った。リーとマイラは二人とも涙を流していた。

## 6

一行は店からマーチバンクス邸までの四ブロックの道のりを一緒に歩いていった。ノエルは最初の五百回ほどのサイン会には参加してそれなりに楽しんでいたものの、かなり前から顔を出さなくなっていたから、今日は家のキッチンやベランダで準備をしながら客の到着を待っていた。全員がバーに直行し、そこでブルースとノエルが飲み物をふるまった。アンディー・アダムはまたダイエット・ソーダを飲み干し、マーサーにハグをしてから去っていった。一、二杯飲んだところでノエルがみんなに声をかけ、席につかせた。

一瞬、ブルースは昨年八月に同じ文芸マフィアの面々がこのテーブルに集まったときのことを思い出した。それはレオの襲来前の最後の集まりで、友人のネルソン・カーはブルースの左隣に座り、楽しい時間を過ごしているように見えた。その二十四時間後には、彼は死んでいた。

この日はマーサーが主役で、本人は注目を浴びることに疲れていたが、ここでも彼女が話題の中心になった。サラダが出てきてワインが注がれた。春の空気が少し冷たくなり、ブルースは屋外用ヒーターをつけた。全員が口々にしゃべり、なごやかな夕べは何時間も続いた。

デザートのあと、ブルースが急に立ち上がってノエルのほうに手を伸ばした。

二人は手を握り合い、ブルースが言った。「みんな聞いてくれ。重大発表がある。明日の夕方、六時ちょうどにビーチで結婚式があるから、みんなを招待する。参加は自由ではなく、むしろ強制かな」

「いったい誰が結婚するのさ?」マイラがびっくりして言った。

「僕たちだよ」

「とうとう決心したの?」

「ちょっと待って。もうずっと前に僕とノエルは南仏で結婚式を挙げたんだ。アヴィニョンの近くの小さなひなびた村に行ったときに、五百年も前に建てられた美しい小さな教会に入った。あまりにもすばらしく荘厳な場所だったので、僕たちはその場で決めた——ここで結婚しようと。そして、結婚式を挙げた。神父もいなかったし、書類もなかった。公的なものではない。僕たちは自分で考えた誓いの言葉を言って、僕たちは夫婦であると宣言した。つまり、僕たちは二十年前から——」

「罪深く生きていた」とマイラが言った。

「まあ、そういうことだ。ありがとう。そこで今回は書類も整えて、本物の牧師を呼んで、きちんとやろうと思う。僕たちは永遠の愛と貞節を誓い合う」

「貞節」と聞いて全員があぜんとした。いっせいに口をあんぐり開け、はっと息をのんだ者さえいた。浮気を認め合うオープン・マリッジがついに終わるのか? プレイボーイとして名を鳴らし、ツアー中の寂しい女性作家を追い回してきた伝説の遊び人のブルース・ケーブルが、とうとう大人になるのか? ノエルは海の向こうのフランス風の情事に終止符を打ったのだろうか?

すっかり調子に乗り、アルコールが回ったマイラは聞き返した。「今、〝貞節〟って言った?」

他の者たちはようやく息を吐き、ぎこちなく笑った。

「言ったよ」

「そう聞こえた気がしたから」

「よしなさい、マイラ」とリーはたしなめた。

ボブ・コブはマイラを見て、人差し指で自分の首を切る仕草をした。「黙れ！」という合図だ。

マイラは黙った。

「全員参加を期待する。ビーチだから、靴はオプションだ。贈り物はお断りする」

## 7

ケータリング業者がパーティー・テントを張ったのは、再建されて、一週間前にテープカットのセレモニーが行われたばかりの大桟橋の近くだった。そのときは島の住民の半分がパーティーに集まり、政治家たちが何時間もスピーチをした。新しい桟橋は、すでにきれいに清掃され、新しい未来を迎える準備ができた十二マイルの広い砂浜の輝かしいシンボルだった。

テントの下では、書店の店員二人がいつもの二倍の給料で雇われ、シャンパンを注いでいた。目につかないように設置されたスピーカーからソフトジャズが流れ、二人のウェイターが新鮮な生牡蠣と串に刺したシュリンプ・マリネをのせたトレーを持って巡回している。来客は五十人ほどで、みんな招待されたことを光栄に思っていた。友人だけで、親族はいない。ノエルの両親は何年も前に離婚し、今は互いに口も利かない関係だった。ブルースの父親は亡くなり、母親はここからそれほど遠くないアトランタに住んでいるが、彼女の相手をするのがわずらわしくもあり、わざわざ来てもらうまでもないと判断した。姉とはそれなりに仲よくしているが、彼女は急ごしらえの結婚式に参加するには忙しすぎた。

ノエルは白いリネンのパンツスーツの裾を膝まで巻き上げ、うっとりするほど美しかった。ブルースはいかにも彼らしく新品の白いシアサッカー・スーツで、パンツの代わりにショートパンツを履いている。どちらも裸足だった。六時半、日が暮れかけたころに一同は水辺に集まり、半円形に並んだ。進行役は高校時代に書店でアルバイトをしていた地元の若い長老派教会の牧師だ。彼も裸足で友人たちに歓迎の言葉をかけ、祈りをささげ、『テモテへの手紙二』の一節を読み上げた。ブルースとノエルは自分たちで書いた結婚の誓いを交わした。その要点は、二人は愛と献身を新たにし、互いに完全な忠誠を誓う新たな生き方に身を捧げるということだった。

式は十五分で終わり、二人が夫婦であると宣言されると、ブルースは一枚の紙を引っ張り出した。それは結婚証明書で、今度は正式に結ばれたことの証としてみんなに見せた。

結婚パーティーの参加者一同はテントに戻り、さらにシャンパンと生牡蠣を楽しんだ。

# 8

二つ目の黄色い封筒は、火曜日の郵便と一緒に届いた。ブルースは長い間それを見つめていた。差出人住所はなし。ラベルに印刷された宛先は書店の住所と彼の名前。そして驚いたことに、消印は通りの向かいのサンタ・ローザ郵便局で昨日押されたものだった。

「彼はここにいたということだ」とブルースは小声で言った。「たぶん、店にも来ていたのだろう」

ブルースは封筒の写真を撮っておくことを考えたが、思い直した。何でもハッキング可能だ。悪者たちが彼の理解を超えた高度な技術で監視し、盗聴しているとしたら、写真を盗むことも可能だろう。

ブルースはゆっくりと封筒を開け、前回と同じ折りたたまれた黄色い紙を取り出した。タイプされたメッセージには次のように書かれていた――


日曜午後の海辺の式はすてきだった。

あなたの奥さんはとてもきれいだった。おめでとう。

郵便も、メールも、足跡が残る。

あなたの一挙手一投足を見ている危険な連中がいる。

その男たちはネルソンを殺した。ブリタニーを殺した。

彼らは死にもの狂いになっている。

チャットルームの〈ブレットビープ〉、明日午後三時。あなたの名前は〈88DOGMAN〉。

ではまた。〈HOODEENEE36〉

ブルースはこれまで四十七年生きてきて、自分が見張られ、尾行され、監視されていると感じたことは一度もなかった。それも、興味関心がまったく異なる人間に目をつけられることになるとは思いもしなかった。ブルースは店を出た。彼は日に四回は外出する。そして、メイン・ストリート沿いの歩道を歩いた。レーザーのように鋭い監視の目が背中にロックオンするのが感じられるような気がした。ブルースは背筋を伸ばし、目的を持って行動している者のように脇目も振らずにまっすぐ前を向いて歩く努力をした。そうして五十ヤードほど進んだところで、被害妄想もいいところだ、どうかしている、と自分に言い聞かせた。フロリダ州サンタ・ローザのメイン・ストリートを歩くブルース・ケーブルを監視して、誰にどんな得がある？

ブルースはお気に入りのワイン・バーに逃げ込み、ロゼ・ワインをグラスで注文した。奥のお気に入りの席にドアに背を向けて座り、ノートを見返した。どうして「彼」はノエルの話をしたのだろう？　ある種の脅しだろうか？　ブルースが脅しと感じていることは確かだった。「彼」は敵だろうか、味方だろうか？　ブルースに近しい人間しか結婚式のことは知らなかったはずだ。どうして「彼」はあの時間にビーチに行けばいいとわかったのだろう？　ブルースは式のことをメールやメッセージに書いていない。そして「彼」はどうやってノエルが「とてもきれい」だとわかるくらい近づいたのか？　ブルースは花嫁とパーティーに夢中で、ビーチを歩く人々の顔を見ていなかった。ビーチにはいつも人がいるが、三月半ばの涼しい夕方は人出がそれほど多くない。誰かを見かけた記憶はなかった。

電話が盗聴され、メールが読まれているとしたら、それはどれくらい前からだろう？　イレイン・シェルビーに初めて連絡をとったときは電話だったと記憶している。彼女はすぐにメールは使わないようにと警告した。次にブルースはワシントンに飛んでリンジー・ウィートと会った。

「彼ら」はブルースが民間のセキュリティ会社にネルソンを殺した犯人を探すよう依頼したことを知っているのだろうか？　可能性は低いと思ったが、テクノロジーを使えば不可能はないのではないだろうか？

ブルースは頭を悩まし、考え込み、何ページもメモをとったが、新たな発見も有益な情報もなかった。彼はまたロゼのグラスを注文した。一杯目と同様、二杯目も効きは弱かった。

## 9

ニックが大学に戻ったので、いまブルースが頼りにしているお気に入りの従業員はジェイドだった。パートタイムで働く三十歳の女性で、二つの学位を取得し、二人の幼い子どもがいる。彼女はまだキャリアを模索中だったが、当面はブルースが働きたい時間を自由に選ばせてくれる今の職場を楽しんでいる。彼女はハイテクの達人でSNSの熱狂的愛好者だった。最新の人気アプリに詳しく、コンピューター科学の修士号を取得しようかと考えている。具体的な説明はせずにブルースは彼女に匿名のチャットルームでやりとりする方法を実演してほしいと頼んだ。そのような場面がネルソンの小説に出てくるため、正確を期するために確認したいのだと嘘をついた。ジェイドがネルソンの小説を読む可能性は低いとわかっていた。

彼女はブルースのオフィスに座って言った。「ブレットビープはたくさんある秘密のチャットルームの一つで、ブルガリアに拠点があります。ほとんどはプライバシー保護法が厳しい東欧の国のものですね。たとえば、クレイジー・ゴーストはハンガリーが拠点です。三十分で三ダースほど見つけました。どれも料金を払えばちゃんと使えますよ。料金は三十日間で二十ドルくらいのものがほとんどですね」

「ハッキングすることは可能かな？」とブルースは尋ねた。

「これは私の意見ですけど、あなたをストーキングしている人がいたとしても、そういうサイトであなたのメッセージを読むことは、かなり難しいと思いますよ」

「どうして？　たとえば、僕がすでにハッキングされていて、メールを読まれているとするよね。それだと、ブレットビープかどこかにログインしたときに、見られているんじゃないの？」

「ある時点までは。でもいったん〝メンバー〟になったら——他に言いようがないのでそう呼びますけど——あなたのメッセージは暗号化されて保護されます。そうでなければ、こういうサイトの意味がありません。完全な匿名性を保証する必要があります」

「こういうサイトは人気があるの？」

「どうでしょう？　ぜんぶ秘密だから、わからないですね。私は使ったことがないし、使っている人も知らないけど、まあ、私は不倫をしたり武器を売ったりしているわけじゃないし。ネルソンの小説の中の人が何をしているか知りませんけど」

「ありがとう」

ジェイドは立ち去り、ブルースは待った。ひたすら待った。三時〇一分ちょうどに、ブレットビープのサイトへ行き、指示に従い、クレジットカードで支払いをして（これも見られているんだろう、とブルースは思った）、〈88DogMan〉として挨拶した。馬鹿げた名前を使わなければならないことに早くも嫌気がさしていた。

こんにちは、〈HooDeeNee36〉。来たよ。

こんにちは。新婚生活はどう？

何も変わらない。どうして妻の話をした？　やめてもらいたい。

悪かった。ごめんなさい。

敵か、味方か？　僕には確信が持てない。

僕を死ぬほど恐がらせたければ、敵があなたにそんなことを言うと思う？

ブリタニーは殺された。敵があなたにそんなことを言うと思う？

恐がったほうがいい。私も恐い。ハネムーンの行き先を提案してもいい？

どうぞ。

ニューヨークシティ。来週私も仕事で行く。私たちは会って話をするべきだと思う。話すことがたくさんある。

何について話す？　それに、どこに向かっている？　最終目的は何だ？

ネルソンを殺した人間を捕まえたい？

他に誰かが傷つくことがなければ。自分も含めて。僕としては、今すぐやめてもかまわない。

それはできない。彼らは引き下がらない。本の出版を止めたがっている。

彼らとはグラッタンのこと？

長い間があった。ブルースは待ち、画面を見つめ続けた。深呼吸してキーボードの脇を指でコツコツたたいた。ようやくメッセージが画面に現れた。

今、心臓が止まりそうになった。

悪かった。そんなつもりはなかったんだ。でも、僕はすでに知っていることがある。

それはわかった。

それに、チャットルームとか、ばかばかしい名前を使うのも疲れた。会って真剣に話をする気があるのか?

ニューヨーク、来週、ハネムーン。私は出張で行く。

ホテルは?

六十三丁目のザ・ローウェル。私があなたを見つける。

## 10

ザ・ローウェルで二日二晩過ごしても連絡がなく、ブルースはマンハッタンの宿泊料金についてぶつぶつ文句を言いながら、もう帰ろうかと思い始めていた。さらに悪いことに、ノエルは暇つぶしにショッピングにふけっている。出費はかさみ、買ったものの箱がどんどん積み上がっていく。ブルースはネルソンの担当編集者とランチをとり、彼のエージェントと酒を飲み、お気に入りのいくつかの書店に行ってぶらぶらしたが、ニューヨークの街にうんざりしていた。三日目、ノエルがホテルのバーでお茶を飲んでいると、茶色い髪の魅力的な女性が彼女のテーブルの前で立ち止まり、「あなたがノエル、でしょ?」と言った。

訛りから、フロリダ州北部の出身であることがうかがえた。

「そうよ」

女性はノエルに小さな封筒を渡した。黄色い封筒だ。そして「これをブルースに渡して」と言って消え去った。

ブルースはメモを読んだ――五十五丁目、ペニンシュラ・ホテルの二階のバー、午後三時半に。私はひとりでいく。

二人で早めに到着すると、バーは無人で暗かった。ノエルはカウンターのそばのテーブルに座り、セルツァーを注文し、ニュース誌を読み始めた。ブルースは奥の席へ行き、鏡を背にしてバー全体を見渡せる位置についた。三時半になると、前回と同じ茶色い髪の女性がファッションモデルのようなゆったりした歩き方で入ってきた。彼女は夫妻が離れて座っていることに気づき、ブルースのテーブルのほうへ行って腰を下ろした。握手の手を差し出さずに言った。「私はダニエル」

「またの名はデイン?」とブルースは落ち着いた声で訊いた。彼女は驚きを隠せなかった。息を吐き、肩を落とし、見せかけの自信や冷静さが一気に消え去った。ちらっと作り笑いをしてみせてから、周囲に目を走らせた。完璧な歯、高い頬骨、美しい茶色の瞳。額が少し出ているが、かなりの美人だ。すらりと背が高く、デザイナーブランドで着飾っている。とてもセンスがいい。

「どうしてわかったの？」

「それもたくさんある長い話の一つだ。僕はブルース。僕たちは、女性が来るとは思っていなかった」

「がっかりさせてごめんなさい。ねえ、もうちょっとプライバシーが欲しいわ。四階に部屋をとってあるけど」

「君の部屋には行かない。そこに何があるかわからないから」

「何もないわ」

「君がそう言うならそうかもしれない。ノエルと僕の六階の部屋に招待するよ」

「わかった」

エレベーターは知らない人が三人乗っていたため、誰も一言も話さなかった。無事に部屋の中に入るとみんな気持ちが楽になり、小さなコーヒーテーブルの周りに腰を下ろした。芝居がかった身ぶりを入れてブルースが話し始めた。「それでは始めよう。僕はブルース・ケーブル、フロリダ州はカミーノ・アイランドからやってきた書店主。こちらは妻のノエル、南仏から極上のアンティークを輸入している。そしてあなたは？」

「ダニエル・ノディン、テキサス州ヒューストン。質問がたくさんある」

「僕もそうだ」とブルースは言った。「浜辺での結婚式のことは、どうしてわかった？」

彼女はブルースが思わず心をゆるしそうになる温かい笑顔を投げかけた。「友人と島に行っていたの。ビーチで何日か過ごそうと思って。あなたを間近で見たかった。あなたとあなたの縄張りをね。店に行ったときに結婚式の話を偶然耳にしたから、立ち寄ってみたの。小さな町で、みんな噂好きなのね」

「それは確かにそうね」とノエルは言った。

「ごめんなさい。怖がらせるつもりはなかったの。私の手紙を真面目に受け取ってもらえるように書いただけ」

「ああ、僕は大真面目だよ」とブルースは言った。「これは遊びじゃない」

「それも確かかね。私がデインと呼ばれているのは、どうして知っていたの？」

「警察の捜査が終わったあとで、ネルソンが書き残したものに目を通したんだ。ほとんど何もなかったよ。彼のメモやリサーチは厳重に暗号がかかったコンピューターに入っていたらしいから。でもいろんなことを走り書きしたノートが三冊あった。バミューダでダイビングするならこのロッジに泊まるといいとか、サンタフェのレストランとか。三ページにまとめた小説のアイデアもあったけど、いいアイデアじゃなくて行き詰まったらしい。電話番号もいくつかあって、警察が調べたけど、何の進展もなかった。だいたいそんな感じだったけど、〝ダニエル〟という名前が四回出てきて、〝デイン〟とも呼ばれていた。彼とはサンアントニオで一度会ったね」

　彼女は信じられないという顔で首を振った。「会ったわ」

「警察はそれにまったく注意を払わなかった。驚くことじゃないけど」

「捜査はどうなっている？」

「まだ継続中だけど、ほとんど進展がない。コーヒーを飲む人は？」

　ノエルはうなずき、デインは「ありがとう」と言った。

　ブルースは電話のところに行ってルームサービスにかけた。ノエルが小さな声で彼女に訊いた。

「ニューヨークにはよく来るの?」

「年に二回。お決まりの観光旅行よ。ショッピングをして、ブロードウェイでお芝居を観て、新しいレストランをいくつか試す。ヒューストンの女友達と」

デインが高級志向で裕福な暮らしをしていることは明らかだった。年齢は四十一か、それより少し若いくらいだろうとノエルは踏んだ。

ブルースはソファに戻って訊いた。「さて、何の話だっけ?」

「グラッタンについてはどれくらい知っている?」とデインは訊いた。

「そうだな、情報をまったく開示しないことに非常に力を入れている会社だけど、彼らについて書かれたものにはすべて目を通した。基本的な組織構造、売り上げ高、施設の数、トップの人間の名前がいくつか。それから老人ホームの入居者に対する虐待についてマスコミにたたかれている報道が大量にあった。問題を起こし続けることがよっぽど好きな会社らしい」

「あの会社が好きなのは金儲けで、それがとても得意でもある。ケン・リードという名前は聞いたことがある?」

「会社のCEO兼会長だ」

「ケンが三十歳のころに、父親が飛行機事故で亡くなって、テキサスとオクラホマの安い老人ホームの系列を相続したの。彼はこの業界について勉強して、施設の見栄えをよくして、拡張を始めた。その当時も今も、大変な野心家よ。六十二歳になって、かなりの財産を築いているけど、今も週七日、休みなく働いている」

「君は彼の下で働いているの?」

「私は彼と寝ている。三人目の妻よ。はじめは彼の秘書兼アシスタント兼ガールフレンドだった。でも彼が二人目の妻に飽きて、私を昇進させたわけ。今は四人目を探している。あの男は、金と女に関しては、どれだけ手に入れても満足するということがない。私が旅行に出かけることも、大歓迎している。もともとまともな結婚じゃなかったし、もうすぐ終わるわ」

「『フォーブズ』には、彼の資産総額は六億ドルだと書いてあった」

「それは誰も知らないの。あちこちに隠しているし、海外の銀行をよく使っているし、迷路のように入り組んだいくつもの会社にお金を流しているから。プライバシーを守ることにかけては病的に神経質で、脱税しまくっている。金を見せびらかしたがる典型的なテキサスの金持ちとは違う。もっとすごい金持ちが必ずいるから、そのゲームには初めから参加しないの」

「結婚がもうすぐ終わるというのは、どうして?」

彼女はまた微笑み、窓の外に目をやった。「そんな話をしている暇はないわ」

「そっちが言い出したことだけど、他の話をしてもかまわないよ」

彼女は優しい眼差しでブルースを見つめたが、その美しい瞳は鋭い光を放ち、睨みつけているように感じられた。「二十歳のとき、老人ホームをいくつか所有しているタルサの会社で秘書として働き始めたの。ケンはその会社を買収して、ある日、そこにやってきた。彼は私に目を留めた。あの男はいつも女を物色しているから。私は身分不相応なポストに昇格されて、アビリーンに転勤した。そこでまたラッキーな昇進話とヒューストンへの片道切符をもらったの。そこに彼の会社の本社があって、当時はウェスト・アビリーン・ケアという名前だった。その後、グラッタンと合併して、ケンはその名前が気に入ったみたい。彼自身の名前がついているのは自動車や土地の証書だけで、それも他の人の名前を使っていることがある。それはともかく、私がヒューストンに到着すると、彼は待っていた。彼のエグゼクティブ・アシスタントの仕事と高い報酬をオファーされて、それから間もなく彼との交際が始まった。それが五年くらい続いたころに、彼はようやく二番目の妻に手切れ金を払って、私が三番目になった。それが十四年前。私は真面目に仕事をして、会社に関するあらゆることを学んだ——そのほとんどは忘れてしまいたいことだけど。新しい技術についても勉強したわ。そのうちにケンは私が知りすぎていると心配するようになって、ほとんど強制的に引退させて、オフィスから追い出した。でも私は家でぶらぶらしているのが耐えられなかった。彼と子どもを作ることを私は拒否したし、それは賢明な判断だったと今はわかる。だから仕事がしたい、有意義なことがしたいと彼に言ったの。彼は嫌がったけど、結局は同意したわ。仕事に復帰してすぐに、彼が真剣に付き合っている女の子がダラスにいることがわかったの。驚きはしなかった。彼は女あさりをやめたことはなかったし。だから私も遊び始めたの。オープン・マリッジとは呼べないけど、おかげで私はなんとか正気を保っている」

ブルースは気まずそうな顔をしてノエルのほうを見たが、彼女は無視した。「オープン・マリッジ」という言葉を聞くと、さまざまな記憶がよみがえる。

「そしてネルソンと出会った？」とブルースは尋ねた。

彼女もまた思い出がよみがえり、魅惑的な微笑を浮かべた。「そうよ。私は彼がとても好きだった。あなたはもちろん、彼の遺作を読んだのよね」

「読んで、手を入れて、売った」

「そう、あの小説は実話よ。あれはグラッタンと秘密の薬の物語なの。私はあの話を暴露しようと思ったとき――内部告発でも、密告でも、なんと呼んでもいいけど――ネルソン・カーのところに持っていくことにしたの。彼のインタビュー記事を読んで、彼は後ろ暗い陰謀とか、そういうものについて調べていることがわかったから。彼と接触して、会って、見事に意気投合して、そのときから付き合い始めたの」

「やるな、ネルソンのやつ」とブルースは言った。

「やめなさい、ブルース」とノエルが叱った。

「かまわないわ」とデインは言った。「私たちは互いを好きになった。そして、私は彼の死に責任を感じている。私と会っていなかったら、彼は今も生きているはずだから」

「抜けている話がずいぶんあるな」とブルースは言った。ノックする音が聞こえてブルースがドアを開けた。ポーターがコーヒー・セットをテーブルに置き、ブルースが伝票にサインした。ノエルはコーヒーを注ぎ、ブルースはドアに鍵をかけた。

三人はしばらく黙ったまま砂糖やクリームをコーヒーに混ぜた。デインが言った。「質問があるの。小説の出版を止めることはできる?」

「無理だ」とブルースは言った。「彼らは、そこをしくじった。ネルソンを殺したとき、彼がすでに小説を書き上げていることを知らなかったんだ。僕はもうその小説を売ったし、来年には世に出る。大々的にね。その本のために彼は殺されたと僕たちが証明できたら、印刷が追いつかないくらいの勢いで売れるよ。君にも質問がある。彼らはどうしてネルソンと彼のリサーチについて知ったの?」

「彼は中国に行って、研究所を見つけたの。私は止めようとしたわ。あまり深く掘り下げないほうがいいと言ったし、これを架空の話に仕立てて小説を書くだけでいいと言ったけど、それではネルソンは満足しなかった。不正をすべて暴きたいと思っていたの。そしてどういうわけか、裏社会のどこかで、ベストセラー作家のネルソン・カーが老人ホームを運営する会社と謎の薬の話を書いているという情報が流れた」

「中国の研究所は彼の死にかかわっているの?」

「それはないと思う。巨大な製薬会社で、中国でありとあらゆる違法の薬や違法すれすれの薬を作っている。この件で彼らが告発されることはないし、責任を追及されることもないから、関心はないはずよ。合成オピオイドのフェンタニルも作っているし、覚醒剤まで作っているみたい。問題の薬については、どれくらい知っているの?」

手品師のような手つきでブルースは小さなビニール袋をポケットから出し、テーブルの上に投げた。その中には茶色い物質を詰めた透明なカプセルが三つ入っている。「これが謎のビタミンE3だ。完全に失明して嘔吐が止まらなくても心臓は動き続けるという効能がある」

デインは驚いて口を開け、信じられないという顔で薬を見つめた。なんとか冷静さを取り戻そうとしたが、混乱しているのは明らかだった。大きく息を吸ってから彼女は言った。「私も薬は見たことがないの。いったいどうやって手に入れたの?」

「それは長い話で、ここで話す必要はない。でも、グラッタンは十五の州で三百の施設を運営しているから、この薬は大量にあって、あちこちで使われている。カプセルをいくつか盗むのはそう難しくはなかったよ」

「副作用についてはどうして知っていたの?」

「いくつかの先進的な研究室で分析してもらって、フラクサシルという薬だと特定できた。僕たちはいろいろやってきたんだよ、デイン」

「そうらしいわね。これはもしかして、ケンタッキー州フローラで見つけたものじゃない？」

「そうだ。これを見つけたブリタニーは、もうこの世にいない。君はネルソンの死に責任を感じていると言ったけど、僕たちはブリタニーの死に責任を感じている」

「その必要はないわ。ブリタニーは、ネルソンを片付けたのと同じ連中に殺されたのよ」

「グラッタンの男たち？」

「そうよ。私はそこにいなかったけど、ケン・リードと仲間たちは、ケンタッキー州フローラの時給十ドルで働く用務員がＥ３の瓶を持ち出したと知って、パニックに陥ったと思う」

「その男たちは、しょっちゅう殺しをしているの？」とノエルは訊いた。

デインはコーヒーを飲んで気持ちを落ち着けようとした。そっとカップを置いて、二回深呼吸をした。「その男たちは、ぜんぶで四人いるんだけど、最初はまともな人間だった。お金でおかしくなってしまったの。何百万ドルも稼ぐようになって、さらに何百万ドルも稼ぐ方法を考えついた。高い料金を取って、低水準の介護をしている。料金を払っているのは納税者。メディケア、メディケイド、社会保障制度、農務省、国防省——どこかから金を騙し取る方法があれば、彼らはそれを知っている。以前にも人を殺したことがあるか？　たぶんあるでしょうけど、立証されたことはない。十年くらい前にネブラスカで食肉の連邦検査官が不審な死を遂げたことがあった。リードが海外で登記した会社の一つが中西部の食肉加工施設をいくつか所有していて、質の低い牛肉や豚肉をファストフード・チェーンとか、学校給食プログラムとか、軍にも売っていた。検査官が抜き打ち検査で来て、違反をたくさん発見した。二つの工場が閉鎖になったわ。その会社は急いでワシントンに行って、金を握らせている政治家たちを招集して、営業を再開させたの。検査官はあきらめなくて、何度も検査を繰り返した。そして何度も工場を閉鎖させたの。やがて彼は深夜のさびしい道で自動車事故にあって死んだ」

「その四人というのは誰なの？」とブルースは尋ねた。

「ケン・リード。彼の従弟で弁護士のオーティス・リード。セキュリティと賄賂担当のルー・スレイダー。そしてシド・シェノールという会計士。警戒する必要があるのは、スレイダーという男。元FBI、元アーミー・レンジャー、要領のいい男で、いつも銃を携行している。少なくとも本社では、彼がセキュリティにかかわる一切を仕切っている。各施設のセキュリティは、あまり厳重にしていない。経費がかかりすぎるから。彼は政治面の仕事もしていて、政治家には献金として、規制当局の人間には賄賂として、巨額の資金を流している。グラッタンは大規模な事業をしているから、取り込まなくてはいけない検査官や官僚は大勢いるわ。でも、賄賂を払うほうが、質の高いケアを提供するよりはるかに安上がりなの」

「その四人の男たちがすべての決定を下しているの？」

「いえ、それは違うわ。ケン・リードが独裁者で、他の三人は、その臣下ね。彼の言うとおりにするし、いつも彼を持ち上げていて、絶対に逆らわない。彼は完全な忠誠を強要している」

「そのグループのアキレス腱になりそうな人間はいる？」とブルースは尋ねた。

「さあ、いないと思うけど、彼らは今まで追い詰められたことがないからわからない。ケンが大金を払って彼らを満足させている。彼のためなら銃弾も受けると思う」

「一番若いのは誰？」

「シドは四十五歳くらいで、幸せな結婚生活を送っていて、家に五人の子どもがいる。身だしなみが良くて、敬虔なバプテスト派の信者で、ウェーコの近くの田舎の出身。最後に確認したとき、彼の年俸は百万ドル近かった。それだけ払えば、かなりの忠誠心を買うことができると思うわ」

「あなたはどれくらい情報にアクセスできるの？」とノエルは訊いた。

「彼らが思っているよりたくさんの情報にアクセスできる。ケンのエグゼクティブ・アシスタントとして働いていたとき、私は知らないことがないくらいだった。彼がそのことを不安に思い始めたことに私は気づいたの。あの会社のコンピューターやシステムのことはよく知っている。ハッキングはしていないけど、私が見ていると彼らが知らないこともいろいろ見ているわ」

「今も給料をもらっているの？」

「マーケティング担当の副社長としてね。マーケティングの仕事はほとんどないけど。この業界では、宣伝は必要ないから」

「君は疑われている？」とブルースは尋ねた。

「いいえ。私がネルソンと話していると疑われていたら、今私はここにいないわ」

その言葉を全員が静かに受け止めた。小さな声でディンは言った。「そして私は抜け出すべきときが来ている。ネルソンが八月に殺されてから、私といるときのケンの態度が変わったの。人を殺したことで彼が罪悪感にさいなまれているとは思わないし、今言ったように、私のことも疑っていないと思う。でも暴露されることを死ぬほど心配しているの。確かにフラクサシルは違法な薬じゃないし、患者の寿命を延ばしている。でもメディケア詐欺で大規模な連邦捜査が行われるのではないかと恐れている。そうなれば起訴される可能性が高い。そして、苦しみを引き延ばされた被害者の遺族が何万件もの訴訟を起こすことになる。それに、不法行為で訴えられたグラッタンを救ってくれる保険会社はひとつもない。私は逃げられるうちに逃げなくちゃいけない。あの会社がしていることを私は憎むし、あそこで働いている人のほとんどを憎悪している。新しい生活を始めたいの」

「あなたは最終的に何を手に入れようとしているの？」とノエルは訊いた。

「ネルソンは本の印税の半分を私にくれると約束してくれた。書面にした契約はない。本当のことを言うと、それは私とベッドにいたときに約束してくれたことなの。それでも、拘束力のある契約だと私は思っている」

　ブルースは首を振っていた。「彼の遺産からお金を取るのは難しいと思う。生きていたら彼は約束を守ることができたけど、遺言執行者や遺言検認判事が認めるかどうかはわからない。だいたい、裁判所に申し立てをして誰にも気づかれないとは思えない」

「私もそう思った。ところで、内部告発者保護法には詳しい？」

「僕が？　僕はただの田舎の本屋だよ」

「それはどうかしら。お願い。助けてほしいの。私一人で全貌を明らかにすることはできない。証言することはできない。主犯のケン・リードと結婚しているから。配偶者を告発することを禁じる法律はないけど、私には無理なの」

「離婚しなさい」とノエルは言った。「話を聞いていると、そうする準備はできているみたいじゃない」

「そうするつもりだけど、事情が複雑なの。現時点では、ケンは離婚に同意しないわ。彼は被害妄想になっているし、私の弁護士に自分の悪事を掘り返されるのを恐れるはずだから。それに、婚前契約書がある。ほとんど強制的にサインさせられたの。離婚したら、私がもらえるのは百万ドルの現金だけ。彼の資産総額にもとづいて争うこともできると思うけど、それは何年も引き延ばされる大がかりな訴訟になる。それに、不安もある。明らかに危険な男たちを相手にするのは恐ろしいわ。だから私は抜け出して、遠くに行きたいの」

彼女は初めて声を震わせたが、わずかだった。すぐに気を取り直し、にっこりと笑ってみせて、またコーヒーを飲んだ。

ノエルは訊いた。「詐欺を続けてきて、彼らはどれくらい稼いだの？　何年続けているの？」

「最低でも二十年」

「じゃあ、この二十年で、グラッタンはビタミンE3でどれくらい儲けたの？」

「ネルソンの小説は読んだ？」

「半分だけ」

ブルースは言った。「彼の推測では年間二億ドル、それに加えて、メディケアの追加分がある」

デインは微笑んでうなずいた。「それは近い額だと思うわ。でも正確なことは誰にもわからない。薬で患者の寿命がどれくらい延びるかは知りようがないから。半年長く生きる人もいるし、三年の人もいる」

「合計で四十億ドルということね」とノエルは言った。

「それくらいいね。それに、苦情を申し立てる人は誰もいない。見事な計画だと思う。発覚しなければね。私の勘では、ケン・リードはそろそろ手を引こうと考えている。十分に稼いだし、危険を感じ始めていると思うから」

「ネルソンの本のせいで？」とブルースは尋ねた。

「それもあるし、なくなったサンプルのこともある。彼が指示すれば、E３はすぐに消えてなくなる。誰にも知られることはないわ。スタッフは、あれが何なのかまったく知らないし。患者は亡くなるけど、それは自然なことだから。気の毒な患者の家族は、ほっとするでしょう。説明を求める人は誰もいない」

彼女は腕時計を見て、この部屋に来て二時間もたっていることに驚いたようだった。「そろそろ行かなくちゃ。友達が待っているから。一つ提案してもいい？」彼女は大きなハンドバッグを開け、小さな箱を二つ取り出した。

「これは安い携帯電話よ、プリペイド式の。ヒューストンのウォルマートで買ったの。これを私たちが連絡を取り合うときだけに使いましょう。いいかしら？」

「いいよ」とブルースは言った。「次に話をするのはいつ？」

「近いうちに。だんだん危険が迫っているのを感じているし、早くあの人たちから逃げたいから」

三人とも立ち上がり、握手をした。ブルースは彼女と一緒にドアのところまで行き、彼女の後ろで閉めてから、ソファに寝転がった。目をこすり、両目を閉じて、額に腕をのせた。ノエルはミニバーから水を出して二つのグラスに注いだ。

しばらくして彼女は訊いた。「どうして自分はこんなことをしているのか、疑問に思うことはある？ このまま家に帰って、この一件に幕を下ろすこともできるんじゃない？ 地元の警察は頼りにならないかもしれないけど、あとは彼らに任せて、ネルソンのことを忘れることはできない？ どうして私たちが殺人事件を解決しなくちゃいけないの？ あなたは自分でも言っているじゃない——彼はあなたの弟じゃないって」

「毎日五回くらいはそう思うよ」。彼は起き上がって言った。「ノエル、言うまでもないけど、こんなことは続けられない。常に片目でバックミラーを見ながら生活することはできない。何者かに電話を盗聴されて、メールを読まれていると思いながら日々の仕事をしているなんて、信じられる？ 僕には無理だ。ずっと寝不足で、誰がネルソンを殺したのかを考え続けて、もう疲れてしまった」

「きっぱり断ち切ることはできないの？」

「もちろんできない。僕は彼の著作権管理者で、彼の小説は来年出版される。その先も何年にもわたって彼の過去の作品の管理をすることになる」

「それはわかるわ。でもあなたを私立探偵として雇った人はいない」

「確かにそうだ。ワシントンＤＣのあの会社を雇って、これほど深入りしたのは間違いだった」

「でもそれはすんだことよ。これからどうするの？」

「一緒にワシントンＤＣに行こう」

# 11

ザ・ローウェルからタクシーに乗った二人は、ラガーディア空港ではなく、ペンシルベニア駅に向かった。予約したフライトの二席は、空席のままになる。代わりに二人はアセラ・エクスプレスに乗り、三時間後にはユニオン駅に到着した。そこからタクシーに乗り、ダレス空港までの長い道のりを走った。二人は空港のそばの看板のない建物に午後一時過ぎに入った。リンジー・ウィートが待っていた。イレイン・シェルビーが加わり、全員で会議室に集まって、お互いに礼儀正しく振る舞った。ブルースがニックを連れてこの建物を飛び出してからまだ三週間もたっていない。

ブルースは書類を差し出して言った。「これがあなた方の解約通知書だ。サインはしなかった」

「すばらしい」と言ってリンジーはにっこり笑った。「あなたが引き続き依頼人でいてくれてよかった」

「まだわからない。僕たちには助けが必要で、料金もすでに全額払っている」

「確かにいただいています」

「重要な条件が一つある。僕にあらかじめ知らせずに〝潜入〟して情報を集める計画などは実行しないこと。この点について交渉の余地はない」

リンジーはイレインに目をやり、またブルースを見た。「普段ならそんな条件は受け入れないわ。あとで縛られることになるかもしれないから。あのね、ブルース、私たちは真実を追ってどこに行くことになるか、わからないこともあるの。臨機応変に対応できるようにしないといけないし、その場で判断しなければならないこともある」

「他人を傷つけることもある。ブリタニーがその一人。三年前には、もうちょっとでマーサーが傷つけられるか、最悪の事態になるところだった。このことを僕と約束しないなら、僕はまたしてもここを出ていくことになる」

イレインは言った。「わかった、わかった。約束するわ」

全員が深呼吸をした。ブルースは話を続けた。「僕たちは情報提供者と会った。その情報提供者は、われわれが疑っていたことをすべて裏付けてくれた――ネルソンのこと、グラッタンのこと、そしてフラクサシルまたはE3の使用のこと。ネルソンの計算はだいたい合っていた――過去二十年、年に二億ドルずつ稼いでいる。彼らは『パルス』の出版を止めようと必死になって、ネルソンを殺した。ブリタニー・ボルトンも」

リンジーは予想どおりだったというようにうなずきながら聞いていた。「わかったわ。その話を私たちに聞かせて」

## 12

ブルースが話し終わると、イレインは言った。「あなたは情報提供者のことを繰り返し〝情報提供者〟と呼んだけど、性別を明らかにしたくないということね。でも男なら、迷わず〝彼〟と呼んだでしょう。つまり、情報提供者は女性だということになる」彼女はリンジーに微笑み、リンジーも微笑み返した。私たちは賢いのよと言わんばかりだ。

ノエルも同じことを考えていた。

ブルースは言った。「わかったよ。彼女は女性だ。以前はケン・リードのエグゼクティブ・アシスタントで、今は三人目の妻だ。彼女はいろんなことを知っているけど、何しろ彼と結婚しているから、告発することをためらっている。それに、彼女は脅えてもいる。彼女の身元は、僕がいいと言うまで明かさないでほしい」

ノエルは言った。「彼女は急ぐべきだと考えているの。会社が今すぐ薬を使うのをやめても、誰も気づかないから」

「あなたが私たちを雇ったのは、その会社を破滅させるためじゃない。あなたが私たちを雇ったのは、ネルソンを殺した犯人を突き止めたいからでしょう?」とリンジーは訊いた。

「そうだ」

イレインは言った。「問題は、その二つがつながっているかどうか。私たちはその質問に答えることはできないけど、大まかな計画はある。私たちが以前に建てた計画。つまり、解約の前に」

ブルースは訊いた。「その計画を僕たちに話す気はあるの?」

「FBIに行くことが計画の一部なの」とリンジーは言った。

イレインは言った。「私たちはFBIの上層部につてがある。これは大規模なメディケア詐欺だと説得できれば、彼らは捜査を始めると思う。これほど特殊な背景がある事件なら、なおさらね」

「きっと飛びつくと思うわ」とリンジーは言った。「私は今から三本ほど電話をかけなくちゃいけない」

イレインは腕時計をちらっと見た。「お腹がすいたわ。お昼はもうすんだ？」

「いや。お昼にしよう」とブルースは答えた。

リンジーは立ち上がり、他の三人を追い払う仕草をした。「食べに行って。私にはサンドイッチを持って帰ってきて。私は電話をするから」

## 13

リンジーのすすめで、二人はペンシルベニア大通りのウィラード・ホテルに泊まった。翌日は、うららかな春の日だった。金曜日だ。予定外に、まる一週間も家を空けている。二人は五ブロック歩いてフーヴァー・ビルの正面入り口まで行き、イレインとリンジーの二人と合流した。入り口を通ってすぐに彼らはボディースキャナにかけられ、写真を撮られ、身分証明書を確認され、顔の特徴を記録するため超小型カメラの前に立つよう指示された。検問を無事通過すると、真面目な顔をした二人の若い女性が待っていて、三階の会議室へ案内された。

「これからどなたとお会いするのかしら？」とリンジーは女性の一人に訊いた。

「ミスター・デリンジャーです」と言い、彼女は立ち去りながらドアを閉めた。

ブルースとノエルはデリンジャーが何者か知らなかったが、リンジーとイレインはよく知っているようだった。リンジーは言った。「すごいわ、副長官よ」

数分後、デリンジャーが五人のアシスタントの部隊を引き連れて颯爽と入ってきた。全員がおそろいの黒いスーツ、黒い靴、白いシャツに、それぞれに無個性なネクタイを合わせている。早口の紹介が行われ、どの名前もたちまち忘れ去られた。デリンジャーがさっとテーブルの周囲を指し示す仕草をして、全員が着席した。秘書がコーヒーを配るあいだ、イレインとデリンジャーはFBIの古い友人たちについて語らった。秘書が立ち去りドアが閉まるとすぐにデリンジャーはブルースをまっすぐ見て言った。「まずは、ミスター・ケーブル、進み出てきてくれてありがとう。お友達のネルソン・カーのことは残念です」。何の感情も温もりもこもっていないが、耳に心地よい言葉だった。

デリンジャーが自分の右手にいるミスター・パークヒルにうなずくと、彼は書類を手に取ってさっそく本題に入った。「私からもお礼を言います。これは歴史的なメディケア詐欺のようですが、あなたがいなければ、私たちが知ることはありませんでしたからね」

ブルースはうなずいた。すでに感謝されることに飽き飽きしていた。

パークヒルは続けた――「昨日夜遅くまで調査をして、そちらのお話の大部分は裏付けが取れました。われわれの計画は、直ちに最下層から始めることです。さまざまな施設の用務員や看護師を狙い撃ちして、サンプルを集めます。それをヒューストンにいる人間を警戒させないように実行します。それから薬の出どころを突き止めて、流通経路をたどります。フラクサシルは承認されたことがない薬ですから、これほど大規模な詐欺に使用されていれば、何千件もの違反を摘発できるはずです。それだけでも会社を潰すことができます。どこかの時点でオフィスの捜索に入って、悪玉を逮捕して、記録を差し押さえます」

「ネルソンの殺害については？」とブルースは尋ねた。

「それは難しいかもしれません。連中を逮捕して、起訴したら、プレッシャーをかけて、取引を提示します。たいていは誰かが保身に走って協力しますよ。シド・シェノールがウィークポイントかもしれませんね。家に五人も子どもがいますから。いずれにしろ、その時点で判断します。裕福な犯罪者は、刑務所に入らず、高級な遊び道具を手放さずにすむ選択肢に飛びつきますし、そういう人間と話をつける方法をわれわれは心得ています。とはいえ、この会社はうまく運営されているようですし、手ごわい人間によってがっちり守られています」

　デリンジャーは言った。「ミスター・ケーブル、言うまでもないことですが、この件は極秘に扱う必要があります」

「もちろん。僕が誰に話すというんですか？」

「情報提供者とは、やりとりをするつもりですか？」

「さあ、どうだろう。連絡をとるべきですか？」

「情報提供者の名前を教えてもらうことがわれわれにとっては重要です」

「情報提供者の承認を得ないと教えられません」

「そうでしょうね。ではここで、いろいろ質問をさせていただいて、お答えを録音したいのですが、かまいませんか？」

「楽しそうですね。僕も質問をしていいですか?」

「もちろんです」とデリンジャーは言った。

「これは契約殺人のようだから、連邦政府の管轄になるんでしょうね?」

「おそらく」

「フロリダのFBI支局に捜査を担当してもらうことはできますか?」

「すでに手配しました」

「ありがとう」

「こちらこそ感謝します、ミスター・ケーブル」

黒スーツの二人がデリンジャーと一緒に部屋を出た。ブルースとノエルはそれから三時間にわたってパークヒルの質問に答え、ネルソンと彼の死について、彼の作品と遺産について、まだ名前を明かしていない情報提供者のデイン・ノディンに聞いたことについて話した。正午にようやく解放された二人は、ペンシルベニア大通りを歩いて十五丁目のオールド・エビット・グリルまで行き、リンジーとイレインの二人と長いランチを楽しんだ。

# 第九章――「検挙」

## 1

グラッタンの施設はそれぞれに専属の免許准看護師（LPN）がいることが建て前だったが、低賃金や劣悪な雇用条件のせいで、あらゆるレベルの従業員が慢性的に不足している。現在、マディソン・ロード老人ホームにLPNとして勤務しているローリー・ティーグは、他の二つのホームと合わせて一日に十五時間勤務し、残業手当ももらっていなかった。

アーカンソー州マーマデュークの町外れで、彼らはローリーを彼女の職場まで尾行し、彼女がオフィスに入るまで数分待ってから、バッジを掲げて襲撃した。「FBIだ」と彼らは声をそろえて言った。一人がドアを閉め、もう一人が彼女に座るよう身ぶりで合図した。二人はおそろいの服を着ていた――カーキ色のパンツ、ネイビー・ブルーのブレザー、白いシャツ、ノータイ。カジュアルな格好をすれば注目されないと思ったようだが、この田舎町ではかなり浮いてしまっている。

ローリーは散らかったデスクの前にある彼女には小さすぎる椅子に倒れ込み、何か言おうと口を開けた。ラムキー捜査官が手を上げて彼女を制止した。「できればわれわれがここにいることを誰にも知られたくない。いいですか？　乱暴なことは何もしません。でもあなたの逮捕状を持っています」

リッター捜査官がさっと書類を取り出し、デスクの上に投げて言った。「フラクサシルという無認可の規制薬物を投与した容疑です。聞いたことはありますか？」

彼女は書類を無視して首を横に振った。

「ここのボスは誰ですか？」とラムキーが訊いた。

「今はいない。すぐやめちゃうから」

「なるほど。よく聞いて。このことは内密にしておきたい。だから、誰かに聞かれたら、本社から会計士が帳簿を見にきていると言ってほしい。わかりましたか？」

「別にいいけど。私を逮捕するの？」

「まだしません。あなたと取引をしたい。同意すれば、あなたは刑務所に行かずにすむし、このことを誰にも知られずにすむ。話を聞きますか？」

「選択の余地がある？」彼女はティッシュを一枚取って目元を拭いた。

「もちろんあります。とっとと失せろと言ってもいい。その場合はあなたに手錠をかけて、車でジョーンズボロの拘置所まで送ります。そこで弁護士に電話をかけて、出してくれと頼めばいい」

「その選択肢は選びたくない。私は何も悪いことをしていないし」

リッターは言った。「それは陪審員が決めることです。裁判になれば。ただし、われわれと取引するなら、陪審員も、裁判所も、弁護士も、マスコミも、みんな避けられる。ご主人に話す必要さえない」

「その取引、よさそうね。フラクサシルって?」

「中国で製造されている違法薬物で、米国郵政公社によってアメリカに送られています。この会社では、ビタミンE3と呼ばれているようです。それなら聞いたことがありますか?」

「あるわ」

「誰に投与されていますか?」

「重度の認知症患者。私、弁護士が必要?」

「拘置所に行くなら必要になります。取引というのは、こうです。われわれと協力して、薬を見つける手伝いをしてほしい。雇い主の不利になる情報を手に入れてこちらに渡す情報提供者になってほしい。計画通りにいけば、あなたに対する告訴は取り下げられます」

「私の雇い主はどうなるの?」

「どうなるか気になりますか?」

「べつに」

「それでいいですよ。彼らのほうもあなたがどうなっても気にしません。これは十五の州を股にかけた大規模な捜査で、巨大なメディケア詐欺を暴くものです。あなたの雇い主は生き残るかもしれませんが、たぶん無理でしょう。僕があなたの立場なら、会社の心配はやめて、自分の身を守ります」

「私の兄はジョーンズボロで弁護士をやっているわ」

「知っています。彼は破産専門で、刑法については何一つ知りません」

彼女はラムキーをじっと見つめ、それからリッターを見つめた。どちらも三十歳くらいの生意気なうぬぼれ屋だ。彼らは何でも知っている。彼女は何も知らない。彼らは彼女に手錠をかけて、正面入り口まで歩かせることができる。患者や同僚の目の前で。彼女は家に四人の子どもがいた。一番上が十一歳。彼らの母親が拘置所に入れられたらどうなるだろう。そう思うと気持ちが抑えられなくなり、彼女は泣き始めた。

翌日、ローリーは昼休みに薬局へ行き、Ｅ３カプセルの瓶を持ち出した。世間話をよそおって薬剤師と話し、ビタミンやサプリメントは、週一回、テキサス州にある会社の倉庫から翌日配送で送られてくることを聞き出した。規制薬物は、毎週水曜日の朝にリトルロックの配送業者が手渡しで届ける。

ラムキーとリッターは交代で証拠集めのために訪れた。彼らはアーカンソー州北東部で他に十一か所の老人ホームを捜査している。特別捜査班は十五の州にあるグラッタンの百の施設を対象に捜査を続けたが、一か月たっても、捜査が入っているという情報がヒューストンの本社に漏れることはまったくなかった。

## 2

プリペイド式の携帯電話が一週間ぶりに鳴り、ブルースは彼のオフィスに入ってデインと話をした。彼女はヒューストンにいて、ヨガのレッスンをさぼり、ランチの約束をした友人が来るのを待っているところだった。重大ニュースは彼女が前日に離婚弁護士に会ったことで、初訪問はうまくいったようだ。彼女は離婚の申請を急いではいなかったが、留守がちなケン・リードと同じ家で暮らすことにはうんざりしていた。どのような戦略を立てるかは、難しい問題だ。彼が浮気をしたと主張し、それを証明するために長く醜い闘いを法廷で繰り広げる勇気が自分にあるだろうかと彼女は自問していた。計画がうまく進めば、ミスター・リードと彼の会社は間もなく民事と刑事両方のありとあらゆる訴訟に圧倒されることになるだろう。

ブルースはFBIの捜査についてあまり知らされておらず、大きなニュースがいつごろ入ってくるかも見当がつかなかった。ワシントンにいる捜査官が週一回電話をかけてきて五分ほどの進捗報告をしたが、時間の無駄でしかなかった。

「あなたのことをとても心配しているのよ、ブルース」とデインは言った。「あまりにも無防備だから。その小さな店にずっといて、いつ見つかってもおかしくない」

「それで何をされると思う？　通りで射殺されるとか？　それに、リードと彼の仲間たちが僕を襲っても、何の得もないだろう。出版を止めることはできない。ネルソンを殺して出版を止めようとしたのは、考えれば考えるほど愚かなことだった。彼はまったくのフィクションを書いていたんだから。読んだ人が、これはグラッタンのメディケア詐欺にもとづく話だと気づくなんて、リードがそう考えたとしたら、かなり無理があると思わない？」

「いいえ。リードはその本がフィクションだと知らなかったの。ネルソンが自分の会社についての暴露本を書いていると思ったのよ」

「そうだとしても、彼を殺したところで悪者たちが得をすることにはならなかった。本はもう書き上がっていたんだから」

「本当に危険な人たちなのよ、ブルース。それに彼らは切羽詰まっている。ケンはすべてを失うことを恐れていると思うわ」

「僕は大丈夫だよ、デイン。電話番号やメールアドレスも変えたし。まだ気をつけてはいる。かなり面倒なことだけどね。僕たちは土曜日に出発して、一か月ほどマーサズ・ヴィニヤード島で過ごすことにした。ノエルも気分転換をしたがっているし、店にいても何も起こらないからね。この島は死んだも同然だ。だから僕は大丈夫。君はどう？」

「私は元気よ。とにかく連絡は取り合いましょう」

ブルースは電話を切ってから携帯電話をじっと見た。ノエルと交わした結婚の誓いがなかったら、またデインと会いたいと思っただろう。

やるな、ネルソンのやつ。

## 3

遅かれ早かれ、運はめぐってくるものだ。この業界ではそう言われている。

スナイパーは、木々が生い茂った道のない丘を四分の一マイルほど歩いて登った。絶好のスポットは林の奥深くにあった。彼はパートナーと一緒に四時間前にここを探索し、地形を把握していた。そのときに選んだホワイトオークの大木を見つけた。低いところにある枝につかまって四十フィート登り、他の木々のてっぺんを見下ろす位置についた。地上の三百八十ヤード離れたところには、オハイオ州西部で手広く商売をしているアスファルト舗装業者のミスター・ヒギンボーサムが所有するけばけばしい田舎の邸宅があり、この位置からは裏手のパティオのドアがよく見える。

ヒギンボーサムは今、仲間とラスベガスに出かけている。年に数回はギャンブル旅行に繰り出すのだ。彼は、年下の二人目の妻が自分の留守中に元彼と会っていると確信していた。スナイパーはヒギンボーサムとは会ったことがないし、顔を見てもわからない。契約は信頼できるブローカーがアレンジしたものだ。ヒギンボーサムが雇った優秀な探偵たちは電話を盗聴し、本日の午後四時半、家政婦が帰ったあとにランデブーが予定されているという残念なニュースを彼に告げていた。

木の幹と枝にはさまれたところに落ち着くと、スナイパーはゆっくりとケースを開け、ライフルの組み立てを始めた。ミリタリーグレードの美しい武器で、価格は二万ドルだった。彼の商売では、武器はいくつあっても困らない。この銃はまだ仕事で使ったことはなかったが、射撃練習場で何時間も練習し、五百ヤード以内のものなら命中させられる自信がついていた。スコープを調節し、パティオのドアに照準を合わせ、カートリッジを三つ押し込んだ。うまくいけば、使用するのは二発だけ。一発百万ドルの計算だ。

邸宅は舗装された田舎道にぽつんと一軒だけ立っていて、見える範囲に隣家はない。あらゆる遊び道具がそろっている——奇妙な形をした大きな青いプール、テニスコート、ヒギンボーサムがヴィンテージ・カーを保管している独立したガレージ、妻の馬が入っている小さな厩舎。彼の子どもたちは、大陸の反対側にいる一人目の妻と一緒に暮らしている。

四時四十分、黒のポルシェ・カレラが現れてスピードを落とし、曲がって私道に入っていった。スナイパーは武器をかまえた。運転者は表の道路から見えない家の裏手に駐車した。それをずっとスコープを通して見ていたスナイパーにとっては絶好の位置だ。ロミオ君が車から降りてきた——三十五歳、ふさふさのブロンド、細身でジーンズを穿いている。いそいそと歩いてパティオを横切り、ドアの前で立ち止まる。そして、まったく必要はないが、不安そうにさっと辺りを見回してから家に入っていった。

四時四十一分。二人はどれくらい時間をかけるだろう？　普通の状況なら急ぐ必要はないが、これは人目を忍ぶ行為であり、長居をすることはできない。適切なウォームアップがあり、行為があり、少しピロートークがあり、もしかしたら性交後の一服があるかもしれない。これがギャンブルなら、四十分未満に賭けようと彼は思った。

賭けには負けた。五時二十八分、家に入ってから四十七分後にロミオ君は出てきて後ろ手にドアを閉め──彼女の姿はない──先ほどよりちょっとゆっくり歩いて車に戻ろうとした。彼の手が車のドアに触れた瞬間、スナイパーは引き金を引いた。ほぼ同時に二四三口径のライフルから発射された六ミリの銃弾が標的の左耳の真上から侵入し、頭の右側の大きな穴から脳の大部分と一緒に出ていった。血液と脳組織が車の窓やドアに飛び散り、標的はどさりと地面に倒れた。

スナイパーは薬室から薬莢を取り出し、セミオートマチック・ライフルを再装填してパティオのドアに照準を合わせた。距離があり、鬱蒼（うっそう）とした林の中から撃ったため、ミセス・ヒギンボーサムが銃声に気づいたかどうかはわからない。だが、おそらく聞こえただろうと彼は思った。書斎の窓をさっと横切る人影が見えた。数秒後にパティオのドアがわずかに開き、彼女がポルシェのそばの衝撃的な光景を見ているのがわかった。

さあ、困った。このような状況で、人はどうすればいいのだろう？　助けを呼べば、ただちにスキャンダルが露呈して彼女の世界は一変する。むろん、良い方向に変わることはないだろう。警察は彼女を質問攻めにするが、彼女は答えられない。彼女の夫はおそらく彼女を殴り、町じゅうの弁護士を雇って彼女が文無しで放り出されるようにするだろう。

いったいどうすればいい？　彼女は心が千々に乱れていた。

恋人が死んでいるのは明らかだ。それともまだ息をしているだろうか？　彼女は運命の決断をした。とにかく走って出ていって彼の様子を確かめ、次にどうするか考えよう。しかし、次はなかった。彼女がドアを開け、一歩外に出ると、スナイパーは発砲した。一ミリ秒後に銃弾が歯に命中し、激しい衝撃で彼女は頭からドアの横のレンガの壁に叩きつけられた。短い白のバスローブと黒い紐パンティーのほかは何も身につけていなかった。スナイパーはスコープを通してその姿を眺めながら、もったいない、と思った。日焼けして引き締まった体は、無駄な脂肪がまったくついていない。彼女の致命的欠陥は不道徳な性行為を好んだことだが、そのために死ぬことになるとは夢にも思わなかっただろう。

スナイパーは手早くスコープを外し、バレルを回して外し、手際良くライフルをケースに戻した。そしてストラップでケースを背負い、ホワイトオークの木を降り始めた。あわてる必要はない。遺体が発見されるには何時間もかかる。彼はパートナーと数時間後にはデイトンのダウンタウンにあるハーヴィーズ・リブ・シャックでステーキ・ディナーを楽しむ予定だった。シャンパンと上等なワインを飲みながら完璧な殺害計画を振り返り、二百万ドルの報酬に乾杯する。明日の朝には新聞をチェックして、衝撃のニュースを読むだろう。冷酷な殺人事件に驚愕するヒギンボーサムがラスベガスでコメントしているかもしれない。それから二人は次の仕事まで数か月は離れ離れになる。

しかし、一本の腐った木の枝がすべてを吹き飛ばした。敏捷さで知られていた元特殊部隊隊員としては信じられないようなミスだったが、彼はこの場面をあとで思い出すこともできなければ、分析する時間も与えられない。頭から真っ逆さまに落下し、つかまるものは何もなく、悲惨な着地に備えて身を固くする暇もなかった。硬い地面に額から落ち、すさまじい勢いで首が折れて、自分は死んだと彼は悟った。意識を失い、次に目を開けたときには、どれくらい時間がたったかまったくわからなかった。あたりは暗くなっていた。腕時計を見ようとしたが、手を上げられない。体がまったく動かない。首の痛みは耐えがたく、悲鳴をあげたかったが、うめくことしかできなかった。何度もうめき声が漏れた。仰向けに倒れ、腰が妙な形にねじれていて、姿勢を変えたいが、まったく何も動かせない。肺だけは動いていたが、呼吸は苦しかった。ライフルが入ったケースは見えなかった。携帯電話は後ろのポケットに入っているが、手を伸ばせない。

本物の軍服を着て世界中で敵を追っていたころは、必要な状況で速やかに決着をつけられるようにいつもポケットにシアン化合物の錠剤を入れていた。目を閉じ、今あの薬があれば、と思った。こんな死に方はしたくない。

探しにきた彼女に発見されたとしても、脊髄が潰（つぶ）れてしまっている。彼の体を動かそうとすれば、事態をさらに悪化させるだけだ。

## 4

彼を見つけるより先にうめき声が聞こえてきた。彼女は膝をつき、彼の目をのぞきこんだ。

「何があったの？」とささやいた。

「落ちた」と彼はうなった。「首が折れた」

「仕事は片付けた？」

「ああ、二人とも。それから落ちた」

「いったいどうして」

「ごめん」

「下のほうでサイレンが聞こえた。早く移動しないと」

「無理だ。麻痺してる。何も動かせない」

「そんなばかな。リック、私がここから連れ出す」

彼は目を閉じ、さらに大きなうめき声をあげた。彼女は立ち上がって木の反対側に回り、背を伸ばして家のほうを見ようとしたが、何も見えなかった。小型のレーザーライトで周囲を照らし、ライフルのケースを見つけて、どうするべきか考えた。これを持っているところを捕まったら、一巻の終わりだ。

そして、彼をいったいどうすればいいのか？　あのバカは自分で落ちて首を折ったのだ。彼を担いで木が生い茂った土地を一マイル以上も降りようとしたら、神経の損傷がさらにひどくなる。その事実を彼女は訓練で学んでいた。

自分の愚かさのせいで彼は捕まろうとしている。だが自分は逃げられる。それに、二百万ドルの報酬を山分けせずにすむ。遠くからサイレンの音が聞こえてきた。

彼女は歩いてリックのそばで立ち止まり、彼を見下ろした。彼は目を開け、彼女が小型の自動拳銃をポケットから取り出すのを見た。「やめろ、カレン、やめてくれ」

彼女は彼の額に狙いをつけた。

「頼む、やめてくれ」

彼女は二度発砲した。

## 5

発見されたときのリック・パターソンの状態を半死半生だったとするのは、かなり楽観的な見方だと言えるだろう。脊髄が押し潰され、頭部の二か所に銃創を負い、大量の血を地面に流し、脈拍数は二十八、最低血圧は四十と、半分よりもはるかに死に近づいていた。救援隊員や救急医療士のチームが木の下で一時間ほどかけて応急処置を施し、どうにかシンシナティの病院に空輸できるほどに容態が安定した。そこで彼は十一時間に及ぶ手術を受けた。それから四十八時間後、彼は依然として危篤状態にあった。

そして、彼はまだリック・パターソンではなかった。所持品には彼の身元や住所や電話番号を示すものは何一つなかったからだ。オハイオ州警察の刑事が捜査令状を入手し、人工呼吸器につながれて生きるために闘っている患者の指紋を取った。指紋のおかげでようやく患者はリック・パターソンというワシントン州タコマ在住の陸軍退役軍人であることが判明した。兄弟の話では、彼は民間警備会社の仕事をしていた。弾道検査の結果、彼のスナイパー・ライフルはヒギンボーサム家のパティオで繰り広げられた殺戮（さつりく）に使われたものと同一であることがすぐに確認されたが、彼の頭の二つの銃創は、拳銃から発砲された、もっと小さな銃弾によるものだった。警察は現場に戻り、一帯を徹底的に調べたが、成果はほとんどなかった——役に立たないブーツやタイヤの跡がいくつか見つかっただけだ。

大きな謎を突きつけられて警察は途方に暮れた。ミセス・ヒギンボーサムと彼女の恋人のジェイソン・ジョーダンの殺害事件は解決したが、パターソンを撃って逃げたのは、誰が、何のためにしたことだろう？　そして、彼を殺し屋として雇ったのは誰だろう？　すでにミスター・ヒギンボーサムは取り調べを受けており、弁護士を雇っていた。

それから何日もパターソンは死を受け入れなかった。さまざまな装置や特効薬の力を借り、医師たちも滅多に見ないほどの粘り強さを発揮して、必死で命にしがみついた。

そして九日目、彼は話し始めた。

## 6

ボブ・コブは海辺の長い散歩から戻り、プールサイドでくつろごうと霜のついたマグにビールを注いでいるときに電話が鳴った。ジャクソンビルにあるFBI支局のヴァン・クリーヴ捜査官だった。彼が一か月前に島で調査を始めたときにボブは彼と会っていた。

ヴァン・クリーヴは、明日支局に来てもらえないかとボブに尋ねた。支局はジャクソンビルのダウンタウンにあり、少なくとも片道一時間はかかるため、ボブはためらった。最近は執筆をしていて、いつもの通り、予定より遅れているから、FBIの相手で一日潰したくない。

「ちょっと重要なことでして」とヴァン・クリーヴは言った。「ここでお話しする必要があるんですよ」

ボブはごねても無駄だと悟り、ＦＢＩの要求に応えるために明日一日の予定を変えることにしぶしぶ同意した。

彼は午前十時ちょうどに到着し、ヴァン・クリーヴについて三面に大きなスクリーンがある狭い部屋に入った。ヴァン・クリーヴはそわそわしていて、何か有力な情報をつかんだことは明らかだった。照明を落としながら彼は言った。「お見せしたいビデオが何本かあります」

一つ目はカラーの映像で、スナイパーのライフル・スコープの中の超小型カメラで撮影されたものだった。ヴァン・クリーヴが解説した。「これは二週間前にオハイオ州デイトンの近くで起こった事件です。ポルシェから降りてくる男は夫ではなくボーイフレンドで、奥さんとの短い情事のために家に忍び込もうとしているところです。夫は何人かの男友達とラスベガスに出かけていましたが、殺し屋を雇っておいたんです。色男は家に入り、四十七分間、奥さんとタンゴを踊ります。事件はそのあとで起こりました。ここで彼がドアから出てきて車に向かいます。バン。スナイパーが彼の頭部の半分を吹き飛ばします。四百ヤード近くも離れたところから命中させました。二十六秒後、奥さんが彼の様子を見に出てきて、バン、顔の半分を吹き飛ばされます」

「これはすごい」とボブは言った。

「気に入っていただけると思いましたよ」

「これをどうやって入手したか聞いてもいいかな？」

「スナイパーがバカなやつで、どういうわけか、自分の最高の仕事を撮影したら面白いんじゃないかと思ったようですね。フェイスブックで公開するつもりだったわけじゃないでしょうけど、旦那へのプレゼントにするつもりだったんですかね。わかりませんよ。バカなことをしたものです。オハイオ州西部では大ニュースになりました。見ましたか？」

「いや、これは見逃したな」

別の画面に『デイトン・デイリー・ニュース』の一面が映し出された。紙面に太字の見出しが躍っている――人妻と愛人、契約殺人の犠牲に。見出しの下には二人の犠牲者の大きな顔写真と、夫のヒギンボーサムの小さめの写真が掲載されている。

ヴァン・クリーヴが話を続けた。「スナイパーは木の上にいて、二人を殺したあと、なぜか落ちて脊髄を損傷しました。動けない状態だったので、パートナーが彼の頭を二発撃った。死にかけている動物を安楽死させるようなものでしょうね。ジャングルの掟です。現地の警察も、FBIも、スナイパーについては公にしないという賢明な判断を下しました。プロの殺し屋のようで、射撃の名手ですが、木登りは下手だったようです。それはともかく、これまでのところ、この男については一言も報道されていません」

ヴァン・クリーヴがボタンをクリックし、別の動画が立ち上がった。「ここからがいいところです。このスナイパーはまだ生きていて、九日目に話を始めました」。画面に映し出されているのはリック・パターソンだった。病院のベッドで人工呼吸器につながれ、頭に分厚い白いガーゼを巻かれ、あちこちにチューブやワイヤをつながれている。ダークスーツを着た五人のいかめしい顔つきの男たちが彼を見ている。ヴァン・クリーヴはビデオを一時停止した。「これがそうです。そばにいるのは彼の弁護士、連邦検事、連邦治安判事、それにFBI捜査官が二人です」。ベッドの反対側には手術着を着た医師二人がいた。ベッドの足元にカメラを設置し、広角で撮影されている。映し出されている場面は、理解しがたいものだった。

ヴァン・クリーヴは言った。「パターソンは長くは生きないと思われています。二か所の脳出血があって、出血量は多くないものの、止めることができないようです。なんとか生き延びたとしても、彼の人生は終わったも同然で、本人もそれを知っています。だから彼は話しています。というより、コミュニケーションをとっているわけです。口にチューブやら何やらが入った状態ではしゃべれませんから、手を少し動かせるようになったので、メッセージを書き殴って、同意のしるしにうなることができます。さまざまなワイヤやチューブがありますが、そのうちの一本がオーディオ装置につながっています。会話はすべて町の反対側にある連邦検事のオフィスで録音されています。もちろん、彼は質問に答えられる状態ではありませんが、本人が要求したことです。どうしても話したいようです。担当の医師たちもはじめは反対していましたが、すでに死の宣告をしたわけですから、結局はかまわないだろうということになりました」

判事が患者に法律の基本的な決まりごとについて説明しているのが聞こえた。患者は黒のマーカーペンを持ち、腹部の上に立ててあるホワイトボードにぎこちない動きで文字を書いている。

連邦検事は患者のほうに少し体を寄せて言った。「それでは、ミスター・パターソン、これからいくつか質問します。すべてあなたの弁護士が承認したものです。あせらずにゆっくり答えてください。われわれは急ぎませんから」

急がないわけがない、とボブは心の中で思った。脳の二か所で出血し、首が折れて、この男は刻一刻と死に近づいている。

「あなたはリンダ・ヒギンボーサムとジェイソン・ジョーダンの殺害計画にかかわっていましたか?」

彼は「イエス」と書き、連邦検事が記録するためにこれを読み上げた。

「あなたが二人を殺したのですか?」

イエス。

「その殺害に対する報酬を受け取りましたか?」

イエス。

「その額は?」

二。

「二百万ドル?」

イエス。

「殺害のために報酬を支払ったのは誰ですか?」

長い間があり、パターソンはゆっくりと書いた——知らない。彼の弁護士は言った。「彼は知らないと言っています」

「わかりました。それについては、後ほどまたうかがいます。あなたは単独で行動していたのですか?」

ノー。

「共犯者は何人ですか?」

一人。

「その人の名前は?」

パターソンはためらわずに名前を書いた——カレン・シャルボネ。

「殺害計画の実行中、その人はどこにいたのですか？」

回答はなかった。

ヴァン・クリーヴは言った。「ここで彼は五分ほど動かなくなって、死んだと思われました。しばらくしてまた回復し、パートナーは近くにいて、倒れている自分を発見したと認めました。助けようとする代わりに、彼女はとどめを刺そうと頭を二発撃ちました。このビデオについては以上です。次のビデオは、とくに興味を持っていただけると思います。これはラグナビーチの高級ジムの中で撮影されたものです。もちろん、われわれが監視していた場所です」

八人の女性が四人ずつ二列になり、大音量の音楽とリーダーの金切り声の命令が響き渡る中で体を動かし、汗をかいていた。全員が引き締まった体でカリフォルニアらしく日焼けした魅力的な女性だった。カメラは赤毛のショートカットの女性にズームインした。

ボブは微笑んで言った。「おやおや。あの体は、どこにいても見分けがつくよ」

ヴァン・クリーヴは言った。「あなたはイングリッドの名前で知っていると思いますが、本名はカレン・シャルボネです。元アーミー・レンジャー、元殺し屋、リック・パターソンの元パートナー」

「〝元〟というのは？」

「はい、われわれは彼女を捕まえました。パターソンが彼女のことを暴露してからわれわれは彼女を見つけ出して、三日にわたって追跡しました。彼女は勘づいたようで、高飛びしようとしました。ロサンゼルス空港で東京行きの便に乗ろうとしているところを逮捕しました。パスポートはドイツのもので、少なくとも六つは使っていたようです」

ヴァン・クリーヴがクリックすると、顔写真が画面に表れた。

ボブは言った。「赤毛のショートカットは似合っているし、効果的だけど、おれの目はごまかせない。この女に間違いないよ。彼女は何か話した？」

「一言も話していません。われわれもリックのことをまだ話していません。彼女は死んだ彼を森の中に置き去りにしたつもりでいて、われわれが発見したことを知りませんし、もちろん、彼がわれわれとコミュニケーションをとっていることも知りません」

「彼女についてはどれくらいわかったの？」とボブは訊いた。

「申し上げたように、パターソンはかろうじて持ちこたえているような状態なので、取り調べはなかなか進みません。彼女とは五年ほど前から手を組んで、高額の報酬で殺しを請け負っていたとパターソンは言っています。ヒギンボーサムの仕事では、二人で二百万ドルの報酬を受け取っています。彼女の銀行口座を調べたところ、少なくとも四か国に十数個の口座がありましたが、案の定、二日前にセントクリストファー島の口座に金が振り込まれました。二百万ドルです」

「ネルソン・カーについては何かわかった？」

「それはまだです。昨日の時点では、パターソンはまだ話をしていました」

「もっと急いで話を聞き出さないと」

「残念ですが、もう終わりは近いと思います」

# 7

ジャクソンビルをあとにしたボブは衝動的に州間高速道路95号線を降り、国際空港に行ってチケットを買った。ニューアークまで飛び、ボストン行きの便に乗り換えて、そこからマーサズ・ヴィニヤード島へ行く近距離運行の飛行機に乗った。出発から七時間、彼は到着してブルースの携帯に電話をかけた。ブルースは彼の連絡に驚き、ヴィニヤードまで何をしに来たのかと訊いた。

「招待してくれたじゃないか。忘れたのか？ 夕食は何時から？」

ブルースはボブを招待した覚えはまったくなかったが、何かあったのだとすぐに気づいた。

ブルースがひとりで待っていると、一時間後にボブが満面の笑みを浮かべてやってきた。二人は隅の席で向かい合い、飲み物を注文した。ボブは話を切り出した。「ＦＢＩが誰を拘束したか、聞いたらびっくりするぞ」

「エドガータウンのシドニー・ホテルのバーで待ち合わせしよう。一時間後に」

「誰だ？」

「イングリッド。本名はカレン・シャルボネ、カリフォルニア州ラグナビーチ在住」

ブルースは驚きのあまり言葉を失った。ボブの顔から視線をそらし、首を振り始めた。飲み物が運ばれてきて、時間をかけてワインをひと口飲んでからブルースは言った。「わかった。話を聞かせてくれ」

「すばらしすぎて、聞いても信じられないぞ」

# 8

監視されているとも知らず、彼は大きなＳＵＶを公園のそばにあるパーキング・エリアの一つに駐車した。トランクを開け、少年野球の各種道具が入った大きなダッフルバッグを引っ張り出す。一緒にいる息子のフォードは十一歳のオールスター選手で、すでにユニフォームを着ている。彼の名前が入った野球バッグには、四十年前ならプロの選手も持っていなかったような道具がそろっている。

父と息子はゆっくりとふたつの球場の間にある歩行者用通路を歩いていった。野球をするには絶好の日和で、他に一千組の親子が土曜の野球を楽しもうと集まっている。

シドはレイダースのコーチではなく、野球道具のマネージャーだった。二人はチームのダッグアウトを見つけ、チームメイトやコーチと挨拶し、グラウンドのスタッフが内野を整備してチョークで線を引く間、くつろいで待っていた。試合開始は一時間後で、少年たちは外野でキャッチボールをしている。コーチや父親たちはアストロズがカージナルスに負けた昨夜の試合について議論していた。

カジュアルな服装で野球少年の父親に扮した四人のＦＢＩ捜査官が、彼らに少し接近した。しばらくしてシドはダッグアウトを出て売店に向かった。ソフトドリンクを買い、試合が進行中の別のフィールドへ歩いていった。金網の前に立って、いずれ対戦するチームを偵察していると、名刺を持った男が近づいてきて、他の人には聞こえない小声で言った。「FBIのロス・メイフィールドです」

シドは名刺を受け取り、じっくり眺め、フィールドに視線を向けたまま訊いた。「初めまして。何か御用ですか?」

「話をする必要があります。早ければ早いほうがいい」

「何の話ですか?」

「グラッタン、フラクサシル、メディケア詐欺、場合によってはネルソン・カー。話さなければならないことが、たくさんあります。すでに巨大な包囲網が張られていますよ、シド。それが急速に狭まっています。われわれは証拠を入手しています。四十年以上の拘禁刑を科される可能性があります」

彼は腹にパンチを食らったかのように目をつぶったが、できるだけ反応を見せないようにしていた。わずかに肩を落としただけで、後に捜査官が報告したとおり、恐ろしい瞬間を驚くほど冷静に受け止めた。

「弁護士が必要でしょうか?」

「はい、二、三人は必要かもしれませんね。電話でつかまえて、四十八時間以内にミーティングをセッティングしてください」

「しなかったらどうなりますか?」

「バカなことはやめましょうよ、シド。われわれは令状をとって午前三時にあなたの家のドアを蹴破ることになりますよ。奥さんと五人のお子さんにとっては、ちょっとしたトラウマになるかもしれませんし、ご近所さんにすべて見られてしまいます。それにね、シド、われわれはぜんぶ聴いています。ケン・リードや他のお仲間に一言でも漏らしたら、またとないチャンスが瞬時に消えてしまいますよ。わかりますか？　これは自分の身を守るチャンスです。リードはもう過去の人ですし、彼の会社も生き残れないでしょう」

　シドは歯を食いしばり、かすかにうなずいた。

「二十四時間」とメイフィールドは言った。「あなたか弁護士の方から二十四時間以内に連絡をください。いいですか？　そして四十八時間以内にお会いしましょう」

　シドは何度もうなずいた。


　日曜の朝早く、眠れない夜を過ごしたあとで、シド・シェノールは車を運転してベルエアーにある弁護士の事務所に向かった。ヒューストン近郊の富裕層が多く住む地域だ。弁護士のF・マックス・ダルデンは知能犯罪のスペシャリストとして名を知られていたが、ケン・リードという人物も、彼の会社のこともまったく知らなかった。二時間にわたり、シド・シェノールはグラッタンのこと、リードと会社の幹部のこと、そしてビタミンE3またはフラクサシルの使用について、自分が知っていることを洗いざらい話した。彼はネルソン・カーについては何も知らないと主張した。

　十一時、予定どおりにロス・メイフィールド捜査官と三人の同僚が今度はいつもの黒いスーツ姿で到着し、F・マックスは彼の豪華な続き部屋のオフィスの会議室に全員を案内した。秘書がコーヒーとドーナツを出すあいだ、男たちは緊張感を少しでも和らげようと世間話を続けた。

秘書がいなくなると、Ｆ・マックスがミーティングの主導権を取ろうと本題に入った。「皆さんは私の依頼人に何かしらの取引を提示するためにきたのでしょうね」

メイフィールドは言った。「そのとおりです。われわれはここヒューストンの連邦検事と協力しています。われわれの計画は、ミスター・シェノールを含むグラッタンの幹部の大部分を起訴することです。あなたの依頼人は何年にもわたって非常に大規模なメディケアおよびメディケイドの詐欺に関与してきたと確信しています。彼が会社の他の大勢の人間と一緒に起訴されることは確実です」

「その詐欺がどのようなものか、お話しいただけますか？」Ｆ・マックスはすでに基本的なことは知っていたが、相手を探るために訊いた。

「フラクサシルという薬にかかわるものです。社内ではビタミンＥ３の名前で知られています。登録されていますが、承認されていません。有害な薬だからです。二十年前ほど前に中国の研究所で偶然発見され、当初は、すばらしい可能性を秘めた薬だと思われていました。心臓を動かし続けることによって寿命を延ばすことができる可能性があったからです。ところが、効果を発揮するのは他のすべての脳機能を失った患者だけだと判明しました。おまけに、ほとんど即座に失明を生じさせます。どういうわけか、グラッタンの人々はこの薬について知り、中国の研究所と契約を結びました。そして二十年前からグラッタンはこの奇跡のビタミンを使って、数万人の認知症患者が何か月か長く呼吸を続けるようにしていました」

「つまりその薬は延命効果があるわけですか？」Ｆ・マックスは信じられないという顔つきで尋

ねた。

「効果があるのは、瀕死の怪我人か重度の認知症患者に投与した場合だけです。失明を生じさせるという問題もあります。これが良い薬だと陪審を納得させるのは難しいでしょうね」

「私は陪審の扱い方は心得ていますよ、ミスター・メイフィールド」

「そうでしょうね。そのチャンスもあるかもしれませんよ。われわれは言い争いや交渉をするために来たのではありません。ミスター・ダルデン、あなたは法廷のヒーローだと思います。でも率直に言って、今回は勝ち目がまったくない」

シドは気分を落ち着けようと質問した。「取引というのは、どのようなものですか?」

メイフィールドはコーヒーを飲み、ダルデンを睨み続けた。ようやくカップを置くと、シドに向かって話し始めた。「第一に、あなたはわれわれに情報を提供します。二週間ほどで書類を提出してもらいます。われわれに必要なのは、薬の料金の支払い経路です。どれだけの額が、どこに支払われているか。いつから続いているか。中国の研究所に資金を届けることに関与しているのは誰か。これは経理の問題で、あなたの専門です。この薬の使用を承認したか、そのことについて知っていた他の幹部や上級管理者の名前も必要です。第二に、われわれは起訴状を取り、彼らを逮捕します。これは慎重に進めます。ケン・リードは明らかに逃亡の危険がありますからね。これまでに社用ジェットを三機と国外の三か所にある住居を特定しています。最初に逮捕されるのはあなたですが、それは静かに目立たないように行います。誰にも知られることはありません。その翌日に特別機動隊(SWAT)が送り込まれて大々的な逮捕劇が始まります。第三に、あなたは共犯証言者になり、われわれに必要なすべての宣誓供述書を作成し、必要があれば証言する準備をします。

われわれは司法取引をして寛大な処遇を与えるよう判事に要請します」

「寛大な処遇というのは？」とシドは訊いた。

「罰金なし、最長六か月、自宅拘禁」

シドは諦めの気持ちで申し出を受け入れた。栄光の日々は終わったのだ。続いている間は楽しかった。銀行には十分な額の預金があるし、人生をやり直す時間も十分にある。妻子もついていてくれるだろう。恥ずかしい思いに耐え忍び、先に進むのだ。ここはテキサス州だ。人生を立て直し、また金を儲ければ、過去は容易に忘れ去られる。アウトローが称賛される土地柄でもある。それに、率直に言って、ケン・リードと彼の取り巻きには、まったく忠誠心を感じていない。彼らは妻をとっかえひっかえして、シドの信念に反する軽蔑すべきライフスタイルを追求している。グラッタンから立ち去り、二度と戻らなくてもいいと言われれば、せいせいするというものだ。

F・マックスは言った。「どうして免責にできないんですか？　依頼人が訴追を免除されたほうが、私としても嬉しいんですがね。それでも彼は全面的に協力しますし、皆さんは必要なものを手に入れられます」

「この件に関しては、免責は与えられません。これはワシントンからの命令です」

## 9

ＦＢＩからの強い要請と費用はこちらで持つという申し出を受け、ボブ・コブはボストンからロサンゼルスへ飛んだ。二人の捜査官に税関の外で出迎えられ、ウィルショア・ブルバードにある彼らのオフィスに車で向かった。三階にある看板のないオフィス・スペースに案内され、バスキン捜査官に紹介されて、笑顔で迎えられた。勝利は目前であることを誰もが感じているようだった。バスキンは廊下の反対側の小さな会議室にボブを案内した。そこでは技術者が待っていた。大きなデジタル画面に、哀れなリック・パターソンが死にかけている様子が映し出された。

バスキンは言った。「この映像の一部はすでにご覧になったそうですね」

ボブは言った。「ああ、ジャクソンビルで」

「続きがありましてね。これは二日前に撮影されたものです」。ベッドの周りでは全員がジャケットを脱いでいて、五人の白人の男は取り調べに疲れているように見えた。連邦検事は法律用箋を手に証人／患者を見下ろして言った。「さて、ミスター・パターソン、昨年八月五日に、ネルソン・カーという作家がフロリダ州カミーノ・アイランドで殺害されました。あなたは何かしらの形で関与していましたか？」

苦しそうな間があり、彼は弱々しく「イエス」と書いた。

「あなたはネルソン・カーを殺しましたか？」

「ノー」

「あなたのパートナーのカレン・シャルボネが殺したのですか？」

「イエス」

「それは大型のハリケーンのさなかでしたね？」

「イエス」

「カー氏は頭部に複数の鈍器損傷を負って亡くなりました。そうですね？」

「イエス」

「どのような凶器が用いられたか、あなたは知っていますか？」

「イエス」。長い間があり、彼の弁護士が彼の口のすぐ近くまで屈み込んだ。パターソンはうなり、何かつぶやいた。弁護士は連邦検事に耳打ちし、彼は次に質問した。「凶器はゴルフクラブですか？」

「イエス」

ボブ・コブは思わず笑い出しそうになった。「あいつ、やるじゃないか」

「何ですか？」とバスキンは言った。

「あのガキは、事件の翌日に正解を当てた。いや、長い話だから、あとで説明するよ。あるいは、しなくてもいい。どっちでもいいことだ」

取り調べは続いていた。連邦検事は証人に質問した。「あなたとカレン・シャルボネがネルソン・カーを殺害するために受け取った報酬の額はいくらですか？」

また苦しげな間があり、小声で「四」とつぶやいた。

「四百万？」

「イエス」

「その額を二人で均等に分けたんですか？」

「イエス」

「支払いをしたのは誰ですか？」

間があった。彼の弁護士が再び身を屈め、彼の言葉を聞き取ろうと耳をそばだてた。パターソンがうなり、弁護士は体を起こして連邦検事にささやき、彼は質問した。「ブローカーから支払いを受けたのですか？」

「イエス」

「そのブローカーとは、誰ですか？」

弁護士がまたささやき、連邦検事は尋ねた。「そのブローカーとは、ミスター・マシュー・ダンですか？」

「イエス」

この時点で証人は反応しなくなり、尋問者らは引き下がった。医師が前に出て彼にささやき、手を振って全員を追い払った。画面が真っ白になった。

バスキン捜査官は言った。「この日は、これで終了しました。彼は二十分ほどしか持たないんです。われわれはマシュー・ダンを見つけて監視下に置いています。大した男ですよ。武器や麻薬の密売をしていた過去があり、傭兵としてシリアで働いていたこともあります。悪人ですが、もうすぐ逮捕できるでしょう。さて、あなたの彼女に会ってみたいですか？」

「ああ」

「注意事項があります。彼女はパターソンが生きていることを知りません。自分が林の中でとどめを刺したと思っています。今のところはタフな女を演じていますよ」

「行こう」

二人は階段で二階まで下り、二人の捜査官が見張りに立っているドアの前で立ち止まった。バスキンがドアを開け、中に入るようボブに身振りで合図した。どうぞ、やってみてください。

カレン・シャルボネは天井より低い金網の仕切りの向こう側にある金属製の椅子に座っていた。左手は手錠で椅子に巻き付けた鎖につながれている。ボブは向かいの椅子に座り、彼女に笑顔を見せたが、彼女は無表情のままだった。

彼は言った。「調子はどうだ、ベイビー？　とうとう捕まったみたいだな」

彼女は肩をすくめた。そんなことはどうでもいいという態度だ。

「あのときは楽しかったな。二人で長い週末を過ごした。覚えてるか？」

「覚えてない」

「それはがっかりだな。週末ずっとベッドで過ごした。おれの家で。楽しくやったじゃないか。覚えてないのか？」

「覚えてない」

「あんたみたいな尻軽女は、相手の男をいちいち覚えてられないか？」

彼女はまた肩をすくめ、微笑んだ。何を言われても動じないようだ。

「最後にあんたを見たときは、走って逃げていたな。カテゴリー4のハリケーンで、まっすぐ立っていられないくらいの風の中で歩道を走っていった。頭のイカれた女みたいに。おれは大声で何度も呼んだけど、結局、諦めたよ。頭がおかしいんだと思ったからな。ネルソンの家に向かっていたとは知らなかったよ。あいつから電話があったんだ。あんたが来て、馬鹿みたいに騒いでいるって。そうだろう、そいつはイカれてるんだっておれは言ってやったよ」

「何の話かわからない」

「それはあんたが血管に氷が流れているプロだからだ。ベッドでも、どこか冷たい感じがあったよ。もちろん文句を言っているわけじゃないけど、何かしっくりこなかった。ネルソンのコンドミニアムであんたの指紋が見つかったのは知っているか?」

「ネルソンって?」

ボブの背後にある壁はただの白い石膏ボードに見えたが、その一部にスクリーンが隠されていた。スクリーンの後ろには三台のカメラが設置され、カレン・シャルボネの顔に向けられている。かすかな動きやまばたき、目の動き、額や口の周りの筋肉の動きの一つ一つが専門家によって分析されている。彼女はまさに氷の女だった。手も凍りついたように動かない。呼吸も落ち着いている。表情はまったく変化がなかった。意表をついてボブが目の前に現れても、彼女は何の反応も示さなかった。

その瞬間までは。

「あんた、7番アイアンであいつを殴ったんだって?」とボブは信じられないという顔で訊いた。唇がわずかに開いた。まるで急に空気が足らなくなったみたいに。眼差しが少しきつくなった。ショックを受けたようだ。そして目を細め、眉間(みけん)に二本のしわが現れた。それからすべてを振り払って微笑み、彼女は言った。「イカれてるのはそっちでしょ」

「それは否定しないが、人を殺すほどイカれちゃいないし、捕まるほどアホじゃない。おい、ベイビー、また会おう。あんたはフロリダに送還される。犯行現場にな。そこでかわいらしい赤毛ちゃんは裁判にかけられる。おれは法廷で見ているよ。あんたに不利な証言をするのが楽しみだ。相棒のネルソンのために正義を勝ち取れるなら、おれは喜んで協力する」

「何の話かわからない」

ボブは立ち上がってドアまで歩き、部屋を出た。

## 10

マシュー・ダンはラスベガス・ストリップに近いガラスのタワーの中にあるベッドルーム一つのコンドミニアムを借りて住んでいた。四十八時間の監視の結果、彼はずいぶんとのんびりした暮らしをしていることがわかった。毎日午後には長い散歩をしてベラージオまで行き、そこで安いスコッチをすすりながら、十ドルずつ賭けてブラックジャックをやる。それよりはるかに興味深いのは、彼の過去だった。命令不服従により海兵隊から除隊処分を受けたあと、アメリカの民間の傭兵隊に採用されてイラクで汚れ仕事をした。銃器の密輸で投獄されたシリアの刑務所での二年間を生き延びた。コカインの密輸によりニューオーリンズで起訴されたが、なぜか無罪放免になった。保険詐欺で有罪になり連邦刑務所で三年を過ごし、仮釈放された一週間後に、米軍にオレンジジュースを供給する五百万ドルの国防契約を勝ち取った。その途中のどこかで彼は利益のための殺人を請け負うようになり、高額の報酬を払う依頼人に頼りにされる存在になった。令状が出て銀行口座の強制捜索が行なわれたが、ほとんど成果はなかった――預金額は二万ドルを切っていたのだ。彼は現金や外国の銀行を好むのだろうとＦＢＩは考えた。彼のラップトップを監視し、携帯電話を盗聴していたＦＢＩは、彼がメキシコシティ行きのフライトを予約したことを知った。そしてマッカラン国際空港で無事に逮捕された彼は、クラーク郡拘置所の独房に収容された。

## 11

首を折った十八日後、リック・パターソンはシンシナティ病院の集中治療室でとうとう息を引き取った。四十四歳、独身で結婚歴のない彼には、家族と呼べる者はほとんどいなかった。兄が手配し、遺体は火葬にされ、遺灰は「一時的な保管」のためにシアトルの霊廟(れいびょう)に送られた。彼の経歴には空白期間があったが、最も有力な説は、彼とカレン・シャルボネは二十一年前に東アフリカに派兵されたときに出会ったというものだった。彼らの道は何度か交差し、二人ともアフガニスタンとイラクで何年か過ごしている。二人が結婚していないことは確かで、彼の死を招いた仕事を除けば、真剣な付き合いがあったという証拠はない。報酬を受け取った証拠をつかむ努力も徒労に終わった。闇の世界で仕事をしている他の者たちと同様に、現金と海外口座を好んだようだ。

カレンが彼の死について知らされることはなかった。彼女はリックを林の中に置き去りにして、彼はそこで死んだと今も思っているはずだ、とＦＢＩは考えていた。保護拘置下に置かれた彼女は新聞やインターネットにアクセスできない。リンダ・ヒギンボーサム、ジェイソン・ジョーダン、ネルソン・カー、そしてウィスコンシン州の形成外科医の殺害について、死刑に相当する殺人罪の容疑を掛けられていると知らされたとき、彼女は冷静な声で弁護士を呼んでくれと頼んだ。

## 12

F・マックス・ダルデンが打ち出した司法取引の暫定的合意書に署名したあと、シド・シェノールはグラッタン・ヘルスの財務記録から必要な情報を洗い出す作業にとりかかった。彼自身がシステムを導入し、アップグレードしてきたため、容易な仕事だった。四十八時間もたたないうちに彼がF・マックス宛に送った暗号化されたメールには詳細な情報が大量に添えられていたため、それを見たロス・メイフィールド捜査官と特別捜査班は舌なめずりした。フラクサシルはやはり廉価(れんか)な薬だった。グラッタンはその購入費に年間八千万ドルほど支出していた。費用は海外の会社や口座の入り組んだルートを通してシンガポールのブローカーに送金され、そこから最終的には福建省の研究所に届けられた。

財務記録は宝の山となり、さらに雪崩のような勢いで送られてきた。シドは会社の魂を売り、担当官に好印象を与えて、さらに有利な取引を交渉しようとしていた。最初に情報をリークしたときから彼は裏切り者となった。もう引き返すことはできない。七十二時間後には、FBIが処理できないほど膨大な量のデータを送っていた。すばらしいことに、そのすべてが法廷で証拠として認められるものだった。

そして、交渉のときがきた。F・マックスはロス・メイフィールド捜査官に一対一で話し合いをしたいと申し入れた。二人は午後遅く、彼のオフィスの近くの高級なバーで会った。F・マックスは赤ワインを注文した。勤務時間中のメイフィールドはコーヒーにした。飲み物が運ばれてくるとすぐにF・マックスは本題に入った。「私たちは免責を求めます。制約なしの完全な免責です。起訴も、逮捕も、何もなし。シドは無罪放免、自由になる」

メイフィールドは首を振った。「その話はもうすんだはずです」

「しましたよ。でも話はまだ終わっていません。シドがケン・リードの海外口座や財産について、すべての情報を提供できるとしたらどうですか？　国内から海外はニュージーランドまで、彼は各地の銀行に五億ドル以上の金を隠しています。それについてシドは詳細な情報を提供できます。その他の財産についても教えます――家、ヨット、飛行機などです」

「話を聞きましょう」

「これが明らかになったときの訴訟のことを考えてください。会社に対する何万件もの訴訟です。リードはドナルド・トランプみたいに破産を宣告して、法廷の陰に隠れて身を守るでしょう。しかし、原告や彼らのハングリーな弁護士たちが、彼の隠し財産にアクセスできるようになったとしたらどうですか？　それこそが正義だと私は思います。リードは最終的に文無しになり、死ぬまで刑務所から出られなくなります。シドはそれを可能にできますが、免責が条件です」

「それはどうでしょうね」

「頼みますよ、ロス。シドは、おいしいゴシップをすでに山ほど提供したでしょう。そちらは処理が追いつかないくらいですよね。彼はやるべきことがわかっていますし、もっとやりたいと思っていますが、それには条件があります。そもそも、彼を起訴して汚名を着せても、そちらには何の得もないでしょう？」

　メイフィールドは微笑んでうなずき、店内を見回した。彼は提案を気に入っている——それは明らかだった。「ネルソン・カーの件については？」

「何もありません。支払いをした形跡がまったく見つからないんですよ。リードは一回限りの契約をして、どこか別の口座を使ったか、現金で払ったのかもしれないとシドは考えています。会社とはまったく切り離して取引を行なったということです。彼もそこまで馬鹿じゃないですからね」

　メイフィールドは腕時計をちらっと見て言った。「五時五分。終業時間だ。トイレに行ってくるから、ビールを注文しておいてください」

　ビールはメイフィールドが戻る前に運ばれてきた。彼は大きくひと口飲んでから言った。「その話に乗りましょう。今晩、ワシントンに電話して話をつけておきます」。彼は手を差し出し、F・マックスと握手した。

## 13

　五月中旬の雨が降る火曜日の午後、ブルースは自宅のベランダで、雨水がトタン屋根の上で跳ね、プールに流れ込む音を楽しみながら、読書をしたり昼寝をしたりしていた。店にいるべき時間ではあったが、雨の日はふだんよりさらに客足が減る。日を追うごとにブルースは店にいることも本屋という商売も憂鬱に感じるようになっていた。ノエルは島を脱出してニューオーリンズでアンティークの買い付けをしていた。

遠くから安い携帯電話が鳴る音が聞こえた。めったに聞かない音だ。それが何の音か気づいて彼はあわててキッチンに駆け込み、電話に出た。

デインは言った。「こんにちは、ブルース。ちょっと話をしてもいい？」

「もちろん。だから電話に出た」

「何かが起ころうとしているの。私はヒューストンの自宅にいて無事だけど、ケンは、明日の朝、出発しようとしている。長期の旅行で、行き先はリオだと思う。できる範囲で調べて情報を確認したわ。よく聞いてね」

「メモをとるべき？」

「いいえ。聞いてもらうだけでいい。彼はヒューストンのホビー空港から朝九時に自家用機のファルコン九〇〇で出発する予定なの。それから、ガールフレンドを拾うためにテキサス州タイラーに一時着陸する。彼女はダラスから車で来る。そして二人で出発するの。確かじゃないけど、これは逃亡計画だと思う。あなたからFBIに知らせてもらえる？」

「もちろん。君のほうは本当に安全なの？」

「あの人は今、私のことは気にしていないわ。追手が迫っていると察して、挙動不審になっているの。とにかくFBIへの連絡はお願いね」

ブルースはボブ・コブに電話をかけ、すぐに海辺の店で会おうと言った。レオの襲来前には存在しなかった店だ。ボブはジャクソンビルのヴァン・クリーヴ捜査官に電話をかけ、メッセージを伝えた。

## 14

翌朝八時、ケン・リードはお抱え運転手つきのSUVに乗り、ホビー国際空港の一般航空ターミナルへ行って、ファルコン九〇〇に搭乗した。テキサス州タイラーに向かうフライトの乗客は彼一人だった。ジェット機は九時〇一分に離陸した。目的地までのフライト時間は三十分。リードが飛び立った直後にFBI捜査官と鑑識官の大人数のチームがサウス・セントラル・ヒューストンにある特徴のない二十階建てのオフィスビルのロビーに入っていった。彼らは最上階の四つのフロアに非常線を張り、従業員全員を三つの会議室に押し込んだ。そして全員の携帯電話とラップトップを没収し、騒いだら逮捕すると脅した。従業員らは震えあがり、泣き出す女性も何人かいた。

タイラーでは、ケンのガールフレンドがアシスタントに案内されてファルコンに乗り込んだ。アシスタントは立ち去り、機内は二人だけになった。パイロットたちは滑走路に出て離陸するために管制塔の指示を待っていた。ケンは秘書に電話をかけたが、応答がなかった。他のアシスタントや部下にもかけた——誰も電話に出ない。

彼は妻に電話するという過ちを犯した。デインが電話に出ると、急な出張に出ることになった、と彼は伝えた。

「どこに行くの、ケン？」と彼女は涼しい声で言った。

「ワシントンに行って、そのあとニューヨークに行く。何日か留守にすると思う」

「そうなの？　一人で行くの？」

「残念ながら、そうらしい」

「聞いて、ケン。どう話せばいいかわからないけど、パーティーは終わったわ。あなたはリオへは行けないし、一緒にいる女の子も、お母さんのところに帰るでしょう。飛行機は飛び立たないし、そのすてきなファルコンに乗るのもこれが最後ね。ＦＢＩに何もかも没収されるわ。女の子たちもね。じゃあ、法廷で会いましょう」

デインは笑いながら電話を切った。

ケンは悪態をつき、窓の外を見た。ちょうど三台の黒いＳＵＶが彼のジェット機の横で停車するところだった。三台とも、あのいまいましい青いライトがダッシュボードの上で点滅していた。

# 第十章——「旋風」

## 1

六月の第一週には、本格的な暑さが訪れ、日が長くなって、ようやく島に夏がやってきた。レオの襲撃から十か月が過ぎ、清掃作業も終わって、日々、心地よい音が島中に響いている——電気のこぎりや電動ハンマー、ディーゼルエンジン、忙しく働く男たちの声。作業員らは長時間労働で、場合によっては昼夜交代で作業を続け、コテージやレストラン、ショッピングセンター、教会、そして内陸にある住宅の修繕をしている。海辺の小さなホテルやモーテルのほとんどは営業を再開しているが、客室が何百もある大きなホテルは被害も甚大だったため、再開までまだ何か月もかかる。海岸のゴミは片付けられ、侵食された入江には砂が運び込まれた。私有のボードウォークのほとんどは再建され、市が新たに建設した二本の桟橋が海の上に長く伸びていて、そこには孤独な釣り師たちが戻ってきた。

六月にはニック・サットンも戻ってきた。ウェイクフォレスト大学で英文学の学位を取得して卒業したばかりだが、就職のあてはない。仕事を探す努力をしているわけでもなかった。彼の計画は――それを計画と呼べるなら――今年の夏も、これまでの三年間の夏と同様に、祖父母の家の留守番をしながらアルバイトで本を売り、売るよりたくさんの本を読み、ビーチでぶらぶらして日焼けすることだった。ニックのことを気に入ってはいるが彼の自発性のなさを心配しているブルースをはじめとして、誰かにこれからいったいどうするつもりなのかと問われれば、美術学修士号（MFA）を取得するという名目でさらに二年間は大学生活を楽しみながら、奨学金をもらって執筆をするつもりだというような漠然とした考えを述べた。最初に書く小説の内容については、もっと漠然としたアイデアを持っているようだった。

そもそもブルースが他人のキャリアについてアドバイスするのはおかしいのではないかとニックは指摘した。ブルースは二十三歳のときにはまだオーバーン大学の三年生で、結局は中退したのだから。

ニックは、友人ネルソン・カーの死に始まり、今も日々新たな展開を見せているドラマの詳細を調べることに毎日何時間も没頭している。オンラインであらゆる記事を読んで索引付きのファイルに保存し、すべてのニュース映像の動画を残していた。インターネットを徹底的に調べて情報を収集し、この半年で事件についての歩く百科事典になっていた。

ベイ・ブックスでは、毎朝十時ごろ、タイムカードを押して店の正面カウンターで仕事を始めるはずのニックが最新ニュースを携えてブルースのオフィスに飛び込んできた。そして詳細な報告のあと、彼は「これは全部あなたが可能にしたことですよ、ブルース。すべてあなたの手柄です」というようなことを言った。

ブルースは異議を唱え、情報提供者のダニエル・ノディンが進み出てきたことは自分とは無関係だと主張した。未だ詳細が公開されていないカレン・シャルボネの逮捕にもまったくかかわっていない。

ニックは反論した。「奇跡の薬を見つけ出してグラッタンを摘発したのはどうですか？　あなたがダレスのあの会社を雇って調べさせなかったら、発覚することはなかったはずです。グラッタンは今もお年寄りにE3を投与して国民の血税を騙し取っていましたよ」

こうした毎朝の報告会は、ブルースにとっても、ありがたいものだった。ニックが毎日最新情報を報告してくれれば、時間と手間を省くことができる。しばらくすると、ニックはこの一連の出来事について本を書くつもりだと打ち明けた。しかし、現時点では、物語にはまだ結末がない。

六月半ばには、グラッタンの上級幹部のうち十一人が起訴され、逮捕されて、初出廷のために裁判所に引っ張り出されていた。四人はまだ拘置所に収容され、法外な額の保釈金が設定されていた。関連会社の役員や管理者も数十人が取り調べを受けている。事件はヒューストンの弁護士に巨額の利益をもたらしていた。

ケン・リードは捕まり、保護拘置下に置かれている。逃亡する危険性が非常に高いため、保釈は認められなかった。彼が所有するジェット機のうち三機は飛行禁止になっている。美しいヨットは沿岸警備隊のドックに入れられ、多数の高級車も差し押さえられた。ヒューストン市内のリードの自宅には今のところ警察は手を出していないため、デインはそこで生活しているが、他の三つの家にはチェーンと南京錠が掛かっている。少なくとも六つの海外銀行口座が凍結された。

やり過ぎではないかとも思えたが、ＦＢＩはビタミンＥ３の投与にかかわったグラッタンの看護師、薬剤師、管理者、さらには用務員まで、合計で六十人ほど逮捕した。ほとんどは指示を出した上司を名指しし、罰金を払って釈放されると見込まれている。ケーブルテレビのニュース番組に出演する法律専門家は、これは政府によるスタンドプレーであり、権力を誇示して重大な詐欺事件に注目を集めようとしていると感想を述べた。

　グラッタン自体は強制的に破産に追い込まれ、四万人の入居者を守るために緊急の破産管財人が指名された。破産管財人として月額十万ドルの報酬を受け取ることになったヒューストンの弁護士事務所がグラッタンの財政状況を調べると、破産にはほど遠いことがすぐに明らかになった。会社は非常に景気が良く、負債はほとんどない。破産管財人はグラッタンの運営を続けるためには自分たちが必要であると破産裁判所を説得した。これは正当な主張だろうとケーブル・ニュースの法律専門家は述べた。なにしろ会社の経営者はみんな拘置所にいるか保釈金を払って釈放されたという状況なのだから。

　ビタミンＥ３の流通はただちにストップされた。突然この問題に目を開かされた十五の州の規制当局は厳しい監視を始めた。騒がしいジャーナリストたちとＦＢＩやアメリカ食品医薬品局（FDA）を始めとする多数の政府機関が注視するなか、グラッタンの施設では重度の認知症患者の死亡が急増した。これは薬の効果があったことの明白な証拠であるとケーブル・ニュースの法律専門家は口々に言った。ひどい副作用さえなければ、何の問題もない。

　破産宣告を物ともせず、獲物の匂いを嗅ぎつけて興奮した不法行為法の弁護士たちは猛攻撃をかけ、依頼人を集めるために町なかの看板や早朝のテレビで派手に宣伝を始めた。十以上の州で次々と集団訴訟が起こされた。ケーブル・ニュースの法律専門家は、確かな根拠のないまま、原告は二十万人にのぼる可能性があると推測した。

デヴィッド・ヒギンボーサム、カレン・シャルボネ、マシュー・ダンの三人は、リンダ・ヒギンボーサムおよびジェイソン・ジョーダンの殺害について、オハイオ州の連邦裁判所において死刑に相当する殺人罪で起訴された。ヒギンボーサムはすでにオハイオ州で拘留されており、シャルボネとダンは同州への送還に抵抗していた。ジェイソン・ジョーダンの遺族は、三人の被告全員に対して二千五百万ドルの賠償金を求める不法死亡訴訟を起こした。『デイトン・デイリー・ニュース』によれば、ヒギンボーサムが苦労して稼いだ資産は総額一千五百万ドル程度で、そのほとんどを今後十年の間に報酬として受け取ると見込まれている彼の弁護士は、すべての告発に対して徹底的に争うと断言した。

リック・パターソンは死を目前にしてラミ・ヘイエズ医師を殺したことを自白していた。ミルウォーキーの著名な形成外科医で医療装置の特許をめぐってかつてのパートナーたちと争っていたヘイエズ医師は、ショッピングセンターの外で殺害された。一見したところでは自動車の乗っ取りで、医師は金品を奪われ、頭部を撃たれ、その場で息を引き取った。彼のマセラティは二日後に治安が悪い地域にある盗難車の部品を売る店で見つかった。事件から四年間、警察は有効な手がかりを得られず、懸賞金をつけて情報提供を呼びかけても成果はなかった。リックは医師の殺害を認め、パートナーになったカレンとの初仕事だったと打ち明けた。ミルウォーキーの検事は記者会見を開き、徹底的な捜査を実施してヘイエズ医師のために正義を行使すると誓った。

カレン・シャルボネの罪状はどんどん積み上がっていったが、本人は引き続き場所が公にされていないロサンゼルス周辺の拘置所で独房に収容され、誰とも話をせず、看守とも口を利いていなかった。彼女が雇った剛腕の弁護士は、この職業の人間としては珍しいことに、マスコミを無視し、記者会見を嫌っていた。しかし、世間の関心の高まりは抑えようがなかった。カレン・シャルボネの物語は無視するにはあまりにもセンセーショナルで、警察が撮影した彼女の魅力的な顔写真は——他の写真はまだ一枚も見つかっていないこともあり——あらゆるタブロイド誌の表紙を飾った。

ニックは一つも見逃さず、すべての雑誌のすべての記事を収集していた。

彼はある朝、ダニエル・ノディンがヒューストンで離婚届を出したとブルースに報告した。彼女は不公平な婚前契約書を突き崩すことで知られるニューヨークの一流の弁護士を雇っていた。十四年間の結婚生活の間にもそれ以前にもケン・リードが資金を隠していた海外の銀行口座がいくつか見つかっており、それについても彼女は権利を主張できる。デインの弁護士は、その大部分を手に入れる計画を立てていた。

出版界では、ネルソンの殺人事件と遺作『パルス』との関連についてのセンセーショナルなストーリーを受け、予約部数が急増した。サイモン&シュスターは発行日をホリデー・シーズン前の十月十五日に前倒しすることを決定し、初版発行部数も十万部から五十万部に引き上げ、さらに増やす計画もあると発表した。

## 2

最終的には、ワシントンの司法省で決定が下されることになった。問題となっていたのは、提示されている三件の殺人事件のうちのどれが最も有利に訴訟を進めることができるかということだ。当然、三人の連邦検事はみんな自分が最初にカレン・シャルボネと対峙したいと考えている。司法長官は、彼らの言い分を聞くため、それぞれに三十分の時間を与えた。

最初がオハイオ西部地区で、次にウィスコンシン南部地区が司法長官の前で話をした。最も説得力のある主張をしたのはフロリダ州北部地区の連邦検事だった。彼はまず、カレン・シャルボネが故人のコンドミニアムにいたことを示す証拠を持っていた――一つだけだが、指紋が残っていたのだ。それだけでなく、彼女が嵐の中でよろめきながらコンドミニアムの方角に向かって夜の闇の中に消えていく姿を見た目撃者がおり、推定される死亡時刻とほぼ同時刻に被害者が目撃者に電話して彼女が自分の家にいることを話していた。

三つの事件は、いずれもリック・パターソンの臨終の告白にもとづいたものであり、法廷で認められるかどうかは大きな問題となる可能性があったが、少なくともフロリダでは、カレン・シャルボネが実行犯であることがわかっている。オハイオとウィスコンシンでは、彼女は共犯者だった。

もうひとつの検討材料は、フロリダ州における死刑の歴史だった。フロリダの連邦検事は、誇らしげに判例を並べたて、オハイオ州よりフロリダ州のほうが死刑判決が出る確率がはるかに高いことを示した。ウィスコンシン州は、一八五三年に死刑を廃止している。

二時間のミーティングの最後に、これよりはるかに重要な案件を抱えている司法長官は、フロリダ州の訴訟を最初に進めるよう命令した。

翌日、カレン・シャルボネは民間の直行便でロサンゼルスからジャクソンビルへ移送された。この隠密(おんみつ)旅行の情報がなぜかリークされ、ジャクソンビル空港は報道陣で黒山の人だかりとなっていた。連邦保安官らはバックアップ・プランを実行に移し、通用口から外に出たが、一台のカメラが彼女の姿をとらえた。野球帽と大きなサングラスで顔を隠し、手錠をかけられた彼女が、がっしりした体格のスーツを着た男たちにバンに押し込まれる様子を撮影した五秒ほどの映像だった。

ブルースは自分のオフィスでそれを観た。もちろんニックも一緒だった。ケーブル・ニュースの法律専門家によれば、カレン・シャルボネの裁判が始まるのはまだ一年先だ。彼女が一度も顔を見たことがないケン・リードと彼女がよく知っているマシュー・ダンは、そのあとで彼女の共同被告人として裁かれることになる。リードが嫌疑をかけられているすべての犯罪の中で最も重大なものは、死刑に値する殺人の罪だった。ある専門家は、仲介人のダンは、保身のためにリードとシャルボネの両方の情報を売り、司法取引をするだろうと予想した。

「嵐ですよ、ブルース、あなたはその中心に立っているんですよ」とニックは言った。

「仕事に戻ってくれ」

## 3

それから丸二日たったが、新しい動きはなかった。報告すべき最新ニュースがなく、ニックは戸惑っているようだったが、ある日の午後、ケンタッキー州の田舎から発信されたニュースを見つけて、にわかに活気づいた。フローラという小さな町の警察はブリタニー・ボルトンの死亡についての捜査を終了し、死因はよくあるオピオイドの過剰摂取であると発表した。彼女が姿を消したときの目撃者はなく、不正行為が行われた形跡もない。悲嘆にくれる遺族からのコメントは得られなかった。

## 4

一か月に一度ほど、ブルースはカリフォルニアのポリー・マッキャンと電話で話をした。彼女はここ数か月の予想外の展開を追っていて、弟を殺した犯人らが裁かれることになりそうだというニュースに力づけられたものの、東海岸で刑事訴訟手続きが長々と続くのは気が重いと思っていた。

最近、フロリダの一流の法廷弁護士が彼女と接触し、ケン・リードや他の者たちに対して巨額の不法死亡訴訟を起こすことを提案してきた。この弁護士は事件について感心するほどよく勉強していて、彼女と彼女の夫、そして彼らの顧問弁護士と会うために、わざわざカリフォルニアまで飛んできたという。その弁護士の考えでは、リードには相当な額の賠償金が払える資金力があり、不法死亡訴訟は他の民事問題よりも優先される。まずは五千万ドルを請求することを彼は提案し、自分の報酬は示談になったら二十パーセント、裁判になったら三十パーセントにすると申し入れた。刑事裁判が終わるのを待って訴訟を起こすことになるが、リードが有罪になれば、民事で彼の有罪を証明することは難しくないという話だった。

その弁護士は自分の専門分野に精通していた。彼の経歴書は自画自賛的なところはあったが、かなり立派なものだとポリーと彼女の夫は思った。どうすればいいだろうか、と彼女はブルースのアドバイスを求めた。

ブルースは、自分は今回の騒動には巻き込まれたものの、法律の知識はほとんどないし、あまり勉強する気にもならない、ただし、もしも億万長者の悪人が金を出した契約殺人の標的になったのが自分の弟だったら、間違いなく、相手から可能な限りの金を搾り取ろうとするだろう、と答えた。彼はまた、フロリダの弁護士の評判については目立たないように調べておくと約束した。

ポリーは最後に、夫と一緒に一週間ほど島に滞在して七月四日の独立記念日を祝う計画を立てていると話した。そちらで遺言検認弁護士と会う必要があるから、と。ブルースは、ぜひうちの二階のゲストルームに泊まってほしいと誘った。

## 5

六月下旬の静かな金曜日の朝、ジャクソンビルのヴァン・クリーヴ捜査官から電話があり、会って話をしたいのだが、とブルースに言った。午後遅くに車でそちらに出向くから、勤務時間が終わったらビールを一杯飲むのもいいかも知れない、できればボブ・コブにも来てほしい、と彼は言った。ブルースは自分が話し合いの場に呼ばれたことに驚いた。ここ数か月は、ほとんど何の知らせもなかったからだ。彼はカクテル・タイムにカーリーズ・オイスター・バーで会おうと提案した。

午後遅く、あるいはもっと早い時間に一杯飲もうと誘われてボブが断ることは滅多にない。ニックもミーティングの話を聞きつけて、自分も行くと言い張った。三人は湿地のそばにあるカーリーズのデッキの席に座り、まずはビールをピッチャーで注文した。金曜日の夕方で、今週も忙しく島の再建のために働いた人々は疲れていた。気温は高いが空気はベタベタしていない。店の客はみんなストレスを発散したがっている。

ブルースもヴァン・クリーヴと顔を合わせたことはあったが、ボブは彼と何度も会っている。ショートパンツとデッキシューズという姿で現れた捜査官は、もうちょっとで店の客の中に溶け込むことができそうだった。時刻は午後五時半、彼は今週の勤務が終わる時間だった。

ボブはニックを地元の友達とだけ紹介し、無職の彼について悪口を言うことは控えた。彼らがヴァン・クリーヴにビールを注ぐあいだ、店内を見回していた彼は結婚指輪をしていないことにブルースは気づいた。ウェイターがやってきて、彼らはバケツ入りのボイル・シュリンプを注文し、ビールのピッチャーを追加した。

ヴァン・クリーヴは真面目な顔になって言った。「さて、最新情報をお伝えします。ご存知のとおり、カレンにはパートナーがいました。パターソンという男です。カレンはパターソンを殺したつもりでしたが、彼はなんとか持ちこたえて、少しですが話をすることもできました。そして、ネルソン・カーを含む三件の契約殺人について自白したわけです。四件目については、まだ捜査中です。十日間にわたってわれわれは目の前で死にかけている男から情報を引き出しました。首が折れていたし、銃創もあって、ひどい状態でしたよ。それはともかく、わかったのは、マシュー・ダンというブローカーが仲介して、カレンとパターソンはケン・リードから四百万ドルの支払いを受け、カーを殺すよう依頼されたということです。二人は一緒にこの島に来てヒルトンのそばのコンドミニアムを借り、ネルソンを観察して犯行計画を立てました。ハリケーンの襲来は、彼らにとっては思いがけない幸運でした。突然、誰にも見られずに計画を実行するチャンスが訪れたわけです。カレンはネルソンのコンドミニアムに入り込み、彼を殴り殺し、嵐の中、遺体を外に運び出した。そのあとのことはご存知のとおりです」

ニックが口をはさんだ。「すみません、凶器は何だったんですか?」

「彼のゴルフクラブですよ。おそらくは、アイアンでしょう」

ニックはニヤニヤして両腕を上げ、拍手喝采を浴びているようなポーズをとった。

「どういうことですか?」とヴァン・クリーヴは不思議がった。

ボブはやれやれと言うように首を振るだけだった。ブルースが説明した。「殺人の翌日、われわれが遺体の見張りをしていたときに、三人で人生の意味について語り合っていたんですよ。ここにいるニックは犯罪小説の読み過ぎで、そのときに言ったんです。女はヒルトン・ホテルの宿泊客ではなく、仲間と一緒に近くに部屋を借りていたんじゃないかって。ネルソンと出会い、彼のコンドミニアムに誘われるよう仕向けた。そして、自分で鈍器を持っていたわけではなく、ネルソンの家にあった何かを使ったという仮説を立てた」

「正確に言うと、7番アイアンです」とニックは言った。「スコット・トゥローの小説でそういう話を読んだので」

ヴァン・クリーヴは感心した。「それはすごい。ところで君は、職探しをしていないかな?」

「こいつには今すぐにでも仕事をさせるべきだ」とボブは言った。

「ぜひ雇ってやってください」とブルースは言った。「大学を出たばかりなので」

ニックは言った。「安い給料で働きますよ。ブルースに訊けばわかります」

全員でひとしきり笑い、ビールをまた注いだ。シュリンプを運んできたウェイターがバケツの中身の半分をテーブルの上にドサッと出した。この店の伝統のようなものだ。

ブルースは質問した。「それで、彼らはどうやって島から脱出したんだろう?」

ヴァン・クリーヴは言った。「それは永遠にわからないかもしれませんね。あの哀れな男は、しばらくすると反応しなくなったので」

「そいつは本当に死んだんだよな?」とボブは訊いた。

「そう、永遠の眠りにつきました。二度と契約殺人は引き受けられません」

「イングリッドもだ！」と言ってボブはビールグラスを上げた。「乾杯」

男たちはさらに笑い、飲んだ。通りの向かいでリハーサルをしているカントリー・バンドの演奏に耳を傾け、そばを行き来する女の子たちを眺めた。

ニックはヴァン・クリーヴを見て言った。「それで、彼女の裁判はいつごろ始まりそうですか？」

彼はいらだたしげに首を振った。「わかりませんね。弁護士や判事が、いつ始めるか。二年くらいかかるかもしれない。彼女が取引をして裁判を避けることも、ありえないわけではない」

ニックは言った。「ぜひ裁判をしてほしいですね。このボブおじさんが証人席に座って、自分の親友を消そうとしているプロの殺し屋と楽しい週末を過ごした話を陪審員に聞かせるところが見たいですよ。面白い見ものになりそうです」

ボブは微笑んで言った。「陪審員はおれの話を夢中で聞くだろうな。彼女の弁護士もおれには歯が立たないよ」

ブルースは言った。「ボブ、君は証人にはなれないだろう。重罪の前科があるんだから」

「誰がそんなことを決めたんだ？」

ブルースは、この場でただひとり法律の学位を持っているヴァン・クリーヴのほうを見た。彼は言った。「そうですね、一般的には、証人としての信頼性の問題がありますから、重罪犯は避けますね。でもそうと限ったわけではありません」

ボブは抗議した。「あのイカれた女より、おれのほうがよっぽど信頼できる。法廷であの女の顔を正面から見てやりたい」

ニックは言った。「はるばるロサンゼルスまで呼ばれて行って、拘置所にいる彼女と会ったんですよね？　その話を聞かせてくださいよ」

「いいけど、その前にピッチャーをもうひとつ注文してくれ」。ブルースが手を振ってウェイターを呼び、ボブの面白おかしく脚色した話が始まった。彼のユーモアにははずみがついて話が脱線し、しばらくするとまた全員で声をあげて笑っていた。シュリンプがなくなるころには辺りが暗くなりかけていたが、パーティーはまだまだ終わりそうになかった。みんなでメニューを見て本日のお薦め料理について話していると、タイトなショートパンツとTシャツを身につけた若いブロンドの女性が彼らの席に近づいてきた。店中の客が振り返り、音楽も一時停止したように思えた。女性はヴァン・クリーヴの前で立ち止まり、彼の手をとって、頬に軽くキスをした。

「やあ、きたね」とヴァン・クリーヴは言い、すばやく席を立った。「みんな、申し訳ないけど、僕はこれで。こちらはフェリシア、僕の友人です」。彼女は輝くような微笑をブルースとボブとニックに投げかけたが、三人ともあっけにとられて言葉もなかった。三人が微笑み返し、ブルースがご一緒にいかがですかと彼女に声をかけようとすると、ヴァン・クリーヴは言った。「楽しかった。ごちそうさま。次はぼくがおごりますよ」。二人は颯爽と歩き去っていった。店内の全員の目が彼女のタイトなデニムのショートパンツに釘づけになっている。

ボブが止めていた息をようやく吐き出した。「FBIのやつに女の子をとられるとは、驚いたね」

「そう言うけど、ボブ、彼は君より二十歳は年下だよ」

ニックはまだ彼女を目で追っていた。「いやあ、感動しましたよ。本当にFBIに雇ってもらおうかな」

ブルースは言った。「二人とも、落ち着いてくれ。腹は減ってないか？　ヴァン・クリーヴが払わないようだから、僕がおごるよ。フィッシュ・タコスはどう？」

再び音楽のボリュームが大きくなり、店が賑わってきた。ウェイターがフィッシュ・タコスの大皿を運んでくると、彼らはまたビールのピッチャーを注文した。三人は食べながら嵐のあとの恐ろしい時間とネルソンの家のデッキで目にした光景について語り合った。その回想話には、意外にもたくさんのユーモアが盛り込まれていた。三人はホッピー・ダーデンを思い出して笑った。サンタ・ローザでただひとりの殺人課の刑事で、銀行強盗事件も担当していた彼は、倒れているネルソンを眺めながらぽりぽり頭をかいていた。そのあと彼は暴動を止めることもできそうなほど大量の黄色いテープを使って犯罪現場を囲った。それでも自分たちはネルソンの家に忍び込んだことを思い出して彼らは笑った。三人の略奪者はネルソンの冷蔵庫から溶けかけた肉やピザを取り出し、最高級の酒を盗んで、彼の美しいＢＭＷロードスターに乗って逃走したのだ。彼らは州警察のバトラー警部を思い出して笑った。爪先が尖ったブーツを履いて犯罪現場を偉そうに歩き回り、逮捕が目前であるかのような口ぶりだったが、有益な情報は何ひとつ発見できなかった。ＦＢＩは彼に犯人がジャクソンビルの拘置所にいることを教えただろうか？　彼らは笑いながらまたビールを注文した。

ボブとニックには決まった相手がいないし、ノエルは旅行中だ。そこで三人のアミーゴたちは、今夜は思い切り楽しもうと決めた。羽目を外して一晩中騒いでストレスを発散しよう。そんなことはひさしぶりだし、長らく重荷を背負ってきた彼らは疲れていた。

ニックは二十二歳の若者らしく、十分ごとに携帯電話をチェックするくせがついていた。十一時十五分、彼は振動した電話をポケットから引っ張り出し、画面を見ながら首を振って笑い始めた。「まいったな」

「どうした？」とボブは訊いた。

「またハリケーン・シーズンがやってきたんですよ、ボブ。二週間前に始まったんです。すでに命名されたハリケーンがあります――名前は、ブフォード」

「ブフォード？」ボブは言った。「ハリケーンの名前としては最悪だな」

「レオのときも同じことを言ってなかったか？」とブルースは言った。

ニックは携帯電話の画面を二人に見せた。大西洋の最東端に赤い塊が見える。

「予想進路は？」とブルースは尋ねた。

「予想を出すにはまだ早すぎるみたいですね」とニックは答えた。

「今はどのあたりだ？」とボブが訊いた。

「カーボベルデの西方二百マイル」

ブルースは一瞬動きを止め、首をかしげた。「レオもそこから来たんじゃなかったっけ？」

「そうなんですよ」

三人の男たちはまたビールをピッチャーで注文した。

# 訳者あとがき

リーガル・サスペンスの巨匠として知られ、一九八九年の『評決のとき』を皮切りに平均して年一冊のペースで法廷ドラマを世に送り出してきたジョン・グリシャムが、二〇一七年に発表した作品は長年のファンを驚かせた。フロリダ州沖の架空のリゾート地カミーノ・アイランドを舞台に繰り広げられるそのミステリーには、弁護士が（ほぼ）登場せず、法廷のシーンもなかったからだ。

グリシャムは、フロリダ州にある海辺の別荘に向かう長いドライブの中で、長年連れ添ってきた妻ルネーと共にこの物語を考えついた。舞台は風光明媚な海辺のリゾート。登場するのは、書店主、作家、貴重な初版本や生原稿を狙う者など、本を愛好する多彩なキャラクターたち、そしてビキニにサンダルという眩しい姿のヒロイン。文学史に輝く有名作家の貴重な直筆原稿の強奪をストーリーにとり入れることは、ルネーのアイデアだったという。

日本では、その翻訳を村上春樹氏が手がけたことで、ビッグ・ネーム同士の意外な取り合わせがさらなる話題を呼んだ。村上氏は、海外旅行中にたまたまこの小説のペーパーバック版を手にとり、フィッツジェラルドの直筆原稿がプリンストン大学の地下金庫から盗まれるという内容紹介を読んで「もちろん僕はこの本を買い求め、すぐに読み始めた」、そして「脇目もふらずグリシャムのミステリーに読みふけることになった」と訳者あとがきに記している。
『「グレート・ギャツビー」を追え』の邦題で日本では二〇二〇年に刊行されたこの小説（原題 *Camino Island*）は、プリンストン大学図書館からF・スコット・フィッツジェラルドの小説五作の直筆原稿が強奪される場面で幕を開ける。巨額の保険金がかけられた貴重な原稿を取り戻そうと保険会社もプリンストン大学も躍起になるが、FBIが強盗団を逮捕したあとも、原稿の行方はようとして知れない。そこで、世間にはその存在さえ知られていない謎の調査会社が捜査に加わり、やがて浮かんだのが、カミーノ・アイランドの名物書店主にして、稀覯本の蒐集家でもあるブルース・ケーブルだった。

調査会社の手引きで、スランプ中の若手作家マーサー・マンが島に潜入する。マーサーは幼い頃から夏休みにはカミーノ・アイランドに住む祖母テッサのもとに身を寄せていたため、島には良い思い出がたくさんあった。今は亡き祖母のコテージに滞在し、彼女はブルースと、彼を慕って集まっている〝文芸マフィア〟と呼ばれる作家たちのグループに接近。女性作家たちを〝歓待〟することにも意欲的なプレイボーイのブルースと、真相を探ろうとするマーサーとのきわどい駆け引きが始まる――。

本作『狙われた楽園』（原題 *Camino Winds*）はその続編であり、今回の主人公はブルース・ケーブルだ。舞台は直筆原稿強奪事件から三年の月日が流れたカミーノ・アイランド。独立系書店「ベイ・ブックス」を営む一方、稀覯本の売買にも情熱を燃やし、かなりの財産を築いて悠々自適に暮らせる身分にあるブルースだが、今も変わらず書店の運営と島に住む作家たちのサポートに力を尽くしている。そこへ前作のヒロインのマーサーが、新作小説のプロモーション・ツアーで書店にやってくる。再び彼女と束の間のロマンスを楽しみたいという思いがよぎるブルースだが、大学で教鞭をとっている彼女は教え子であるハンサムな大学院生を同伴していた。

書店では彼女を迎える盛大なイベントが計画されており、その前夜にブルースの自宅でディナー・パーティーが開かれる。作家仲間はこぞってマーサーとの再会を喜んだ。ヴァンパイアものの小説のシリーズで金脈を掘り当てたベストセラー作家、本がちっとも売れないと嘆く詩人、断酒に苦しむ作家など、以前の面々は健在だ。

ところがにぎやかな宴が終わって間もなく、この楽園のような島を巨大ハリケーンが直撃し、嵐が去ったあと、パーティに参加していた作家の一人が死体となって見つかる。ブルースと、書店のアルバイト学生ニック・サットンは現場の状況に不審を抱き、これは事故ではないと確信する。だが、のんびりしたリゾート地で重大事件を扱ったことのない地元警察の捜査は遅々として進まない。そこで彼らは独自の調査に乗り出し、やがて全国の老人ホームを舞台にした不正という巨大な陰謀が明らかになる。

ビーチ・リゾートが舞台に選ばれたことと、書店経営や稀覯本蒐集の世界、出版界の内情や作家の日常を紹介しているところが、これら二作の読みどころであり、グリシャム作品の新しい魅力でもある。今回初めて登場する書店員ニックも、安いバイト料を本代につぎ込み、犯罪小説を貪るように読んでいるという本好きだ。

一方、一作目とは異なり、楽園のようなリゾート島はハリケーンの襲来によって無残な姿に変わり果て、復旧のめどは立たず、困窮する被災者の様子が描写されるばかりでなく、高齢者施設における入所者の放置や虐待など深刻な社会問題にも光が当てられる。殺人事件の真相を解明しようと奔走する登場人物たちを待ち受けるスリリングな展開と謎解きの楽しみは、長年のグリシャム・ファンと本好きの読者、それぞれを引き込むことだろう。

この「カミーノ・アイランド」シリーズを気に入った読者の一人として、映像化はされるのか、というところも気になるが、意外なことにグリシャム原作のリーガル・サスペンスは、『ザ・ファーム／法律事務所』（一九九三年）、『ペリカン文書』（一九九三年）、『依頼人』（一九九四年）、『評決のとき』（一九九六年）と大ヒットが続いたにもかかわらず、二〇〇三年の『ニューオーリンズ・トライアル』を最後に映画化はされていない（グリシャム初のノンフィクション『無実』が『無実 ―The Innocent Man―』として二〇一八年にネットフリックスで配信されたほか、テレビドラマになった作品はある）。

マーサー・マンをはじめとして、たくましく魅力的な女性キャラクターが多数登場する本作は映像化に適しているように思われるが、ニューヨーク・タイムズ紙のインタビュー記事によれば、最近のハリウッドはスーパーヒーローが登場する超大作にしか興味を示さないとグリシャム本人はこぼしている。とはいえ、彼はデビュー作『評決のとき』の弁護士ジェイク・ブリガンスを主人公とするシリーズ第三弾 *A Time for Mercy* を二〇二〇年に発表し、ブリガンス役をこれが俳優としての出世作となったマシュー・マコノヒーに再演してもらいたいと述べており、実際にケーブルテレビ局HBOは二〇二一年三月、マコノヒーを主演にドラマ化を進めていると発表した。

グリシャムはさらに、スポーツを題材にしたストーリーや少年探偵を主人公とするシリーズなどにも精力的に挑戦しながら、年一回はリーガル・サスペンスを送り出すことを自らに義務として課しているというから、今後も読者はたくさんのグリシャム作品を楽しめそうだ。

二〇二一年八月

星野真理

**著者**
ジョン・グリシャム
一九五五年アーカンソー州生まれ。野球選手になることを夢見て育つ。ロースクール卒業後、八一年から十年にわたり刑事事件と人身傷害訴訟を専門に弁護士として活躍し、その間にミシシッピ州下院議員も務めた。八九年『評決のとき』を出版。以後、『法律事務所』『ペリカン文書』『依頼人』『危険な弁護士』など話題作を執筆。その作品は四十ヶ国語で翻訳出版されている。

**訳者**
星野真理
一九六五年インド生まれ。国際基督教大学卒。文芸、報道、映像分野の翻訳を手がける。訳書に『レイモンド・カーヴァー　作家としての人生』（キャロル・スクレナカ）、『世界を変えた！スティーブ・ジョブズ』（アマンダ・ジラー）ほか。

装画　坂内拓
装幀　鳴田小夜子
（坂川事務所）

狙われた楽園

2021年9月25日　初版発行

著　者　ジョン・グリシャム
訳　者　星野真理
発行者　松田陽三
発行所　中央公論新社
〒100-8152　東京都千代田区大手町1-7-1
電話　販売 03-5299-1730　編集 03-5299-1740
URL http://www.chuko.co.jp/

DTP　嵐下英治
印　刷　大日本印刷
製　本　小泉製本


Published by CHUOKORON-SHINSHA, INC.
Printed in Japan　ISBN978-4-12-005463-1 C0097
定価はカバーに表示してあります。落丁本・乱丁本はお手数ですが小社販売部宛お送り下さい。送料小社負担にてお取り替えいたします。